中国艺术研究院基本科研业务费项目（编号：2020-2-31）

利涉大川

喻静 谷卿 主编

汲古论坛 2020

SSAP 社会科学文献出版社
SOCIAL SCIENCES ACADEMIC PRESS (CHINA)

目 录

序

喻　静

一

第一次和吴宝麟博士见面，是在2020年儿童节前后。其时她以博士后身份暂寄清华大学出土文献研究与保护中心，跟随廖名春先生研读《周易》。宝麟有着婴儿般的面庞，喜欢薄棉布书包、森系插画小卡片，喜欢有人类表情的动物。“为天地立心，为生民立命，为往圣继绝学，为万世开太平”，在东墙巍然悬挂着张载“四句教”的中国文化研究所学术厅，我们好像携手回到了少女时代。

宝麟摘下口罩，叠成一小卷，用挂耳绳固定住。两年后的今天，我居然还记得这种无关紧要的瞬间，并忆起那个口罩极端匮乏的春天。2020年1月末尾，新冠肺炎疫情突发，如今三年过去了，病毒几经变异，而人间发生的故事未免太多。思前想后，唯有低眉垂目、默然无语。时空仿佛叠成一小卷，过去和未来，都被口罩过滤成为当下的一呼和一吸。

“在不确定的尘世……”，我每每以此开启新学期的课程，以佛经的表达，接下来要讨论的是“如何安住”。经中说“住虚空中”“住淳善地”，那是涅槃寂静、如如不动的“出世间”；以时空之网把人封控在口罩里的“世间”，却是泥沙俱下、轮回不已。然而，即便如“阿鼻地狱”“五浊恶世”这种汉语中最黑暗的命名，亦可能因为“安住”而令不同形态的生命甘之如饴。想象一只小虫在莫比乌斯环的“阴”面爬行，阴阳相即的一瞬，它已经翻转至莫比乌斯环的“阳”面了！

阴阳翻转、七日来复，这是《易》的剥卦和复卦。复卦乃剥卦之反卦，剥卦是五阴一阳，唯一的阳爻是上九，阳气即将剥落，剥极必复，复卦是一阳五阴，唯一的阳爻是初九，阳气正在复生。“反复其道，七日来复”（复卦卦辞），“七”既是卦象的六爻往复之数，也是古人对时间循环更新的信念。为了探究“七”的奥秘，我借助互联网和数据库上天入地找材料。这种偏僻的好奇心，源于2019年和谷卿、李延睿、冯松三位小友同行考察陇东石窟时，在泾川南石窟寺和庆阳北石窟寺所见的两组七佛大像。那年以后，“旅行”这个词被赋予时代独有的哀欢，那些因为新病毒而无比艰辛的旅行，那些因为无法旅行而阴阳两隔的伤痛，不知不觉间已在人类历史中自成篇章。

说起旅行，自会联想到旅卦。旅卦乃丰卦之覆卦，丰卦爻辞数次提及“日中见斗”，“斗”即北斗七星。在2020年疫情起伏的间隙，我到甘肃省博物馆，在北凉石塔和宋代经变绢画的展陈处久久驻足。作为中国最早的塔例，北凉石塔共存世十四座，不止一座刻有八卦、北斗七星和七佛。《佛说报父母恩重经》经变画上部亦有七佛，两侧是连环故事画。北凉石塔的铭文中出现了一种佛教传入之前中土典籍中未曾有的奇特表达：“七世父母”。“七世父母”亦见于北朝时期的造像碑。“北斗七星”、“七佛”和“七世父母”同时出现在北凉石塔，“七佛”和“父母”同时出现在《佛说报父母恩重经变》中，那么“父母”和“七世父母”有何差别？“七佛”和“七世父母”有何关联？“七佛”和“八卦”，一个来自印度，途经丝绸之路进入中原；一个生成于黄河流域，乃以中原为中心的华夏文明最深沉的秘密，它们在河西走廊相遇。其观念的砥砺、碰撞和交融，如何形塑了过去的祖先和今天的我们？

史料记载，南北石窟寺的七佛，乃北魏权臣奚康生在平息一场反乱后主持修造。纵观中国历史，十六国北朝尤其留给我们“不确定”的印象：“五胡乱华”，中原板荡，长城内外政权频繁更迭，游牧民族南下而牧马，“天苍苍，野茫茫，风吹草低见牛羊”。后赵、北魏、北齐等认佛为“胡神”，立国后往往会把佛教教化资源引入意识形态，希望给身似飘萍、命若草芥的百姓一个身心安顿处。即便身份贵重如奚康生，也要矗立起安稳、超拔的大佛，让尘世之上的慈悯目光普覆全体。汉唐之际，佛教的传入和胡人的融入相辅相成，以此为契机，以三代为正朔的华夏文明走向丰赡宏阔，经此抟搓，中国文化以儒释道为根基的思想框架大体确立。

防疫期间，我最挂念我的父母，担心他们缺粮食少蔬菜，然而很快收到了父亲寄来的三百斤大米。如今三年过去，大米尚存少许。我决定写一篇论文，说说“七”“七世父母”“七佛”所关联的中古早期观念世界。写作时不得不反复敲下“父母”这两个字，就像发电报。我的老父和老母，会不会在某个瞬间收到宇宙中的神秘信号呢？

只辨析了“父母”和“七世父母”，文章已经过长，于是打住，也算兴尽。疫情暂时平复，迫不及待去看望了父母。小心翼翼摘下口罩的那一刻，彼此都充满庆幸和喜悦。

宝麟博士后工作到期，面临出站的选择，我约她到单位见面。我向宝麟大致介绍了新论文：“七世父母”其实就是宇宙中的一切生命形态。“父母”即“生身父母”，这在儒家知识和观念系统里是不言而喻的，佛教把“父母”分成“生身父母”和“七世父母”，促使儒家重新思考观念的边界。王国维《殷周制度论》提到，相比殷礼，周礼有三项新的建立，其一便是“庙数之制”。《礼记》规定“七”是天子之数，“天子七庙”，意思是只有天子可以祭祀其上六世加上太祖共七世祖先，庶民则不配祭祀祖先，遑论“七世”。《佛说盂兰盆经》却以“七世父母”为超度对象，为庶民规划了祭祖方案。这个例子貌似历史缝隙中的微澜，却也能见微知著。如此一来，儒家平等观念可能要应对如下提问：其一，以人为唯一目的，抑或以六道众生（包括人在内的全部生命形态）为目的？其二，运用于计量人的生命长度的此世，抑或运用于全部生命形态共享的“三世”？其三，人世间的等级制度，作为不平等的根源，是否天经地义？有无消弭的可能和路径？由此言之，从佛教的缘起思想向外推衍，无远弗届的、不受时空滞碍的平等才有可能，中国文化中的平等观，离不开佛教在初传并中国化的历史时期对本土观念的冲击和启发。

然而所谓“观念”终归是一孔之见，宇宙浩瀚，无形无相，人类施设了“时间”作为观念的工具，万事万物才能一一展开，才有我们眼中的世界。进入历史时空，人类创造文明，发明文字，记录世界的样貌，探索超乎人世之上的宇宙秘密。殊途而同归，百虑而一致，不同文明和文化系统中的人们未必不是在探索同一个真相，人们终将回归同一个宇宙。汉唐之间的数百年，由佛教而生发的基于缘起的平等观，未必不是对中国既有观念的唤醒和发覆。即便盘点儒家观念，我们无论如何也得上溯到六经之首的《周易》。“伏羲画卦”“文王演卦”“孔子作传”，以中原为中心的华夏文化对宇宙的观察和对人世的体认，庶几收束于斯。

相谈甚欢，不期有灵光乍现。我当即决定，邀请宝麟组织一次有关《周易》的讨论，作为“汲古论坛”第七场——是的，恰好是第

“七”场。宝麟欣然应允，几天后提交了方案。得知她把论题定为“以《周易》之眼观世：人文的宇宙何以可能”，我不由深深折服于宇宙的秩序和命运的安排。

二

2020年9月，履新不久的文化和旅游部胡和平部长来到中国艺术研究院调研，中国文化研究所是其中一站。胡部长指着文化所学术厅东墙的张载“四句教”问：“今年是什么年？”众人哑然。“今年是张载诞生一千年！”胡部长又问：“这四句话，你怎么理解？”

我想起那个久远的下午，唐达成先生问过我同样的话。20世纪90年代中叶，他是中国作协掌门人，我是初入职场的年轻记者。某次会议间隙，他没来由地要送我一幅字，问我喜欢什么内容。我每晚蜷缩于恭王府后罩楼一间公用办公室，没有一寸私人空间，对这份礼物有些迟疑，想了想，回答他：“那就写张载‘四句教’吧！”于是一字一顿背了一遍，内心竟升起些许苍凉的豪迈。唐先生很惊讶：“你一个小女孩，怎么会喜欢这个？这四句话，你是怎么理解的？”

其时我的师长们发起了“人文精神大讨论”，接续八十年前的“五四”余响。我的同学们一出校门就受到“市场经济”的洗礼，“在纵欲与虚无之上”（钱永祥语），有无恒定的价值？我们向往的彬彬有礼的好社会如何可能？我们步履艰难的人生如何校准，如何抉择？我们求真向善的心何去何从，如何安顿？

“四句教”字很多，我请唐先生只挑其中一句写，纸的尺寸尽量小一点，方便居无定所的我随身携带，由这便说起文史哲专业的年轻人步入社会后大概率会遭遇的困窘。唐先生亲切温存，我不由流露些许私意，盖平日不足为外人道者：虽寄居王府，因居住条件过于严苛而日常用度过于拮据，只能以颜回为楷模，学习他一箪食、一瓢饮，身在陋巷而不改其乐；不时有朋友携酒来王府共饮，半酣时分，常同颂“四句教”，仿佛西墙有铭，点醒自己不忘记读书人的使命。虽镇日为衣食奔波，疲惫不堪，但从未想过“下海”或“进外企”，投身“商品经济大潮”，载沉载浮。我之向往，乃成为传统意义上的文人学者，去做“为往圣继绝学”的本分事。至于“为天地立心”，“为生民立命”，“为万世开太平”，如此宏阔的事，还真不敢去想。

唐先生频频颔首，微笑不语。不久，我收到他寄来的四尺斗方，内容并不是“四句教”，而是“明月松间照，清泉石上流”，闲散飘逸的行楷，与未届而立的我若即若离。而今，唐先生已作古，面对胡部长发问的我，已届“知天命”之年，年龄恰好倍于当年面对唐先生时。我一时百感交集，一通漫漶后草草做结：这“四句教”，是每个读书人的梦想，也是每个读书人的“下功夫处”。

然而事后我很想修正以上应对，说“每个读书人”未免臆断和疏阔，我本人就早已经不把“四句教”作为“的的大意”了，正如我早已不执着于“新”，只把“新”视作“变易”，而不必然把“新”等同于“好”。即便“天地之大德曰生”，我也更愿意把“生”解为“变化”，而不轻易和某种特定的价值去绑定。

我也早已不执着于过去、现在、未来单向递进的线性时间观，以及随之而有的“日新日日新”的进步观。不断变好，只是人文宇宙的梦想，对“越变越好”的信念，只是推动“人文的宇宙”持久运行的基本动力。“观乎天文，以察时变；观乎人文，以化成天下”（《贲卦·象传》)，剥卦和复卦是小循环，既济卦和未济卦是大循环，七日往复，周而复始，春夏秋冬又一春，不断变易，周流不息，则是“天文的宇宙”的底色。第七场“汲古论坛”，宝麟提出了问题：“人文的宇宙何以可能？”在我看来，这个问题最有启发力的点在于，和“人文的宇宙”相对应的是什么。我们习惯了以人本主义立场思考和行动，有没有想过，以人的欲望和信念为动力而不竭运转的“人文的宇宙”，并不能成为人有能力讨论的客体或对象。人文的宇宙是既成事实，“非人文的宇宙”何以可能？这才是个问题。

2020年，横渠先生一千岁，我正好五十岁。“五十”是“大衍之数”，然而“大衍之数五十，其用四十有九”(《系辞传上》)，用以占筮的五十根蓍草，有一根是抽出来搁置不用的，用四十九根蓍草，足可推衍天地运行和人事兴衰。如此看来，在人文的宇宙，四十九是最大数。那不用的“一”又作何用呢？王弼说：“不用而用以之通，非数而数以之成，斯易之太极也。”“不用”不是“用”的相对，正如“动息则静”，静不是动的相对；“语息则默”，默不是语的相对。不用、动息和语息，“异类”才有可能“获具存”，天地之心才会呈现。虚而不用的“一”，恰恰是人类从人文宇宙返回万物平等的全体宇宙的可能性和通行证。

横渠先生以及同时代的二程、司马光等宋儒必不会认同此说。张载是关中人，关中是周人故地。他早年著有解说《周易》经传的《易说》，晚年著有以易学发明儒家诸经的《正蒙》，王夫之以为其所论学“无非易也”。谷卿提议，汲古论坛的第八场，不妨给横渠先生庆千岁之寿，讨论张载与宋儒的思想世界。在上一场，宝麟请来中国人民大学国学院辛亚民老师为《周易》做概述，谷卿说，辛老师其实专门研究张载，他新出的专著，题目正是《张载易学研究》，宜乎请他来操持本次论坛。

自上回在文化所学术厅一别，再未与宝麟谋面，论坛也只是在线上举行。这时她正好发来信息，告知已出博士后流动站，在一所高校获得教职，还在中关村。“其命维新”，她开始了新生活。

逝者不舍昼夜，斯人浑然天成。天地以其不仁，万物得其所哉。

三

疫情第三年，暮春。某日新闻中同时出现的两个地名，将为历史长河留下刻度和标记：上海，中国第一大城市，因新冠病毒变种奥密克戎而“入于坎窞”（习坎卦爻辞），艰苦卓绝；河北雄安，作为“千年大计”，“元亨利贞”（乾卦卦辞），正攻坚克难，蓬勃生长。

雄安新区本于三个县：雄县、安新和容城。“容城三贤”刘因、杨继盛和孙奇逢，是儒家道统和学统中的精神航标。刘因和孙奇逢发微理学，教化一方，在文庙配享从祀；杨继盛被封为北京“都城隍”，秉持正义，护佑生民。

元初大儒刘因，父辈和祖辈事金，幼时以金人自居，及长则归心于宋。因朝廷两次征聘不就，忽必烈称其“不召之臣”。清初大儒孙奇逢，多次辞谢征召，时人称其“征君”。元和清都是北方草原民族在中原汉族政权之后建立的政权，于易代之际而遭逢华夷之变，维护儒家道统、接续儒学学统便成为攸关文化认同和国族存续的大事。大儒之大，非自谓也，盖自觉也——自觉承担起“为天地立心，为生民立命，为往圣继绝学，为万世开太平”的责任和使命，贫贱不移，威武不屈，虽九死其犹未悔，虽千万人吾往矣。

在束冠之年写就的奇文《希圣解》中，刘因描述了一个奇梦。三位老者，拙翁、无名公和诚明中子，以各自境界接引他步入圣学之门。他们分别对应宋代大儒周敦颐、邵雍和张载，刘因把自己归入了儒门圣贤的精神谱系和理学后学的学问谱系。孙奇逢著有《理学宗传》《读易大旨》《四书近指》等，将朱熹“格物致知”与王守仁“致良知”合二为一，将“道问学”与“尊德性 ”合二为一，主张“躬行实践”“经世宰物”。明朝谏臣杨继盛正是反身躬行、求仁得仁的践道者。他弹劾奸臣严嵩，在狱中惨遭酷刑而不改其志，留下名联“铁肩担道义，辣手著文章”慷慨赴死。“孔曰成仁，孟曰取义。唯其义尽，所以仁至。读圣贤书，所学何事？而今而后，庶几无愧。”（文天祥语）杨继盛以铮铮铁骨，成全了儒者的人格。

这三位“乡贤”，令今日雄安成为“北学重镇”。北学，北方儒学脉络之谓也，我更愿意把北学理解为，以胡汉交融之地的浑朴深芜和慷慨悲歌，摒谦弱、放浪、无根和无归，扩充中国文化的胸怀，提振经世致用的品格。河北社会科学院哲学研究所梁世和研究员念兹在兹，推动成立了“北学研究院”。“一乡之善士斯友一乡之善士，一国之善士斯友一国之善士，天下之善士斯友天下之善士”，颂其诗，读其书，或可知其人论其世，然音容笑貌和精神回响，还要去故里寻觅，或可于依稀仿佛间，于槐榆桑梓间，收获些许亲切的体悟。

杨继盛祠所在的北河照村和孙奇逢故居所在的北城村，民居多四合院落，几乎没有如南方农村那种独栋小楼。长长的院墙挡住了外人的目光，高大的枣树和槐树，很容易留在游子的梦境里。小院门楣的吊钱和门上的对联，勉励着温存、朴厚、保守、稳当的耕读传统，与儒家“修齐治平”的道德训诫互为表里、彼此映照。孙奇逢故居前，老农垂手肃然而立；杨继盛祠堂里，村妇恭敬献上三炷香。闲邪存诚，里仁为美，圣人之仁廓然于天地间，乡贤的教化之功尽在日用而不知中。

我注意到两个村子里有些院落的门上贴着“乡愁保护点”标识。向导说，这两个村子很快将不复存在，取而代之的是雄安新城的高楼大厦。这些被指定为“乡愁保护点”的建筑、老树或老物件，很小一部分或许能得到修缮，在原址幸存，用来承载新世界的乡愁，疗治旷古未绝的怀乡病。

离开村子后，我们登上雄安新城建设工地瞭望台，看四野塔吊林立，旗帜招展，千军万马一时竞发。“时间开始了！”记得一首歌颂新中国成立的长诗中这样写道。时间开始了，北河照村和北城村的旧历史，也将被新的时间覆盖，然而人的记忆和情感远非进步的、奔涌向前的工具理性和叙事所能抚慰，作为祖先的后人和后人的祖先，过去、现在、未来如同镜像，收束于当下的每个瞬间。刚刚相遇，便要做永久的告别，在塔吊的四面楚歌里，夕阳下那些行将消失的村落让人无限怅惘和怀恋。

我是在瞭望台最高层接到韩子勇院长发来的信息的。他看到我拍摄的北河照村“乡愁保护点”照片，建议“汲古论坛”邀请几位学人说说“乡愁”。半个月后，我把“汲古论坛”第九场主题定为“惟不能归，所以远望：中国文化中的‘乡愁’”，由李修建和谷卿联合主持，在重阳节前夕通过网络会议推出，引起在线听众的共鸣，讨论很是热烈。三个月后的冬季，当地友人传来照片，北河照村已然重建，那些我路过并记录在照片里的“乡愁保护点”，只有杨继盛祠孤立于寒风瑟瑟的荒野中。两年后的此时此刻，我无意中看到一则视频，是为杨继盛作传的容城作家郑女士，用手机记录的在雄安郊野公园寻找杨继盛祠的过程。新木刚刚抽芽，簇拥着新铺就的红色步道奔向前方。几经周折，郑女士终于在步道尽头找到了那幢小小的乡间仿古建筑，朱漆黛瓦，焕然一新。

时间开始了。

四

“野蜂蜜闻起来像自由。”俄罗斯女诗人阿赫玛托娃在诗中写道。2020年的多数月份，我们闻不到野蜂蜜，新冠肺炎疫情暴发后，我们无法“自由行走”，然而下半年我依然有不止一次旅行经历。从雄安回京不久，我又飞去敦煌，考察了悬泉置、榆林窟和西千佛洞，回程在酒泉文殊山石窟略做停留，赴兰州，把兰州市博物馆馆藏又细看一遍。这回熔断我的理性、令我在刹那间黯然神伤的，不是任何一件文物，而是胡人乐器陈列区墙上抄录的一句唐诗：“胡腾儿，胡腾儿，故乡路断知不知？”诗作者李端是唐代宗时人，其时吐蕃占领河西走廊，中原通往西域的孔道“熔断”了。战争和瘟疫始终伴随着人类文明的进程，所幸人类总有办法尝到野蜂蜜。

这是我的第三次河西走廊之旅，沙洲、肃州、甘州、凉州和兰州，这些地名如此美妙，仿佛井绳上熠熠发光的水珠。我在“汲古论坛”第九场致辞中，借凉州胡腾儿的乡愁，说起丝绸之路上的乡愁是多元文明交流互鉴下共酿的“乡愁”，又说起中国文化是在多元文明交流互鉴中不断成形的文化。在第十场致辞中，我把时间想象成一眼极幽深的井，把对人类历史和文明起源的探索想象成井绳在井中汲水，或者，一次“光的旅行”：

> “汲古论坛”之名，得之于赵朴初老人留给我们的十字箴言：“汲古得修绠，开源引万流”。“绠”是井绳的意思，“汲古”，又仿佛把井绳不断投向时间的深井中。深井无穷尽而井绳有长短，就像时间无穷尽而历史有始终。如果说要赋予第十期“汲古论坛”以某种纪念意义，那么我们可以尝试把井绳修得尽可能长，让它在万有引力的作用下自由坠落，让它冲出传世文献构筑的中国历史的孔道，奔向中华文明生发处的那道光。我们这次选择了一个基于考古学的跨学科话题：“金声玉振：上古世界体系中的石峁与二里头”。

基于人的日常经验和特定的认知模式，我们习惯把时间确认为直线，把附着于时间之上的历史想象为一条前后相续的、朝着一个方向奔涌的大河，所谓“子在川上曰：逝者如斯夫，不舍昼夜”。成年以后，我对时间的思索得益于两本童话书。二十多年前，刚刚迈入新世纪，我的同学杜玲玲一气购进数册《爱因斯坦的梦》送给朋友们，我马上被吸引并终生难忘。在书中，爱因斯坦做了六十个梦，梦中的时间都不是我们习以为常的“一条大河”：“如果生命以老朽为始，以童稚为终，那么年轻和年老如何定义？如果生命只有短短的二十四小时，看过一次日出就要凋零，此刻为何奔忙？如果所有梦想都将预知会成败，我们是否还会梦想？如果此刻初遇的爱人，下一刻便不复存在，爱情会不会只是一场徒劳？如果一分钟后世界就要末日，又该在哪里与谁相伴？”如果时间流转的方式不同，我们如何搭建我们的观念世界？我们仍会如同现在一样地生活吗？

比之更早的20世纪90年代初期，我第一次逛琉璃厂旧书摊，淘得一本素白封面的《彼得·潘》，属于三联书店“文化生活译丛”。彼得·潘永远不长大（没有时间），他的领地（Never Land），梁实秋先生译为“永无乡”（没有空间）。“今子有大树，患其无用，何不树之于无何有之乡，广莫之野？”庄子爱自由，他为我们指点了时空尽头的自由之地“无何有之乡”。佛教更彻底，不用“有无”这种“对举”，直名“虚空”——空，不妨理解为粉碎一切执着的方法论。人类的执着，比如对“新”的执着，究极而言，来自对单向度直线型时间模式的执着，因其与生命经验若合符契。时空中的人，摆弄着四十九根蓍草，推演出各种卦象，感通过去，洞察未来，也把此时此地此人框定。人是语言的囚徒、文字的囚徒、符号的囚徒，归根结底，人是自己的囚徒。

我亦不能免俗，依然把时间比附为河流，只不过水流从横向转为纵向，围以井栏，配以径直向下的井绳，美其名曰“汲古”。仿佛井栏上刻满了文字，仿佛井底有一座文字的山峦，仿佛穿过山峦，还有无字时代的各种盆盆罐罐，召唤我们确认祖先的文化基因。这是冥渺幽微处的乡愁，所谓“汲古”，实乃“原乡”，惟不能归，所以远望。

历史学和考古学都是本于人的学问，是通往人文宇宙的通道。历史学依靠文献资料研究人类社会的历史，考古学依据古代人类遗留下来的实物研究古代社会的历史，历史考古学研究的是有文字记载的历史时代人类活动的遗存，而第十场论坛讨论的“上古世界”，是今天的我们无法通过文字抵达的世界。凭借考古现场和出土器物，考古学家做着破译和拼图的游戏，承担了研究人类早期历史的全部任务。

国家的出现是考古学判定进入“文明”的标志之一。作为“最初的中国”这一特定场域里的庞大古国，石峁和二里头昭示了最早的中华文明。“石峁和二里头文化之间是什么关系？在中原文化格局重组这一里程碑事件中起到了什么作用？石峁，这座令人惊奇的石城，如何推动了早期中华文明的进程？把石峁和二里头置于上古世界体系中加以观照，今天的我们，如何辨别出那些支撑中国文化大厦的、令中华民族生生不息的稳定特质？”我在致辞环节提出这些问题。

书斋学问在中国有悠久的传统，文化所概莫能外，多位同事以爬梳传世文献见长，从中提炼思想和观念的脉络。近代以来田野考古不断从地下发现新的文字材料，如殷墟甲骨刻辞、商周青铜器铭文、战国与秦汉的简牍、陶文与封泥，以及历代碑刻、墓志等，这些出土文献或将是文化所新命之所系。组织第七场“汲古论坛”的吴宝麟来自清华大学出土文献研究与保护中心，我很乐意接纳她来文化所，无奈机缘不凑泊。所幸此之前进所的谷卿于金石学颇有心得，此之后进所的焦天然则专攻简牍。考古学用没有文字的实物遗存搭建历史框架，自有一套方法、概念工具与表述语汇，有时未免过于专业，令人望而生畏。当我想做一期探讨早期中华文明起源的论坛时，能想到的唯一一位与考古学有关的朋友，就是中国社会科学院民族学与人类学研究所研究员易华。

我和易华相识于2018年秋天我的第二次河西走廊之旅。我们同时走下从山丹县到张掖市区的大巴，他背着硕大的双肩包，我扶着拉杆箱茫然四顾。他研究青铜器和上古东西文化交流，研究游牧民族和农耕民族的关系，常年游走于甘青一线，亦穿梭于考古学、人类学和民俗学等多种学科之间。我们聊了几句，他给了我关于住店的建议，其间我顺便提到了“汲古论坛”。很快我们便分开，再次见面，已经是两年后的事了。

那回小聚，易华请来考古学界赫赫有名的韩建业教授和许宏研究员，以及从事神话学研究的谭佳研究员。作为曾经的二里头考古队队长，许宏于1999年至2019年主持河南偃师二里头遗址的考古工作。他不断向公众普及“最早的中国”“何以中国”这种宏大而专深的问题。他本来是最契合聊此话题的人，无奈天时不巧，他去了西藏。韩教授与我有些渊源，我们在20世纪80年代末期曾同处燕园。他是陇中通渭一带人，教课之余带队发掘位于庆阳的南佐遗址，供奉七佛的南石窟寺和北石窟寺就在附近。他面容高古，性极仁厚。经韩教授介绍，他的同事、中国人民大学历史学院考古文博系陈胜前教授也加入进来，颇令我有意外之喜。其时陈教授的一篇关于中国文化基因的文章广为传播，我们这些外行对考古学能有如此学习热情，多少和这篇文章有关。这期论坛便由韩建业、陈胜前和易华担纲，记得焦天然写的论坛综述，点击量一两天就有好几十万次，习惯了寂寞的文化所同事一时很兴奋。

谭佳为论坛做学术总结。她是叶舒宪先生的高足，透彻，犀利，集仗义和温情于一身。促使她走近考古学的，乃20世纪二三十年代“古史辨派”对传统历史文献的解构。我们几乎没有找到上古的文字，中国现代考古学诞生不过一百年而已，在遗址发掘之前，“三皇五帝”这些所谓“神话”更像是祖先的信使。“往来井井”（井卦卦辞），回到那眼文字装点的时间之井，信使穿过文字的迷雾和语言的牢笼，沿着井绳升腾而上，递给我们祖先的印信。这印信，我们要不要作为国族的“信史”呢？这就为下一场论坛埋下了伏笔。

金声玉振，有始有终，然而2020年最后一个月，新冠肺炎疫情还未终结，“小狐汔济，濡其尾”（未济卦爻辞），小狐狸渡河，眼看着要上岸了，尾巴又掉进水里……论坛举办七天后，又到我以七日为期去通州看望父母的日子。磨蹭到天黑，父母送我去地铁站。走到桥中央，下雪了。雪花还没落地，我已在路灯的光柱里发现了这些飞舞的信使。爸爸疾步走到妈妈跟前，拦住她，替她拉好垂在棉衣后面的帽子。他们面对面站着，一个戴着白口罩，一个戴着黑口罩。我拍下了这个瞬间。京杭大运河在我们脚下流淌，那一头是我们的老家。

是为序。

2022年4月22日

于京西停云庐

01

以《周易》之眼观世：人文的宇宙何以可能

主谈人 辛亚民 中国人民大学国学院

崔晓姣 北京师范大学哲学学院

林书杰 清华大学美术学院中国书法研究所

杨家刚 清华大学历史系/思想文化研究所

主持人 谷 卿 中国艺术研究院中国文化研究所

评议人 吴宝麟 清华大学出土文献研究与保护中心

时 间 2020年6月24日

谷 卿：经过了半年多时间，大家应该也都感受到我们所处的世界、所处的生活环境，已经发生翻天覆地的变化，疫情对我们的人生，对我们的很多想法，都产生了巨大的影响，同时也让我们反思很多事情。《周易》被视为传统文化当中最为精要的一部经典，一贯被看作是“群经之首”，为我们认识世界、解释世界提供了丰富的思想资源和支持，今天我们就《周易》的相关问题来进行讨论和对话。首位报告的学者是人大国学院的辛老师，辛老师长期研究《周易》，研究张载的易学。我现在在中国文化研究所会议室，会议室现场就挂着顾廷龙先生以金文书写的张载名言，所谓“四句教”：“为天地立心，为生民立命，为往圣继绝学，为万世开太平。”我们的老所长刘梦溪先生曾经说：“凡莅临本所的承学之士，心中无不默念此教。”

在论坛开始之前，请喻静所长代表主办方致辞，开启今天有关《周易》的对话。

喻　静：说不上致辞，我只是作为这次论坛的召集人向大家表示欢迎。今天的几位主谈人，我和吴宝麟博士是见过面的，而且见面的时间就在不久以前。我和宝麟很有缘分，我们只是简单地交流了没多长时间，我就委托她帮忙组织一次“汲古论坛”，所以宝麟作为本次论坛的主要联系人，她为我们请来了各位专家。

我们这个论坛叫“汲古论坛”，在去年的时候举办了六期，讨论的主题有关于颜真卿和他的书法，有关于邺城考古和邺城佛教，还有关于敦煌学、金石学方面的，以及关于在中国展出的阿富汗国家文物。大家可以从我们选择的主题，大致体会我们办“汲古论坛”的初衷。这一场论坛因为疫情，我们在线上相会。疫情阻碍了我们见面，但也让我们之间的联结更为广泛。

我们现在处于一种非常不确定的状态，因此选择《周易》作为主题来进行讨论。今天上午我参加了一个关于黄河文化的座谈会，我讲到了《周易》，讲了几点，我觉得《周易》是上探宇宙生成之秘，中阐政治伦理之方，下显人生逆顺之机。不过我没有专门做过《周易》的研究，今天我和所有的听众一样，非常期待各位专家的分享，期待各位能够教给处在如此不确定的当下的我们，如何安顿自己。

不算致辞，只是向各位老师表示欢迎和感谢。我就讲到这里。

谷　卿：谢谢喻老师！正如她所说，咱们有这样一个机缘在此开始有关《周易》的讨论，确实是要感谢吴宝麟博士，她在前期付出了大量心力，包括话题设置、嘉宾邀请、研讨顺序等等。在我们用来筹备论坛的微信群中，今天凌晨3点多钟大家还在交流沟通。非常感谢宝麟，也感谢各位主谈人能够拨冗来到我们的“云现场”。

现在有请辛老师，为我们开启今天的线上研讨。

辛亚民：非常感谢主办方能提供这么一个机会和大家一起交流、学习《周易》。说起《周易》，我认为首先应该注意的问题是区分经、传、学。从《周易》这部典籍流传的过程看，它经历了三个历史时期：《易经》、《易传》和历代易学。《易经》是周人占筮用的典籍；《易传》是战国时代学人对《易经》所做的解释，将占筮的典籍哲理化；历代易学则是汉代以来的经学家和哲学家依据《易传》的解经原则，对《周易》经、传所做的再诠释。

经、传、学各自形成了不同的历史阶段，基于不同的历史条件和时代要求，既有联系，又有区别，各具特色，不能混为一谈。学习和研究《周易》系统的典籍，要注意其所处的时代的特征，不能将后人的解释强加于前人身上，也不能将后人的解释一概视为经、传的本义。

就《周易》古经而言，内容包括六十四卦卦象、卦名和卦爻辞，这部分内容一般认为成书于商末周初，年代久远，文辞古奥，是为当时的占筮服务的，古人依据其中的卦象和卦爻辞推断人事吉凶。但是古经在占筮的外衣下包含着一定的逻辑思维和对世界的思考。就符号系统而言，《周易》的卦象和卦序体现了一种逻辑思维：对立面的排列和组合。就八卦而言，卦象两两相对可以分为四组——乾坤、坎离、震巽、艮兑，卦象阴阳相对。六十四卦卦序也有类似情况：乾、坤为第一对卦，卦象阴阳相反；屯、蒙为第二对卦，卦象旋转180°；后面第三对卦、第四对卦一直到第三十二对卦，卦象的关系无非就这两种情况。古人把这一现象概括为：“二二相耦，非覆即反。”“二二相耦”，意思就是六十四卦都是成对存在的；“非覆即反”，“覆”就是一对卦卦象的关系是旋转180°，“反”就是一对卦卦象阴阳相反。这种思维是承认卦象存在着对立面，并由对立面所构成，其变化表现在其中的基本要素阴阳爻两画的配合上。这种思维对后来易学的发展起了深刻影响。历代的易学家以对立面的相互关系说明事物的变化，其思想的最初萌芽即存于卦象和卦序中。

就文字系统而言，《周易》卦爻辞中反映出天道、人事具有一致性的思想，如乾卦爻辞中说的龙象，属于自然现象。初九为“潜龙勿用”，九二为“见龙在田，利见大人”，九五为“飞龙在天，利见大人”，这些爻辞意味着龙由潜伏到腾空，同人的政治生涯从不见用到飞黄腾达是一致的。再比如大过卦九二爻辞说：“枯杨生稊，老夫得其女妻，无不利。”九五爻辞说：“枯杨生华，老妇得其士夫，无咎无誉。”以自然现象的变化，比拟人事的变化。

还有人生境遇可以转化的思想，认为有些事情，特别是人的生活遭遇，不是固定不变的，其对立面是可以转化的。泰卦九三爻辞说：“无平不陂，无往不复。”这是说，平陂、往复是可以转化的。再以乾卦为例，九五爻辞为“飞龙在天”，上九爻辞则为“亢龙有悔”，这是说乾卦第五画为龙飞之极限，超过此极限，至第六画则要走下坡路，即向反面转化。

还有卦爻辞中包含有深刻的人道教训，对人有所劝诫。如乾卦九三爻辞：“君子终日乾乾，夕惕若，厉，无咎。”是说，君子终日小心警惕，到了晚上也毫不放松，这样的话，即使遭遇危险、处于危境，最终也可以达到无咎。

再比如谦卦，下三爻皆吉而无凶，上三爻皆利而无害，很难说这是一种偶然现象，就像元代易学家胡一桂所说，是“谦之效固如此”，这是谦虚这种德行所产生的效应。

正是因为以上这些内容，后来的易学家认为《周易》是讲天人之道即世界根本原理的学问，是讲事物变易法则的学问，是讲人生修养的典籍。尤其是最后这点，特别为儒家所看重，《论语》中孔子引过两次《周易》，一次是孔子晚年“老而好《易》”，读《易》“韦编三绝”，并且说道：“加我数年，五十以学《易》，可以无大过矣。”孔子说要是让他早些年学《周易》，他就不会犯大的过错了，可见孔子着迷《周易》并不是为了算卦，而是认为《周易》中包含了很多人生哲理、人道教训，学习它可以帮助自己减少过错。所以后世也把《周易》称为“寡过之书”。另一次是引恒卦九三爻辞：“不恒其德，或承之羞。”孔子读到这句话后发出这样一句感慨：“不占而已矣。”一个人如果没有恒德，怎么可能会有好的命运呢？孔子认为这是《周易》总结出的人生哲理，一个人的命运如何，取决于他的德行，不需要占卜。孔子的这一思想被后世荀子发展为一句至理名言：“善为《易》者不占。”

以上我们重点介绍了《周易》古经的一些内容，也向《易传》、易学史做了一点儿延伸。

与《周易》古经的时代相隔七八百年，战国时期形成的《易传》为易学哲学奠定了理论基础。《周易》古经是占筮之书，但经过《易传》解释和发挥，其哲理化程度达到新的高度，《周易》就成为一部博大精深的哲学典籍。

已故当代著名易学家朱伯崑教授说过，就儒家系统的哲学来说，以《四书》为核心的经典所讲的内容，包括使用的术语和范畴，偏重于政治、社会、伦理、道德问题，对自然观和宇宙观的论述比较贫乏。

从《易传》开始，易学为儒家哲学提供了一个较为全面但尚很粗糙的体系。汉代以后，这一体系逐渐得到完善，到宋明时期发展到高峰。宋明理学作为中国古代哲学的一种形态，从周敦颐到朱熹，再到明清之际的王夫之，就其哲学体系的出发点所依赖的思想资料和理论思维形式而言，是通过他们的易学而形成和发展起来的。如周敦颐的《太极图说》，论述宇宙形成的问题，以太极为阴阳二气混而未分的状态。朱熹讲阴阳变易之理就是太极，阴阳五行以至万物都是太极之理自身的展开和显现，“人人有一太极，物物有一太极”，展开之后，太极又在阴阳、五行和万物之中，太极与万物不即不离，是一种本体与现象的关系。王夫之提出“太和细缊之气”，用来解释太极本体的内涵。所谓“太和”，就是宇宙本体，由于阴阳二气相互吸引，相资相济，融为一体，而又不相侵害，所以称为“太和”；所谓“细缊”，就是阴阳二气相互渗透，其中包含运动的本性，等等。

当然，这些重要的哲学思想都可以在《易传》中找到它们的理论渊源。

这里想重点谈谈《系辞传》的宇宙观。

大家知道，《系辞传》是《易传》七种十篇之一，是一篇通论性质的长文，其中提出了许多著名的哲学范畴和命题，如太极、阴阳、道器、神化，一阴一阳之谓道，阴阳不测之谓神，生生之谓易，等等，对后世中国哲学影响极其深远。

前面已经说了，《周易》的宇宙论开启了儒家宇宙论和形上学的滥觞，在以后的历史发展中形成了儒家有别于政治、伦理之外的宇宙论、形上学传统。《系辞传》的宇宙观具有奠定规模的作用，后世儒家的宇宙观和形上学都以此为基础，发展出了各具特色的相关哲学理论。我这里将《系辞传》的宇宙观剖析为三个维度，即对待性、动态性和价值性。

首先来看对待性，这里的“对待”是指阴阳之间既对立又统一的关系和作用。《系辞传》认为宇宙的生成和存在，都是源于这种阴阳对待的内在作用。

一方面，宇宙的生成源自阴阳对待。

《系辞传》中表达了较为丰富的宇宙生成观念，这些观念有一个共同点，就是强调阴阳之间的相互作用是宇宙生成的根本，也是唯一的原因。

《系辞传》以对待说的形式阐述宇宙生成论最具代表性的当为“易有太极”章：

> 易有太极，是生两仪。两仪生四象，四象生八卦。八卦定吉凶，吉凶生大业。

这段话是将宇宙生成与八卦的产生过程合而论之，既可以说是以宇宙生成论的形式讲八卦的产生过程，也可以说是以八卦的产生过程讲宇宙生成论。就这里的宇宙生成论而言，阴阳、天地的产生是宇宙产生的开端，是万物生成的前提。

另一方面，《系辞传》认为，阴阳对待是宇宙万物持续存在的基本状态和内在体性。

宇宙万物在对待中产生，而产生后的宇宙万物也是一种对待的存在，对待又构成了宇宙万物持续存在的基本状态和内在体性。这种对待体性具有普遍性，不仅存在于宇宙自然，人类社会、思维世界也是如此。

《系辞传》篇首即云：

> 天尊地卑，乾坤定矣。卑高以陈，贵贱位矣。动静有常，刚柔断矣。方以类聚，物以群分，吉凶生矣。在天成象，在地成形，变化见矣。

天地自然无不有对待，社会政治、人事吉凶也是如此，且动静变化也是源自对待。《系辞传》认为政治秩序和人伦价值也是阴阳体性、天地精神的呈现。天地的尊卑高下呈现为政治秩序即是贵贱差等，阴阳的对待呈现为人伦价值就是仁义或仁知，等等。

阴阳对待也体现在人的思维世界中。“对待”的意义有一个非常重要的内容就是阴阳之间的转化，《系辞传》云：“危者使平，易者使倾。”正是体察到了阴阳之间可以转化，所以认识事物要全面——“君子知微知彰，知柔知刚”，而且要有居安思危的忧患意识——“安而不忘危，存而不忘亡，治而不忘乱”，而且这种思维方式需要贯穿事物发展的全过程——“惧以终始”。

正是看到了阴阳对待无处不在、无时不有、通贯天人的普遍性，《系辞传》总结道：

> 一阴一阳之谓道。继之者善也，成之者性也。仁者见之谓之仁，知者见之谓之知，百姓日用而不知，故君子之道鲜矣。

“一阴一阳之谓道”成为中国古代哲学中“两点论”的经典理论，是《系辞传》宇宙观“对待性”维度的总结。

《系辞传》所描绘的这种“对待性”的宇宙观为后世易学家从阴阳对待的维度观照宇宙奠定了基调。北宋大儒张载讲：“一物两体”，“有象斯有对，对必反其为”。又说：“物无孤生之理。”程子说：“理必有对，生生之本也。”这些观念都是对《系辞传》“对待性”宇宙观的继承和发展。

《系辞传》宇宙观的第二个维度是认为宇宙是一种动态性、过程性的存在。

这种动态性和过程性首先体现在《系辞传》对“生”的阐述上。

《系辞传》“生”的思想可以从两个层面去理解。宇宙的生成是作为开端之“生”，这一开端之“生”之后便是乾坤互相配合，创“生”万物。这是第一个层面的“生”，偏重“创生”。天地定位，万物男女既成之后，另一个层面的“生”便得以呈现，那就是万物个体的演变发展、生老病死以及由此形成的“类”的“生生不息”。这一层面的“生”偏重“衍续”，保证了宇宙运行、发展、存在的可持续性。在《系辞传》看来，这两个层面的“生”都是源于阴阳对待，所以《系辞传》称“天地之大德曰生”。《系辞传》又以“易”作为宇宙大化流行的摹写和代称，从“生”的角度看待宇宙大化流行，也就是“生生之谓易”。

“生”强调了创生和衍续，这种创生、衍续如果从一般性的视角去考察，也可以称作“变”。“生生”的实质就是一种变化，“生生之谓易”的“易”，其核心含义就是“变易”。“变易”的思想也是整个《易传》哲学的精髓所在。

《系辞传》说“刚柔相推而生变化”，又说乾坤“一阖一辟谓之变”，可见变化的根源和本质还在于阴阳对待，所以这里的“变易”实质就是阴阳变易。阴阳对待的普遍性决定了变化的普遍性。如《系辞传》所言，大至日月运行、寒暑推移，小至尺蠖屈伸、龙蛇蛰存，都是阴阳变易的直接性、经验性的呈现。这种变易的普遍性还表现为持续性、永恒性。《系辞传》云："易，穷则变，变则通，通则久。""通"指变化的可实现性，"久"是变化的可持续性，实现性是持续性的前提，所以说"通则久"。而变化的可实现性，从客观天道的角度来看，是阴阳自身的体性决定了变化的必然性——"乾坤毁则无以见易"。

阴阳变易既然是宇宙的普遍法则，则是具有客观性和绝对性的。《系辞传》云：

> 为道也屡迁，变动不居，周流六虚，上下无常，刚柔相易，不可为典要，唯变所适。

从宇宙观的角度来看，这段话肯定了宇宙的动态性存在——"为道也屡迁"，也强调了宇宙的变易具有客观性和绝对性，这里的"上下无常""不可为典要"说明宇宙的变易不以人的意志为转移，人对于宇宙这种客观性的变易首先需要接受和肯定——"唯变所适"。

《系辞传》也从人道的视角讨论了变化的意义和价值，从而开显出天人之间的张力以及人的主体性、能动性价值——"苟非其人，道不虚行"。《系辞传》云：

> 形而上者谓之道，形而下者谓之器，化而裁之谓之变，推而行之谓之通，举而错之天下之民谓之事业。

对于道、器的客观性的变易，人可以加以积极的认识和利用——"化而裁之""推而行之""举而错之"，因此，作为人的"事业"，既是宇宙自身变化的自然呈现，更是人发挥自身的主体性、能动性而呈现出的"人为"变化。而且《系辞传》非常重视和推崇这种"人为"变化，并以此为推进人类文明发展的功德，是圣人才具备的能力。"圣人有以见天下之动，而观其会通以行其典礼。”因此，能够深刻地认识、把握并利用宇宙的客观变化，这是圣人所具有的崇高的德行——“化而裁之存乎变，推而行之存乎通，神而明之存乎其人，默而成之，不言而信，存乎德行”，“日新之谓盛德”。

从动态性、过程性的维度去观照整个宇宙，这一观念对后世影响巨大，构成了易学哲学史上的一条重要线索。如北宋程颐云：“动静无端，阴阳无始。”这是认为宇宙间阴阳、动静的对待是一个无限的过程，突出了宇宙的过程性存在。又云：“易，变易也，随时变易以从道也。”这是在肯定了变易的客观性和绝对性的前提下，从人道的立场出发，和宇宙变易的过程保持一致，突出了宇宙从天道到人事的动态性、变易性的维度。正是从宇宙的动态性出发，程颐说：“先儒皆以静为见天地之心，盖不知动之端乃天地之心也。非知道者，孰能识之？”这里否定“静”而肯定了“动”，并以“动之端”为“天地之心”，强调了宇宙的动态性存在，也包含着价值性的意义。

整个宇宙也是一种价值性的存在，这是《系辞传》宇宙观的基本内容之一。现代宇宙论受科学思潮的主宰，强调客观性，把宇宙看作是独立于人之外的客观存在，造成了人与其所处的宇宙之间人文情感上的殊绝，割断了人与宇宙之间的价值关联。《系辞传》对宇宙的价值性的阐述，以及对人的价值的阐发，对于当代价值哲学的思考具有积极的意义。

前面谈到《系辞传》所论述的宇宙生成论，实际上《系辞传》在阐述宇宙生成的过程的同时也阐明了价值的确立过程。《系辞传》开章即说道：

> 天尊地卑，乾坤定矣。卑高以陈，贵贱位矣。动静有常，

刚柔断矣。方以类聚，物以群分，吉凶生矣。

显然，这里的天地、动静的生成同时也确立了贵贱、吉凶这类人事的秩序及价值观念。

尤其值得一提的是，《系辞传》通过表达这种价值性的宇宙观，为儒家的核心价值“仁”“义”建立了初步的宇宙本体论依据：

天地之大德曰生，圣人之大宝曰位。何以守位曰仁。何以聚人曰财。理财正辞、禁民为非曰义。

《系辞传》认为圣人是完全体认宇宙法则的人，相当于宇宙精神的人格承担者。宇宙精神在人间的实现取决于圣人。而所谓的“仁”则是圣人发挥其沟通天人作用的必要条件，同样，“义”则是圣人推行宇宙精神、宇宙法则的操作性原则。如此一来，“仁”“义”就不单单是一项具体的“德目”，不再局限在人伦道德的经验层面，而且与宇宙大化相关联，具备宇宙本体论的依据。这一点也是《系辞传》宇宙观对先秦儒家仁义学说的一大发展。

《系辞传》所要表达的宇宙的内在体性其实就是阴阳对待，“一阴一阳之谓道”，宇宙万物的生成和存在都是源于阴阳对待，阴阳对待构成了宇宙万物的根本规定性。阴阳对待之“道”即是宇宙本体。万物生成之后，继承了这一宇宙本体，亦即成就了自身的完善——“继之者善”；同时，阴阳对待的内在体性也构成了万物自身的根本规定性——“成之者性”。阴阳对待宇宙体性呈现为人道即是“仁”，而这一体性又无时无刻不寓于宇宙大化流行之中，此即“显诸仁，藏诸用”。因此，这里的“道”既是宇宙本体，也是价值本体，二者同一。

《系辞传》以宇宙为价值性存在的思想在宋明理学中体现得尤为

明显，也可以说理学家对《系辞传》价值性宇宙观做了进一步的发展。《二程遗书》卷十一记载，大程子云："万物之生意最可观，此'元者善之长'也，斯所谓仁也。"这里显然是将《系辞传》的"生生"思想与孔孟仁学相沟通，以生论仁，自然与人文浑然一体。与此相关，在大程子之前，周敦颐就有这一观念，《二程遗书》卷三记载："周茂叔窗前草不除去，问之，云：'与自家意思一般。'"南宋叶采《近思录》注云："天地生意流行发育，惟仁者生生之意，充满胸中，故观之有会于心。"可见，此仁德不仅仅属于人文价值，亦是宇宙精神。

《系辞传》以整个宇宙为价值性的存在，以宇宙精神作为人文价值的本体依据，以宇宙法则为人伦秩序，这对于现代社会具有一定的积极意义。现代社会价值多元，但价值观的建立往往缺乏坚实的本体依据，容易出现价值虚无主义。而《系辞传》则将人文价值建立在具有超越性、元创性的宇宙精神的基础上，宇宙本体即是价值本体，这一思路极具启示意义。

以上，我们以《系辞传》的宇宙观为例，谈了一下《易传》的哲学建构。最后还想再跟大家聊聊易学的思维方式，这也是易学哲学关注的重要问题之一。

朱伯崑先生说过，易学在我国历史上产生如此深刻的影响，不在于它的算卦，也不在于卦爻象和卦爻辞，而在于其理论思维的内容。易学中的思维方式十分丰富，有形式逻辑思维，有辩证思维，有直观思维，有形象思维，等等。今天跟大家分享其中一种很有意思的易学思维，也是易学诠释学的一种独特方式。

大家心目当中，《周易》六十四卦每一卦都有一个中心思想，卦爻辞都是围绕某个核心观念展开。比如乾卦，中心思想是刚健；坤卦，中心思想是柔顺；屯卦，就是讲艰难之事；蒙卦，就是讲教育发蒙；等等。之所以有这样一种印象，一方面是因为六十四卦绝大多数卦爻辞都是围绕某个核心词展开的，这个词一般来说就是卦名。比如刚才提到的蒙卦，卦辞有“童蒙”，爻辞分别又有“击蒙”“困蒙”“包蒙”“发蒙”等词，就这一文本形式来看，全卦就是围绕“蒙”这一核心观念展开。另一方面，《易传》在解释某一卦的时候确实也是将该卦提炼出一个核心思想来加以解释。如《序卦传》解释蒙卦说“蒙者，蒙也，物之稚也”，认为蒙卦就是讲事物处在童蒙幼稚时的状态。这两个方面的原因决定了后世易学家诠释六十四卦的基本方向，比如王弼、孔颖达解释蒙卦，都是在“童蒙幼稚”这个基本的话语平台上展开诠释。

但是实际上，如果我们对某些卦加以详细考察的话，就会发现一个很有意思的现象。比如明夷卦，《易传》对明夷的解释是明入地中，光明受损，全卦有五条爻辞都出现了“明夷”一词，但是，这五个“明夷”的意思真的都一致，表示“光明受损”吗？初九爻辞说：“明夷于飞，垂其翼。”“某某于飞”是《诗经》中常见的句式，“凤凰于飞”“鸿雁于飞”“鸳鸯于飞”“雄雉于飞”……所以这里的“明夷”显然是某种鸟类，或认为通“鸣鹈”。六五爻辞又说“箕子之明夷”，这里的“明夷”似乎又是地名，与前文鸟名没有任何语义联系，仅仅是语音相同。再如革卦，《易传》释革卦为变革之义，但初九爻辞说“巩用黄牛之革”，此“革”显然作“皮革”义；六二爻辞又说“巳日乃革之”，上六爻辞又有“小人革面”之辞，后面这两个“革”显然又作“变革”义，与黄牛之“革”音同义异。类似的卦还有不少，这就反映了《周易》古经的一个重要的文本现象——卦爻辞的一词多义。古经的编纂者将仅仅是字音相同而语义没有任何联系的若干个字词安排在同一卦之中，这种思维方式用宋代学者郑樵的话说，“不可以事类推，不可以理义求”，是一种艺术性的思维。这一方面是因为很多卦爻辞本身就是诗歌，具备诗歌的特征，另一方面也是出于占筮的神秘性和灵活性的需要。这种思维方式对中国人的艺术审美有很大的影响，“取谐音”成为一种独具特色的艺术形式，从“三羊（阳）开泰”“莲（连）年有鱼（余）”的吉祥年画，到脍炙人口的刘禹锡《竹枝词》名句“东边日出西边雨，道是无晴（情）却有晴（情）”，都是这种艺术思维的呈现。

但是我们也看到，后世易学家在诠释六十四卦的时候都是按照《易传》奠定的基调进行，认定一卦就是围绕《易传》所揭示的某一中心思想展开，即使就像上面所举的“明夷”“革”如此明显的例子，他们也会不惜往既定的中心思想方向曲折引导，在历代易学家的诠释体系中似乎不存在卦爻辞中某一相同的字词会表示意义截然无关的若干种不同内涵的情况。这种诠释虽然不符合文献的实证原则，但产生了巨大影响，经典的意义远不在于其作为原初的本义是什么，而是后世的不断诠释、创造，而赋予经典的新的意义，经典自身从而也获得强大的生命力，穿透文献的、历史的局限。这一点在易学发展史上体现得尤为典型。

以上就是我今天要跟大家分享的一些内容，时间也应该到了，我就讲到这里，供大家批评指正。

谷　卿：辛老师的报告分为三块，给我们介绍了《周易》的思维和一些基本观念，非常有价值。看上去好像很简单，只分了三个部分，但实际上每个部分的内容都特别充实，理路也特别清晰，我听了很受教，相信一些对《周易》有兴趣但是并不一定有十分深入研究的朋友在听了之后，也会获得启发。

在讲座开始之前，喻剑南院长和我在文化所学术厅聊起古人取名字的一些好玩的例子，辛老师讲《易经》各个卦的时候，我也想起很多古人借《易经》的卦辞、爻辞来取名，或者为自己的子女取名，或者起表字、别号。比如说刚才讲到谦卦，不少人就用谦卦来取名和字，寄予美好的寓意。我们知道清初有一个很著名的文人叫钱谦益，近代有一位学者叫作包谦六，字吉庵，用的都是“谦卦六爻皆吉”之典。还有我们非常熟悉的骆宾王，小时候我学那首《鹅》，看到诗人的名字，还以为他是一个什么亲王郡王，实际上他名字用的也是《周易》的语典，就是观卦当中的“观国之光，利用宾于王”，而骆宾王的字就是“观光”，现在我们常说的旅游观光的“观光”这两个字。接下来请崔晓姣老师，请她从她的角度跟辛老师展开对话。

崔晓姣：当时我看到这个题目的时候，就觉得这个题目很妙——“人文的宇宙何以可能”，因为我们知道《周易》本身就是一个和宇宙密切相关的文本，或者说它是一个非常关注宇宙的文本，所以我觉得把这两者结合起来谈是一个特别好的思路。我们看到《易传》的《系辞传》里面提到“易与天地准，故能弥纶天地之道。仰以观于天文，俯以察于地理，是故知幽明之故”，就是说一方面《易》从宏观的角度囊括了天地的道理，但是从微观的角度来说，它又能够在精微之处通达人世乃至宇宙最细微处的道理。所以我觉得这个题目真的是很好，有很多东西可以讲。

我自己看到这个题目的时候，我首先看到的是这两个词——“宇宙”和“人文的宇宙”，所以我先做一个小的解题。事实上我们知道“宇宙”这个概念在中国来说并不是一个近代才有的舶来词，我们知道“哲学”是来自近代日本词语的翻译。当然，“宇宙”虽然不是舶来词，但它和我们现在所说的宇宙还是会有所差异。我不是搞自然科学的，所以对近代以来宇宙观念的理解相当有限，我查了一下大英百科和维基百科的说法，看近现代以来对“宇宙”的定义，它会说宇宙是时间和空间，以及包含于空间和时间中的内容的一个集合，包括星系、天体之类，以及其中各种形式的物质和能量。当然现在的这个定义很显然是非常自然科学的或者物理宇宙的视角，这个定义和我们古代关于宇宙的看法会有相似之处，但古代中国的宇宙概念也有它独特的一些地方，我们来看一看。

《淮南子·齐俗训》里面提到一个说法，“往古来今谓之宙，四方上下谓之宇”，往古来今就是说从古代一直到现在，也包括以后无尽的时间，它叫作“宙”，四方上下空间的概念是“宇”，所以宇宙代表了对于无尽的时间和空间的描述。还有就是古代有一个观念叫“天下”，天下和前面讲的时空观念相比，它会更加强调和关注于“人”的维度，事实上古代中国有时也用宇宙指代天下的观念。我想今天很多参与的朋友应该是做艺术或者是搞书法的，大概对《兰亭集序》特别熟悉，王羲之在里面提到“仰观宇宙之大，俯察品类之盛”，这里的宇宙事实上和天下的观念很相关。但是无论是从时间和空间的角度来说，还是从天下的角度来说，在我看来，中国古代宇宙观念的一个很重要的特点在于对“人”的强调，也就是说人的维度在其中的重要性。换句话说，宇宙在中国文化的视域中不是一个完全外在于人的辽远疏阔的空间，也不仅仅是一个我们要去用天文望远镜观察的空间；而是说，它的一点一滴都和人息息相关，人在其中是特别重要的组成部分，扮演着重要的角色。人如何去理解和定义宇宙？这是中国思想关于宇宙思考的出发点。

《易传》里面有一个说法，说“有天道焉，有人道焉，有地道焉”。我们知道，如果按照卦象来看的话，最下面那两爻是地，中间两爻是人，最上面那两爻是天，人正好处在天地之中的位置。关于人的维度的强调，不只是《周易》有，中国很多的古代文本都有，比如说我是做道家的，如果我们看《道德经》第25章，它讲到“域中有之大，道大，天大，地大，人亦大”，有的版本是作“王亦大”。也就是说，在世界之中有四样我们可以称之为“大”的，道是其一，天、地、人都是，人是可以和道、天、地并称的，是这样一个位置。

另外，我非常喜欢北宋的一位理学家张载，他有这样一篇文章《西铭》，他在里面提到，“乾称父，坤称母，予兹貌焉，乃混然中处”，“乾”为天，“坤”为地，也就是说天地是人的父母，人的形态是处于天地之间的。总之，如果要说中国古代的宇宙观念有什么特色的话，我想中国古代的宇宙当然首先是一个人文的宇宙，是有人参与在其中的宇宙。

从宇宙我们再往前一步来说人文的宇宙，因为宇宙是一个包罗万象的概念，所以我们当然可以从很多不同的角度来谈论它，来观察它。比如说我们现在的“显学”当然是自然科学，从自然科学的视角来观测和研究宇宙是最为普遍的。我也知道有很多朋友比较喜欢从玄学的视角来试图参透玄妙的宇宙，比如说，有人喜欢看星象星座。今天参与讲座的很多朋友可能对艺术的宇宙特别有感觉，会从艺术的角度对宇宙有很多独到的体察。

就我自己的思考来说，我会想到这样一些问题——“人文的宇宙”

能为我们带来什么？它的思考方向是什么？它能够提供关于宇宙的什么新知识给我们呢？我想人文的宇宙思考的一个重点当然是人和宇宙的关系，人类在浩瀚的宇宙之中如何自处。从最广阔的范围来说，这个层次当然包括人和外在宏阔的空间和物理世界的关系是怎么样，然后进一步内缩的话，我们和周遭的自然环境是什么样的关系，我们如何在其中自处，人和人是什么样的关系。这是我对于今天题目的思考，一个小的解题。

我们现在进入《周易》本身，我想从《周易》的时间和空间的观念来谈所谓"人文的宇宙"，这一点我简要分三个方面来谈。一是我们从《周易》的"易"字出发，通过《周易》这本书的名字来看《周易》如何看待时间和空间，进而我分别简要地谈一下《周易》的时空观。

说起《周易》，很多人会感兴趣，问《周易》这个书名是什么意思，"周"当然是指周代，那么"易"呢？汉代有一本流行的纬书叫《易纬》，其中有一篇叫《易纬·乾凿度》，它提到说《周易》的"易"有三个意思。东汉有一位经学家叫郑玄，郑玄在解易的时候也提到易名的"三义"，明确讲到是不易、变易、简易。在我看来，事实上这三点可以说是很好地囊括了《周易》的宏旨，但是与此同时它也可以很好地帮助我们参透《周易》的时空观念。具体说来，郑玄对于这"三义"的解释是以《易》来解"易"，他把《周易·系辞传》中的一些内容引用来，为我们解释什么是不易，什么是变易，什么是简易。

《系辞传》说"不易"，其中提到："天尊地卑，乾坤定矣。卑高以陈，贵贱位矣。动静有常，刚柔断矣。"通过这一句可以看出，这个视角其实很明显，是从宇宙的定位、宇宙的法则通达于人文的法则这样一个推演性的思维方式出发。所谓"推天道以明人事"，天高地卑，天地各有其定位，人处于其中同样会有各种不同的定位和法则，这些定位和法则本身是不易的、恒久的。但是在“不易”之中，同时必须要看到变易，郑玄在解释时同样引用了《系辞传》里面的内容——“为道也屡迁，变动不居，周流六虚，上下无常，刚柔相易，不可为典要，唯变所适”。道不仅有其“不易”的一面，它同时也是不断变化的，它不持续停留于某一处，而是遍布在上下四方之中。“不可为典要”就是说我们不可以把它执取为某一种固定的法则，然后只遵从这个固定法则，我们需要讲求它的变化。

我这里想举一个很有意思的例子，其实刚才辛老师也提到了，《周易》的二十三和二十四两卦，剥卦和复卦。剥卦的“剥”字从字面意思来理解，指的是剥落、削弱、脱离，它的卦象是下面五个阴爻，只有最上面是一个阳爻。剥卦的彖辞曰“剥也，柔变刚也”，从这里可以看出，其中蕴含的是一种剥落的迹象，柔就是阴爻，它不断地在取代阳爻，最后只剩下上面这一个阳爻，这时的生命力似乎已经是奄奄一息的状态了。但是摇身一变到了下一卦的复卦，最上面马上要消失的生机又回来了，在复卦的初爻是一个阳爻，上面五个爻都是阴爻。复卦的卦辞说“复，通也”，也就是说经由变通与变化，最终会达到一个亨通的状态。另外，复卦的卦辞中提到所谓“七日来复”，当剥落的迹象到达极致后，便又会有生机生发出来。总之，通过剥卦和复卦之间不断转化与变通的关系，我们不难看到，在《周易》那里，定理之中会有变化。

我们再来说第三点简易。《系辞传》里面提到“乾确然示人易，坤隤然示人简，易则易知，简则易从”，确然和隤然分别是说刚健和柔顺的两种性质。这里是说，虽然我们看到《周易》有六十四卦三百八十四爻，但事实上它们都是从非常简易的乾坤演变而来的，是易简易知的。

现在我们试着来把这三“易”——不易、变易、简易——运用到对于时空观的理解。首先来看不易。不易是说在无限的时间和空间之中，《周易》或者是中国古代思想始终强调某种固定的秩序或者定位的存在，刚才辛老师也提到，《周易》对秩序和定位的强调，和现今流行的某种价值虚无主义的取向会特别不一样。《周易》强调某种秩序和定位，更进一步来说，秩序和定位的背后一定是有一个更为本质性的东西存在的，这便是“道”，《周易》强调“道”的存在。正是这种秩序和定位以及“道”安顿了天地万物，宇宙很大，很宏阔，但是我们都可以在其中找到一个自己的位置，这正是由于这种秩序和定位，还有“道”。往古至今，无论时间与空间如何流行变化，周遭的环境如何改变，秩序和定位以及“道”本身都是凌驾于变化之上的。而如果要再深究一步，追问“道”的内涵是什么，其中不变的东西是什么，是一个固定的外在序列吗？当然不是，而是内在的德性。刚才辛老师提到《系辞传》中有一个说法，“一阴一阳之谓道。继之者善也，成之者性也”，阴阳的法则叫作道，而道的流行造化之处即是善，我们承袭它，然后将它凝聚于己身，便可成就己身的性。

另外，还有一个文献是1973年出土于长沙马王堆的帛书《周易》，帛书《周易》的最后有几篇单独的论文，其中有一篇叫《要》，《要》篇中记载了孔子对《周易》的整体看法与研读方向。孔子说，对于《周易》这个文献，我主要是“观其德义”，也就是说，孔子之所以看重《周易》，看重的是其中关于德性的内容，可见“德”本身在《周易》中是非常重要的一个组成部分，也是在整个秩序和定位中非常重要的、一以贯之的内涵。再者，《周易》还非常强调所谓“中正”之德，讲求中位和正位，而居中、居正，同时也是对德性的强调。

在不变的德性之下一定会有变易的东西，在《周易》的理解之中，恒定中酝酿着变易，就像是我们看到一条平静的河，但它下面其实是暗流涌动的。《周易》所呈现的正是这样一个世界观。所以我们应该是在变动不居的世界之中唯变适从。

我们知道孟子非常推崇孔子，孟子曾评价孔子为“圣之时者”，这是很高的评价，是说孔子善于在不同的时势中调整自身，采取恰当的行动。整体来说，不论是《周易》还是就中国古代思想整体而言，都讲求蕴含在不变之中的变动。

另外我想强调的一点是，《周易》所讲的变动，不仅仅是和“静”相对的一种运动的状态，更为重要的是，它意味着一种更新和生成。《系辞传》讲到“生生之谓易”，不断地去化生生命，这个叫作易；“日新之有盛德”，每日有所发展，有所得，这才是真正盛大的德性。还有《系辞传》中有一段描述“上古之时”的内容，通过其中对于古代的理解与描绘，我们也可以看到《周易》对“变易”的推崇。这段内容开头说“古者包牺氏之王天下也”，这里的“包牺氏”也就是伏羲。这段内容我不逐字阅读了，我们大概来梳理一下。伏羲在开始统治天下时，仰观俯察而作“八卦”，在伏羲之后，神农氏发明了各种农耕和渔猎的工具，后面又有黄帝、尧、舜、禹，他们也都各有发明。随着时代的沿革，历史也在不断发展，圣王们不断创造一些新的东西。这段内容最后提到“穷则变，变则通，通则久”，这是说，在穷尽之处，一定会有变化，而在变化之后便会导向亨通，亨通的变化是一个长久的东西。

最后一点是简易。无论是在变或者是不变之中，都存在易简之道。

前面提到《周易》，好像我们一会儿说变，一会儿不变，我们怎么捕捉它？事实上它一定有某种东西是可捕捉和易于捕捉的，并且这个可捕捉的东西是最简单的元素或法则。刚才辛老师介绍了阴阳两爻，阳健阴顺。就是这么简单的两爻，它反而可以变化无穷。

这是关于《周易》的三易和时空的关系的一个表述，下面我们再来考察《周易》本身的时间观念。事实上，中国的时间观念在近代有一个比较大的转向，也就是说，古代中国对时间和历史的理解会和现当代中国的理解非常不一样，怎么不一样法？我们来看。首先看古代文献，我们会发现古人对于时间、历史以及世界的理解，会特别倾向于在过往的历史之中寻求某种合法性，以及现代社会运行的准则与合法性。在古代中国思想中，历史不是一个线性的发展过程，不是过去、现在、未来三条路线，然后就这样一直向前，中国古代对时间和历史的理解不是这样的一种模式。毋宁说，它更像一个圆环，过去、现在、未来彼此相通，你可以不断地回到过去从而理解和定义现在和未来，它是一个反复不断再出发的过程。最好的例子就是我们刚才提到的第二十三、二十四卦，从剥到复，剥卦穷极了，然后一阳来复，这就是一个不断循环往复的过程。这个反复的思维除了《周易》之外，在道家那里也会看到，比如说《老子》第40章提到“反者，道之动”，道的变化是反复的，所谓“反者”可以从两个方面来理解，一个是对反，一个是不断循环。这是中国古代理解时间和历史的一个方式。

其次，在中国古代文本和思想家，以及《周易》看来，远古本身是很美好的，是值得我们不断去回溯和探寻的。我们知道，孔子穷其一生都在复兴周礼，试图重回周代礼乐繁盛的状态。孔子说“郁郁乎文哉，吾从周”，这是说，“周代的礼乐非常繁盛。我跟从周代的礼乐，我也非常想要回到当时的状态”。另外，我们如果看《老子》文本对至德之世的想象，同样也是通过古代来描述的，《老子》里面有很多这样的话，说“古之善为士者”，“古之善为道者”。善为士的人，或者善为道的人，他是在古代的，他是从久远的历史洪流里面来的。《老子》第14章讲到“执古之道，以御今之有”，就是说我们执取一个古代的道，就可以观照现在。我们如果看《老子》对于“小国寡民”理想政治的描述，同样是一个回溯性的描述或想象。

《周易》也是一样，我们知道《周易》它有一个很实用的功能是卜筮，这表明它是一个面向未来的文本，它是一个想要给我们提供一些关于未来的知识的文本。但是，《周易》探究未来的基础是在哪里？是在现在与远古。比如说，《周易》会明确地将它的起源推至极古，伏羲画卦和文王演易。再有，在《周易》那里，不仅是对于古代本身的推崇，即使是对于未来的想象、理解和定位，也都是由古代出发的。我不知道大家喜不喜欢看科幻电影，有一个系列的电影我很喜欢，美国的科幻片《回到未来》，我觉得“回到未来”这四个字特别能概括中国古代对于时间和未来的理解，古代为现代和未来提供了依据，我们通过古代来理解和诠释未来，所以说是“回到未来”。

另外，孔子说他自己“述而不作，信而好古”，就是说他讲述古代的东西，自己不去写新的东西，他非常喜欢古代的东西。我们知道孔子整理六经，显然是期待通过古代经典为现在和未来提供行事准则与依据，提供某一种经世的法则。《周易》也是一样，《周易》中的许多卦爻辞都是对于历史事件的描绘或陈述。总之，通过这些历史的描述或回顾，我们能够达到未来，我们才能够理解和定义未来。

近代有一个学者叫胡朴安，他有一本书叫《周易古史观》，这本书的立场就是他觉得《周易》中六十四卦三百八十四爻，其中的每一个字都是有关历史的，他把《周易》当作一部史书来解释。当然他解释的路径值得商榷，我们可以去讨论，但是通过这点也可以看出《周易》这个文本中历史的分量。总之，无论是《周易》或是中国古代的其他文本和思想家，对于古代的态度，以及对于未来的理解，都是基于对既往的理解而生发的。

还有一点非常值得强调的是，《周易》有其两面性，重古的同时也讲求开新，继往和开来是相结合的。《周易》在重古的同时对于未来抱持一种非常开放和迎接的态度，所以它会提倡“生生之德”与“日新”，不断去创新。当然我刚才说到对于时间的理解会有一个转向，近现代以来对古代的理解有一个特别大的变化，生物科学的理论被运用在了对人类社会的理解之中。我们现在看未来的时候往往是向前展望，我们不会再“回到未来”。现在的科幻片更像是一种“无中生有”的思路、天马行空的想象，而古代不是无中生有，是古中生有。我们现在更倾向于立足未来，通过未来而为未来和现在寻求合法性，并且通过未来来审视和判定现在以及古代，通过未来去追寻和决定我们现在的路应该怎么走，同时去评判古代。这是我觉得《周易》乃至中国古代文本历史观和现代的一个特别不一样的方向，也是特别值得关注的。

我最后简单地讲《周易》的空间观念。就《周易》的空间观念来说，我觉得最主要的两个关键词是“流行”和“定位”，刚才辛老师也提到《周易》对秩序和变化这两方面的同时强调。我们如果看《周易》的卦序，尤其是看《序卦传》，会很容易看到一种非常强烈的秩序感，这六十四卦不是像摇小乒乓球确定次序一样随机，不是某种大而混沌的空间和次序，它有一种很强的秩序感在里面。但是同时，在“定位”之中也有“流行”。我想举两卦来生动地看一下，我们就会知道流行和定位在《周易》中是如何体现的。这是《周易》的最后两卦，一卦叫既济，一卦叫未济，水火既济，既济卦离在下，坎在上，火在下，水在上，未济正好是倒过来了。从字面意思来简单理解，既济表示已经完成了，未济则代表还没有完成，还要再继续。我们看一下既济是怎么已经完成的，一、三、五，初爻、三爻、五爻都是阳爻居阳位，二、四、六是阴爻居阴位，它们共同构成了一个非常整齐的空间，一切都已经按照它的定位排列好了，非常整齐。但是同时，我们还发现，《周易》显然不是一个仅仅迷恋秩序的文本，因为既济不是最后一卦，相反，未济是最后一卦。未济是既济的每一爻的反义词，把既济卦完全打乱了，所有的阳爻都居阴位，所有的阴爻都居阳位，完全是一个错乱的状态。但是这个状态同时也就意味着尚未完结，还需要再向前发展，是一个开放的空间和无尽的可能性。在《周易》的作者看来，在完结之后，我们还是会走向一个开放的、充满无限可能的新开始，所以《周易》的最后一卦不是既济，而是拥有无限可能的未济卦。这是我关于《周易》时空观的一些小的理解。

谷　卿：崔老师从易有“三义”——不易、变易、简易开始谈起，然后结合一些卦象来讨论时间和空间的相关问题，非常好地归依了今天有关人类与宇宙的主题。接下来有请清华大学林书杰老师给我们分享他的见解和心得。我虽然没有见过林老师，但是早就看到过林老师的书法作品，很高兴今天能够在“汲古论坛”这样的场合，有这种形式的交流。林老师现在在藏区，他给我们带来的报告是关于“法”的，包括书法的法，还有佛教的法，我相信会是非常精妙的。

林书杰：我现在在青藏高原，网络不稳定，这应了《周易》之“易”之义，是个不确定的东西，也会有变化。在这里结合我个人的一些研究学习，向大家请教。几位老师都是《周易》的专家，我对《周易》没有研究，但是系辞部分还能略知一二。可以从因明开始，当时在写博士学位论文的时候就遇到了难题，我一个师弟希望我能从因明去找一些可能的东西。

后来发现因明可以帮助我解决论文的问题。什么问题？我们的语言是有意义的，在后现代的语境里，如有意义就会有所指和能指的关系，即一个中心的问题，形成一个决定另外一个的关系，这样的话有可能会被解构。在许慎的《说文解字》里，对“词”有时说“意内而言外”，或者是“言内而意外”。总之，它们之间有一个主导。如果是这样的话，我们的汉语一样会面临解构的可能。当时我想怎么来处理这个问题。今天也是跟大家一起来探讨这个问题。

要回应如此问题，这涉及西方的形式逻辑、语言概念等相关方式，还有佛学、佛法，主要是因明。我现在花的时间比较多的还是在因明的学习上，也希望因明能够对我们的思维方式有一定的帮助，也是借这个机会把因明一些很重要的问题给带出来。这与窥基有关，同时也依据陈那的《因明正理门论》的文本来做进一步的解读。

在学习过程中发现中国书法，为什么叫书法？日本叫书道，韩国叫书艺，我们汉字文化圈里的国家和地区就有不同的学名，我们的历史上也有很多不同的名称，也有叫书学、书道的，所以我想今天也就这些问题给大家做一个回应。刚才提到的佛学、佛法，与书法共享一个“法”，这有许多相似的东西。

《周易》有一句话说道：“在天成象，在地效法。”“在地”，通俗理解的话就是指我们的社会，人和人之间的交流方式、表达的方式等。“在地”的方式，就与“法”相关。不管印度人、美国人还是德国人，只要你用语言，就是“在地效法”的方式。可以说“法”，亦是一种“形式”，包括语言的方式。比如说我们是用汉语，他是用英语，说杯子英语是cup，汉语是“杯”，在表达意义上没有什么区别，这也可以用“法”的方式来概括，也可以说是用某种“形式”，都没问题。后来西方把“形式”发展得很好，演绎出形式的逻辑、形式的语言、形式的概念，或者概念的形式、逻辑的形式等。

法，从概念的角度来说是一个对象、一个事物，同时也跟我们思维方式有直接关系，也跟我们的生活紧密相关。这些都被包括在“法”的方式之中，具体体现在“有和无、可见与不可见、虚无和实有、是与非等”一对一对的矛盾中。辛老师已经讲过《易经》也有对应的关系，如阴阳等，一一对应的关系。

“在地效法”体现了人与物、人与言等之间的关系，且呈现出一种关联性、多重性的思维方式。《墨经》也有类似的一些表达（下面将会谈到），但是后来就少见了，可能除了“法”所讲的方式与西方形式概念相似之外，我们还有一种，当然可以把它描述成“情境化的语言”方式，我觉得这个跟我们中国的思维是比较接近的。比如说我们经常说的“道可道，非常道”，不能用一定的语言去确定它，你要在情境当中去把握，这些都跟《易经》讲的“易”是有很大关系的，当然都在“法”的层面上。

《易经》有一句话："制而用之谓之法。"这句话是对"在地效法"做了注解，我又在这个基础上做了解读。"法"包括三个方面的内容。第一，表达，包括一个行为，是动态的，当然也是有目的的。第二，有规范、规则的要求，是可认识的对象。比如"杯"字，大概就是拿来喝水的要求，当然说是一个概念也可以。第三，"用"之是与非。什么意思？只要把它确定为杯，即便它是一个碗，它也可以成为一个杯，即"是"，同时包含有"非"，即对非"杯"之否定。这是在"用"的前提下来确定，以"用"的方式来理解。《易经》有一句话"百姓日用而不知"，即"用"之先在，以"用"来体现它的价值和意义，包括个相与共相、对象与非对象的相续。"相续"是个关键的词，也是对"法"做另一解读的词。

现在在高原说话都会喘气，希望大家理解，现在是海拔近3000米，来了一个月，也基本适应，但是走路、说话喘气还很厉害，所以如果听得不太顺的话你们也谅解一下，也随时问。

"制而用之谓之法"，是对"成象效法"做进一步的理解，阐述"法"的意义。《易经》还有一句话："是故，法象莫大乎天地，变通莫大乎四时，悬象著明莫大乎日月。"大概的意思就是说，天地是法自身而呈现出来的，当然天地也是最大的法。法莫大于天地、宇宙，就是它自身。如我就是我的符号，类似这样的一个理解。变通，即四时的变化，我们怎么变化都不如天地四时的变化大，包括日月的悬象，"悬象著明"是日月的呈现方式。

有一个词叫"自他相换"，什么意思？刚才说的天地，就是它自身的呈现给出的象，给出本身就包含"自他相换"的方式。前面提到个相和共相的相续，也是"自他相换"的解读。于此，是方法，也是自身。法也是象，象也是法，天也是地，地也是天，它是相互地转换，相互地呈现。所以“成象效法”也可以说是一种对“法”的理解，亦即与外面世界联系的方式。

《墨经》有一句话说：“法，所若而然也。”

“说法：意、规、员，三也，俱可以为法。”法为模范，依法从事即能产生如法之效果，故曰：“法，所若而然也。”例如画圆有三法，其一为“一中同长”之概念(意为圆仅有一中心，由中心至圆周之距离均等)，即所谓“意”；其二为作圆之“规”；其三为已成圆形，仿依以从事，俱可以成圆。故曰：“意、规、员，三也，俱可以为法。”

这与“制而用之谓之法”“法象莫大乎天地”的理解是相似的。《墨经》用具体的事例来解读。《墨经》所说的“法”具“意、规、员”三者。可以这样理解，比如要做一个杯子，就要有杯的意识、概念，也要有杯的规矩、规则，不能做成一个大水桶，那就不对了。还有“员”，就是说要有做杯的工具，才能做成这么一个东西、一个对象。于此，《墨经》跟《周易》讲的“法”，其思路基本一致，就是说，要表达一个东西，做一个东西，要具备三个条件。但我们现在的思维，已经很少有这样的方式了。这就是春秋战国时期留下的经典，这种思维方式对我们后人应该是非常有帮助的，但很可惜这些还有待进一步去研究和弘扬。

与这种思维方式相关的印度，他们发展得很好，中印文化思维关系的进一步联系，到了唐代，应是与玄奘、窥基等人有关。我们看到的这个词 धर्म（dharma，达摩），这个词是梵语和它的转写，其意义是指我们的生活、我们的思维几乎离不开这个“法”，因为“在地效法”，这是离不开的。在印度他们也是这么认为，dharma 是其学术核心。其有不同的教派的阐述，当然也有不同的理解，小乘、大乘都不一样，包括因明后来的应用，都不一样，但有一个是相似的，大家也基本接受以唯识亲菩萨之“法”的解读为基准，即（1）能持自体，（2）轨生他解。什么意思？就是说一个杯子有属于它的自性，是自身的同时，亦能区别他物，同时它能应用，让别人能理解，这就是“法”之理解，亦是对自性和差别所表达的阐述。

在唐代之前，धर्म（dharma）并不是译成“法”，而是音译成“达摩”，到唐代之后就翻译成“法”，最主要是玄奘和窥基。玄奘翻译了印度陈那的《因明正理门论》（简称《门论》）和陈那弟子商羯罗主的《因明入正理论》（简称《入论》）。玄奘的弟子窥基读了之后对《因明入正理论》做了注疏，叫《因明入正理论疏》，史称《大疏》。而时下我认识一位老先生，叫梅德愚老师，年近八十，他在窥基的《大疏》上又做了注释，出版了《因明大疏校释》（中华书局，2013），分上下两卷，非常厚。

窥基对“法”做了具体的注释，是把《易经》里讲“法”的意义与佛学的धर्म（dharma）做了相互的解读。

刚才提到杯之自性、差别。自性、差别是两个词，对应的词叫“前陈”“后陈”，还有的叫“能别”“所别”，还有“有法”和“法”。“法”跟自性和差别相关。自性相当于“有法”，差别是“法”。什么意思？比如我说“ཟ་མ་ཟོ”这个词，你们可能就听出“萨玛索”的发音，这个时候就是“有法”，这是藏语“请吃饭”的意思，你知道它意义的时候就叫“法”，这时候我们对“法”的理解就是对一个东西要确定的同时，还能包含很多的东西在里面，比如说常和无常、前陈和后陈、对象和非对象、有和无等。这体现了“法”的核心意义。以上问题与我们所理解的对象是紧密相关的，窥基对于“能持自体”“轨生他解”，主要从自性和差别做了一个注：

> 法有二义：一、能持自体；二、轨生他解。故诸论云：“法谓轨持。”前持自体，一切皆通，后轨生解，要有屈曲。初之所陈，前未有说，径廷持体，未有屈曲，生他异解。后之所陈，前已有说，可以后说分别前陈，方有屈曲，生他异解。其异解生，唯待后说，故初所陈，唯具一义，能持自体，义不殊胜，不得法名。后之所陈，具足两义，能持复轨，义殊胜故，独得法名。前之所陈，能有后法，复名有法。

文中的“径廷”和“屈曲”是关键词，意思是如果说“萨玛索”，你听到的只是一个声音的时候，它就是径廷而持体，就是属于它自身的东西，但是后面说要有屈曲的时候，就是你知道它是说“请吃饭”的意思。因明学里有一个公案，当时陈那要跟外道辩论，就约定明天什么时候到哪里辩论，外道就答应说明天准时过来。过来了之后陈那就提出了一个与“声无常”相似的观点。外道说了一些观点之后，紧接着陈那就说你已经输了。“声无常”，无常是什么？因为你已经能够相续昨天讲的东西，今天要做东西，你已经做了，同时在你自相续里就相信有过去、现在和未来不同时间点。无常的对象和意义就相续在“法”的方式之中，包括“径廷”和“屈曲”。就是说，你知道ས་མ་སོ（萨玛索）是请吃饭的意思，你同时也是接受了无常的存在，有过去、现在、未来的存在。这个时间问题，前面有几个老师都讲到变、不变。时间的问题，就是在这里给显现出来。

我在读现象学的时候才发现，胡塞尔在《内时间意识现象学》（商务印书馆，2009）里面谈到了时间问题，他说听懂一首曲子，是我们不断地接受的结果，把刚刚流响完的音符给相续了，才能够听到这是什么曲子。20世纪之后西方哲学才开始研究类似的问题。因明早在公元初年就已有详细的研究。印度有一教派叫正理经，当时有个叫“足目”的人，这一派主要是他开创的，后来演变成因明，通常叫“印度逻辑”，最后变成了佛教借用和研究的对象，也有称“佛教逻辑”。比如我们刚才提到的陈那，原来是婆罗门教的，后来改信了佛教。陈那是因明研究的关键人物，他的研究使因明获得了新的高度，奠定了因明的学术地位，史称“新因明”。

刚才分析“法”的时候，也把“前陈”给解释了，同时它也把无常的时间性，包括“法”之有和无、对象的和非对象的、个相和共相的都涉及了。“法”在一定的语境下自他，包括屈曲而径廷，可以相换。我觉得这跟《易经》讲的“法”之理路是蛮相似的。

藏传因明研究以法称为主，汉传以陈那为主，但现在也有很多学者研究法称的《释量论》，量是根本法。因明在汉地的研究主要有三个阶段：第一个阶段是唐代，玄奘及其弟子窥基、文轨，还有朝鲜的圆测、日本的善珠等。他们当时都是非常了不起的，做了许多研究，兴盛一时。到了清朝末年，中国留学生到日本学习时才发现汉传因明的著作，之后从日本转到我们这边。这是第二个阶段，以吕澂先生的研究为代表，他有一本研究《入论》的著作。第三个阶段是现在。因明是我们人类思维非常独特的方式，在这可以简单地概括，之后我们再回到中国书法的“法”的问题，来做进一步回应。

第一，“法”可以说是相续和分别的集合，这里说到另外一个关键的词，叫“分别”。比如说我们去商场买“杯”，买了，服务员肯定就会给你一个杯，但为什么不给你一个碗呢？就是因为我们人有分别的能力。这些问题我在写博士学位论文的时候就进行思考了。例如关于德里达的问题，他解构的是借助一定形式而有意义的对象。换言之，只有对象化的方式才能展开他的解构。一只杯子，当然我可以作为碗，可以作为烟灰缸，也可以作为花盆、花瓶来理解，都不影响它的使用，即媒介之形式与对象之意义并非对等，无法对象化，因此解构找不到对象。这与相续的方式有直接关系，对象就有很多之“用”，包括一定的规定，规定甚至趋向一种非对象的东西，都可能在相续的层面呈现或反映，包括分别，即相续的同时就能够分别。

第二，“法”是对象的个相和共相的自行摄入。意思就是说，在说“杯”，或制杯，即“制而用之”的时候，我们的意识自然就把杯之个相和共相自行地摄入了，也可以说是能够相续的。能买杯的时候，亦即对杯的个相、概念、共相有基本的认识，否则就不能完成这个行为。这相当于我们如果不懂汉语的话，没办法进行交流，而你一旦听得懂我们说的ཟ་མ་ཟོ这个词，你就能够把这个吃饭的行为，还有吃饭这个词的概念自行地呈现出来。

第三，“法”是对象之个相与共相的交互。刚才说的“法象莫大乎天地”，天也是地，地也是天。我是我的符号，符号也是我，我自身是我，这个没错。所以对象之个相和共相有一个交互，这是“法”的体现，包括制作杯，且不断地衍生。比如说最初的“杯”，当然我们约定它，去做“杯”、买“杯”时，“杯”不断地演绎成别法，别法的意思就是说它可以独立，也可以有区别于他物。

这些问题，在书法里也有充分的体现，所以为什么说中国书法很特别，我们应该怎么去做才使得中国的汉字、中国的文化体现当下的学术取向。可以说，还没有所谓的哲学、美学、心理学等等，人类就开始有“书写”了。通常在没有什么概念的时候，人类已经在涂鸦了，即“书写”。书写不只是说我们用手、用笔来写，今天我们可以用键盘来书写。当然现在已经有计算机书法、机器人书法了，这些都可以完成一定的书写。书写概念不仅仅属于狭义的、日常的概念了，可能也已经在另一层面上来呈现其价值和意义了。

当然这些也是德里达给我的启示。他认为意义都在书写当中显示出来，书写的差异是意义显现的前提，意义并非在语言的差异里，因为语言的差异是约定的结果。语言并不是世界意义的源初性，他说语言可能源于书写。就是还没有概念的时候我们已经在“表达”了，可以用身体来表达，用动作来表达，可以用不符合逻辑、不符合语法方式的“语言”——“书写”来表达。这些都先于所谓的“学”，所谓的概念，所谓的语言。如此之书写与人类的起源、人类意义价值的发生是紧密相连的，也可以说，书法是在探索这种原初的意义和价值，我觉得书法应该具有这样的能力，应该去担当这样的责任，也因为“法”的原因。

孙过庭《书谱》也引用了《易经》作为展开书法论述的切入点，当然也是中国书法的一种原初的表达。“《易》曰：观乎天文，以察时变；观乎人文，以化成天下。况书之为妙，近取诸身。假令运用未周，尚亏工于秘奥。而波澜之际，已浚发于灵台。必能傍通点画之情，博究始终之理。”什么意思？假使你书写的能力还不是很好，你的功夫还不能达到探索书法奥秘的程度，但书写时灵台已经是在波澜之际了，已有波澜之起伏了。就是说，我们拿起笔书写的时候，已经是跟灵台、情怀等相关，还有究竟之理逐渐呈现出来。我觉得孙过庭是对中国书法包括《易经》所描写的一些东西做一个具体的联系和解读。实际上可能更多的是它在说一种“镕铸虫篆，陶钧草隶”的呈现方式，即讲求“法”。如果没有“法”的话，我们怎么能够认识这个字呢？怎么能够写篆书、草书、隶书？实际上无论你灵台如何波澜壮阔，这里还隐藏着“法”作为前提，所以书法特别强调几个法：字法、笔法、章法等。这是关键。

笔法是核心，所谓的笔法与我们刚才分析的“法”有很大的关系。也就是我们说的自性、自他，还有自他相换的方式，包括个相和共相之间的交流、沟通、互换等都是在“法”中体现出来。比如说我们能够对楷书有认识，有欧阳询的楷书，有颜真卿的楷书，有褚遂良的楷书。但是他们楷书的写法形质都不一样，颜楷的点跟欧楷的点完全不一样，但都会觉得写的就是一个点。为什么？这就是“法”的体现。因为它符合笔法，符合写法，通俗地讲它符合“法”。要说以“书道”“书艺”来概括的话，我们做了许多预设。“道”在《庄子》里有具体的讨论。弟子问：“道恶乎在？”庄子说：“无所不在。”即道无所不在，可以在上，也可以在下，在好，也可以在坏里，没有可遵循的一个东西。“书艺”犹如贴一个标签，任何东西都可标上艺术之名，这个就是艺术，那个也是艺术，这么随便确定，那可就麻烦了！而“书法”可以从最基本的方式来展开，并不是说一定要建立实在的东西，是“以技致道”的方式来呈现的结果，书法可以用“形而上之谓道，形而下之谓器”来加以概括，书法通过“技”可以联系这两者，包含内外、物我、阴阳等。

蔡邕说：“夫书肇于自然，自然既立，阴阳生焉；阴阳既生，形势出矣。”这个描述有一点像《周易》讲阴阳的关系：一种发生、生发的意思。对于书法而言，可以说是一个源起，描述书法是怎么来的。

于此可以把它理解成一个书写方式、动作：起和收，有阴有阳，有起有收等。书写即某种关系的呈现。关系可以在书写技巧、书写动作里讲求。

从书写来介入对书法的理解，可以把动作与汉字做具体的联结，我们可以先给出这样一个结论：动作就是书法。手腕是书法世界的基点。为什么？我们先解决理论的问题，也是物理性的问题。二十年前（2000年前后），有一天写字时突然发现，所有的书写好像可以由起和收的方式来完成，任何的笔法、任何的书体也都在起和收之中结束。之后发现，我们的手腕跟我们的汉字书写有一个必然的关系，就是在写任何一笔或字时，如“横”画，看到的横是一个黑色的笔画，是二维的，而实际上我们写的时候是依据三维的形式写出来的。写出的横画墨块可以分出前后、上下、左右，有三组一对的关系，六个方位的呈现。换言之，写“横”是依据“横”的三维空间写出来的。汉字也叫方块字，所有的汉字都是在一个框里面写出来的，不管行楷篆隶草，或数十万单字，都可以在框里面写出来。

然而，我们的手腕是一天然的生理结构，可自由旋转。框里面所有的书写都可以由手腕控制。不管哪一种书体，都在这个框里面写出来，只要是在这个框里写就可以被手腕所控制，框里面的笔法的变化、笔画的变化也不外乎手腕的变化的结果，手腕的变化也集中呈现在这个框里面。那就是书法的书写，汉字的所有书写跟手腕形成一个有机的结构关系。这也是汉字书写符合物理运动规律的体现。书写、运动逃不掉这样的关系。所以我们现在教书法，主要教动作，即“摆动”动作，稍熟练之后再由一个动作演绎出所有的书写。书法的学习就是如何把一个动作给练好，即起和收的基本笔法。这个笔法也可以叫

“一笔”，即涵盖所有的书写。书写可以由“一笔”——起和收演绎出来，也可以说是阴和阳的另一种体现。

由此，对书法的理解我们可以从手腕与书法的关系来进一步展开。后现代哲学代表德里达讲“书写”如果有意义，也可能会有一个中心论的问题，也会有被解构的可能。经分析书写动作，除二维与三维之间的关系书写都涉及之外，还包括对象之有与无、是与非等把持的可能，既“是”，亦“非”，是和非都相续于书写动作里，有双重甚至多重的特性：双是，双非，既是又非，既非却是。包括说“是”时它有可能“非”，说“非”时它可能“是”（这两方面已可以回应了）。在回应德里达的解构问题时，我在汉字书写里找到了方法，有了依据。

当然还有一个就是计算机的应用，汉字书写空间的确定可量化，进而与机械、计算机书写应用联系起来。我们也在做一些实验，把一些作品进行形状数据化的采集，做数字化的整理。汉字书写确定了可还原性，即机械与书写的结合，亦即二维与三维的有效交互。如此的描述可能比前面分析的“法”，在应用范围上更广一些。这样的话，对书法之“法”的理解和应用，有了一个更可靠的依据。尽管书法有如此之“法”，或“法”如此地被书法所应用，以至书法的表现可以在相续与分别的前提下，书法中的有无、物我等各种关系的讲求，也会趋向“心法”上来把握，即向另一层面来讲求。如消解有形的东西，而获得“神采”——非有非无之间东西。无怪乎张怀瓘说：“唯观神采，不见字形。”神采亦会趋向，且相续于心、手、笔等，即书写可由外而内，由内而外，即便是外在的时间都会转化为书写的当下。言语说出来是声音，声音是有时间和空间的，写出来的也是有时间和空间的，但中国书法在自我的层面、手和心的层面，表达和呈现可以凝固时间和空间，刚才崔老师讲到宇宙的时空的时候，实际上中国书法还有另一种时空的观念，它可以凝固，也可以延伸。

写信开头经常就写“见字如晤”字样。“烽火连三月，家书抵万金。”你想想，战火连天，突然收到了一封家书，在特定的时空中，许多信息交集在一起，涌现在字里行间。所以我们为什么说“见字如晤”，书如其人，表达的就是一种内在的东西。“心、手、笔”这种关系的体现，它不是单纯意义的表达。一种书写，把人微妙的东西在当下给呈现出来。在书法世界里时间和空间可以相聚、统摄和延伸、舒展。

书法在瞬间就可以把时间和空间相续起来。在这样的语境下来理解中国书法，并不是把所写的内容、写的什么字，形成一个对象化的东西来把握，即外在化的时间来理解。这些不重要。书法所讲求的应如王僧虔所说的：“书之妙道，神采为上，形质次之。”书法中的神采并非外在的呈现，包括时间的流变。而书写之神采的时间是内在的，是时间之“法”的形式体现，同时相续着笔法、字法和心法等空间的形式。换言之，时间和空间都在书写的神采里生成、相聚。

20世纪现象学出现，特别是梅洛–庞蒂身体现象学出现。二战的时候，他是一个士兵，是非常有思想的士兵。他对“幻肢”做了很多的实验，寻找身体在人类世界思想史中的价值和意义，就是人的身体到底能做什么。梅洛–庞蒂通过研究发现身体并不是像柏拉图所说的，只是一个装着灵魂的袋子，身体是能参与到人与世界，包括自身的建构之中的。

蔡邕有一句话：“书写之势来不可止，去不可遏。”是说我们写字的时候，因为毛笔是软的，纸是洇的，墨是稀的，这三者之间的关系是不能完全如你所愿的，或者超出如你所愿的那样控制和表达。这就是说我们每一次的书写都不一样，每一次的书写都是新的，跟说“太阳每天都是新的”那样。这个时候到底是我们用脑、用理性来控制，还是用身体来控制？根据书写特征和条件要求，书写的当下我们身体是直接参与其中的，书写的价值和意义皆在身体之中。换言之，书写把身体带到了意义世界之中。如果没有我们的身体，你怎么能体会到笔墨纸这种微妙的变化？这种感觉绝不是我们能够用理性就可以捕捉到毛笔毫的千变万化的那种东西，还有纸洇开的那种墨块墨色，以及墨的分层变化。我们的大脑、我们的灵魂、我们的理性是无法涉及的，可能连边都到不了，但只有身体，这个手在联系着笔和心，世界就在笔中、在手中呈现。换言之，世界在书写中呈现，意义在手中表达、言说。

这些都是20世纪很重要的哲学问题，这些答案和思考的方法都可以在书法里去寻找。特别是在自我书写层面，可能书写又变得没有“意义”了。书写到最后呈现出：“不知手之为手，笔之为笔，心之为心。”干脆三者都不要了，即“三无”的状态。原来西方哲学身体现象学想找到的那个东西书法里有，但也可以“无”。这就是中国书法。比如说怀素在他的《自叙帖》里面，“忽然绝叫三五声，满壁纵横千万字”，“醉来信手两三行，醒后却书书不得”。情绪忽然来了，都不知道怎么回事就写了那么多的东西。

因时间原因最后用四对关系对书法之“法”做一个简要的总结：沟通与转化，相续与分别，还原与悬置，消解与自明。

1. 沟通与转化

沟通和转化对象，法之个相和共相，书法里面讲得很微妙，也很有意思。“善学者乃学之于造化，异类而求。”“异类而求”就是我们绝对不能说写“云”字写成或画成云，写“人”字画成一个人样，绝对不是，它是异类而求，这是唐代张怀瓘说的。书法需要转化，此中包括个人风格的转化与形成。

2. 相续与分别

《兰亭序》“之”字有20个，为什么都不一样？其中包括王羲之兼顾到了书写的差异：笔法之变，书写之变。即书写之流变包括过去、现在和未来。这也是变化无常的问题。如果说写一幅字第一笔你都忘了，第二笔你也忘了，你根本就不是在写字了，不是在书法表达的那种关系里。应当不断地相续，包括常和变的相续、内和外等。

3. 还原与悬置

还原，可以通过刚才分析的“一笔”，手腕和汉字书写的关系。实际上所有书写都可以还原为技术的问题来理解。所有的书写、所有的笔画可以用起和收之“一笔”的方式来演绎。一也是多，多也是一。悬置，希望书写的时候要敞开怀抱，不能匆匆忙忙，如“书者散也”。

4. 消解与自明

消解的方式很多。（1）书体之间的消解，如“中”字的写法很多都不一样，书体之间的笔画也不一样，但它们还是同一个字。（2）以形消神，就是说我们以神消形，就是“唯观神采，不见字形”。（3）以别字消解，比如日本的假名汉字，跟我们不一样。还有欧阳询的《三十六法》里提到新、曹、建等字的写法，跟现在规范的字不一样，可以根据书写来增减笔画。当然古代是常有的，可以多一点少一点，但是在我们计算机系统里面是不能的，所以我们要通过书写的方式去理解它。

所谓的自明，包括直观的东西，都是在书法里面体现出来的，特别是虞世南的“书道玄妙，必资神遇，不可以力求也。机巧必须心悟，不可以目取也”。这是个自明的方式，亦即庄子说的“目击而道存”。

今天基本上讲得差不多了，用一句话来概括，“法”的方式实际上是一种中国传统很好的思维形式。通过对《周易》和《墨经》，包括因明之“法”的分析和理解，我觉得几千年来的书法依然还在书写，还没有变，一种“法”的思维一直存活着。当然，对书法之“法”的理解和分析更多是来自因明学的理路。

谷　卿：林老师那儿信号不稳定，他跑了很长的路到朋友家中借用网络。刚才聊的“法”思维有很多是我们之前没有考虑到的内容，林老师最后用书法来做结语，再次提及空间和时间这两个维度的一些问题，奥义迭出，十分精彩。那接下来家刚兄给我们谈谈吧。

杨家刚：刚才几位老师已经从不同角度讲得很全面了，下面我结合本期主题“人文的宇宙何以可能”，重点从其中的天道和时空观等几个角度来谈一下我的认识，也是对前面几位老师的发言做一个回应。

我主要从三个方面讨论。第一，从孔子对易学的认识，尤其是易学对于孔子以及后来的儒家哲学突破的意义来进行讨论，重点关注孔子通过《周易》来贯通天道和人事的思想价值。第二，从另外一个小的方面来讲，就是从易学的中道观来谈。第三，从“万物一体”观念和理论来谈。

我们说的“卜筮”这个词包含两种意思，其中占卜和用蓍草来占筮是有差别的。占卜最早是用甲骨，现在好多人说弄个乌龟壳来刻字，其实是不对的，占卜是用乌龟的龟腹甲，就是它的肚皮那一块腹甲，加工之后通过烧灼让它出兆文，兆文的一竖一横就是“占卜”的“卜”字。所以我们说“卜筮”的“卜”主要是指通过在骨头上烧灼来占卜。但是“筮”就不一样了，“筮”是指蓍草，蓍草可以做成好多小木棍，根据大衍筮法用手来分，分到最后数一下剩余的数量来计算，得出卦象。这样来占卜就是我们一般说的算卦，这个就是《周易》这套系统。所以说这是两套系统，商代主要通过龟甲来占卜，但是它过于依赖巫术，人筮的成分就比较少，后来到了《周易》的时候，人筮的成分就比较多了，除此之外还有其中所体现的哲学思想，所以后来会专门形成一整套的易学。现在数术还在传承着算卦的这一套，但是它已经加入了好多人筮的成分在里面，被我们继承下来，而甲骨的占卜方法后来就没有被传承下来。

上海博物馆收藏的战国竹简里面的《易经》，其中提到恒卦。刚才辛老师介绍了《论语》里面有两条是孔子跟《周易》有关的，其中一条就是恒卦，《论语·子路》说“人而无恒，不可以做巫医”。清华大学藏战国竹简里面的《筮法》，里头画了一个小人，这个小人四周写的是八卦的符号，但是它的这套系统和后来传世的《周易》系统是有差别的。这里我来不及详细展开。

下面我先重点讲孔子的哲学突破。德国学者雅斯贝尔斯专门提出轴心时代哲学突破的问题，后来我们经常说，在轴心时代东西方文明都出现了哲学突破，余英时先生等进一步提出西方是外在超越，中国是内在超越。现在先不讨论到底是“内在超越”还是“内向超越”的问题，这里我想强调的一点就是《周易》对于孔子思想形成所产生的重要作用，可以称之为孔子的“哲学突破”。

首先我们来看一下孔子的人生经历。孔子叙述他自己的人生轨迹是：“吾十有五而志于学，三十而立，四十而不惑，五十而知天命，六十而耳顺，七十而从心所欲，不逾矩。”（《论语・为政》）这个大家都耳熟能详了。这里面最关键的一个节点是什么？就是“五十而知天命”。在这之前，“四十而不惑”。四十岁就开始不疑惑了，到了五十岁就知天命。那么孔子了知的这个天命是什么呢？我们现在无从知道，而且也没有其他太多的线索讲孔子了知的这个天命到底是什么。但是有几条材料可以配合理解，这是很有意思的一点。

第二条就是刚才辛亚民老师举出来的，《论语・述而》里面孔子说：“加我数年，五十以学《易》，可以无大过矣。”从这句话的语气可以看出来，这绝对不是孔子五十岁的时候说的，这是他五十岁以后说的，所以他感慨了一下：“如果我早点接触到《易》，我如果五十岁的时候就开始学《易》的话，那多好！那样就不会有大的过错了。”可以看出，孔子知天命是五十知天命，但是他那时候还没有接触到《易》。再晚一点，等到他接触到《易》的时候，就一发不可收拾了。我们看《史记・孔子世家》说：“孔子晚而喜《易》，序《彖》《系》《象》《说卦》《文言》。”就是说孔子晚年编次《易传》里面的“十翼”，《彖传》上下、《系辞传》上下、《象传》上下、《说卦传》、《文言传》，再加上《序卦传》《杂卦传》，一共是十部分。当然也有不同的解读，有人会说这是“系《象》”，把“系”作为动词，但是可能还是指《系辞传》好一些，这些细节咱们先不讨论。《史记・孔子世家》后面接着说：“读《易》，韦编三绝。”“韦”一般认为是指牛皮制的竹简的编绳，我们现在经常说“读书破万卷"，在当时孔子绝对是把《周易》给读破了的，把牛皮条的绳子都给翻断了，说明他非常喜欢《易》。而且他是研究很深的，所以他才会说"加我数年"，"如果上天再借给我几年的话，这样'我于《易》则彬彬矣'，我对《易》就了解得更透彻了"。当然这个"彬彬"我们也可以联想到孔子说的"文质彬彬，然后君子"，"文"和"质"都均衡齐备了，就不单纯是文，也不单纯是质了。

第三条，我们有新的材料，马王堆帛书《要》篇是关于孔子易学很重要的一个文献。《要》篇就讲得很详细了，之前人们还怀疑《论语》中"五十以学《易》"这一句有错字，是否孔子说的是"五十以学，亦可以无大过矣"，有些学者想借此否定孔子研究《易》。但是现在马王堆帛书《要》篇出来之后我们就发现，里面有大量关于孔子传《易》、论《易》的记载。有一个跟《史记》相照应的，说"夫子老而好《易》，居则在席，行则在囊（橐）"，他在家里的时候就在席上拿着一直在翻，因为古人是坐在席上的，他出行的时候也是放在行囊里面，可以说是爱不释手，始终不放下。这就证实了《论语》和《史记》的记载，说明孔子晚年研究《易》是确实的。

那么，孔子的易学有什么特别之处呢？孔子说过他跟别人不一样，他说"《易》，我后其祝卜矣"（马王堆帛书《要》），"我跟他们祝卜是不一样的"。我们知道古代有卜史巫祝，是指做占卜、做记录、观测天象、颁布历法的这些人。孔子说"我观其德义耳"（马王堆帛书《要》），孔子看的是《易》里面的德义，而不仅仅是用那一套卦爻辞占卜的问题。所以他说"幽赞而达乎数，明数而达乎德"（马王堆帛书《要》），他可以通过《易》来揭示事物表象背后的一些道理和规律，进而把它上升到人事的德行上，这样就把德和天道贯穿起来了。孔子在

《要》篇里面还说“《尚书》多仒矣，《周易》未失也”，这个“仒”字我们不知道读什么，这里我是根据李学勤先生的读解，他把这个字读为“阙”，也就是“《尚书》多阙矣，《周易》未失也”，这样就明白了。孔子是非常好古的，他对古代的典籍是非常珍视的，但是很可惜，孔子见到的《尚书》类的文献残缺了很多，所以这里孔子说“《尚书》多阙矣，《周易》未失也”。为什么说“未失”？是因为《周易》的易理非常周备，能够涵盖整个天道和人伦，所以说“《周易》未失也”。

如果动态地看孔子思想的形成过程，我们可以发现孔子思想的一个变化历程，尤其是他晚年的变化。现在咱们回来再看孔子交代的他自己的人生轨迹。孔子是通过不断地好学来成圣的，他在五十岁是知天命了，但是那时还没接触到《易》，等到他晚年接触到《易》的时候，他的思想发生了一个很大的转变。也就是通过晚年喜《易》、读《易》，他的哲学思想得到了一个大的升华和飞跃，或者我们可以说是质的升华和飞跃。因为什么？孔子前面用来教学的那些都是《诗》、《书》、礼、乐。我们一般说孔子对儒家有开创之功，他主要的贡献是“删《诗》《书》，定《礼》《乐》，赞《周易》，修《春秋》，而后世奉之为六经”[（清）朱书《御书带经堂记》]。但是孔子前半生，他在五十岁之前主要做的工作是搜集古代文献，也就是他说的“郁郁乎文哉”，刚才崔晓姣老师也谈到了。孔子对古代的文献是非常喜欢的，而且到处去搜集，还拿来教弟子。但是他用来教弟子的时候，是“以《诗》、《书》、礼、乐教”（《史记·孔子世家》），那时候他还没接触到《周易》。到了晚年的时候，他才接触到《周易》。晚年他做了两件最重要的事情，一个是“赞《周易》”，一个是“修《春秋》”。赞《周易》和修《春秋》这是孔子晚年最后做总结的两个事情，这两个事情其实是相当重要的。一方面，《周易》是贯通天道的，而另外一方面，“修

《春秋》”，我们知道孔子说“知我者其《春秋》乎，罪我者其《春秋》乎”，也就是说，他是通过《春秋》来明是非、“寓褒贬”，表达他对古代历史中这些人物的评判，同时也是为后来的新的王朝来制法，这也就是后来汉儒经常讲的“《春秋》制法”的问题。也就是说，《春秋》主要是在明人事，而另外一方面，《周易》是来明天道。孔子晚年通过《周易》得到了什么呢？通过天道来把他整个人生所学做了系统的归纳和总结，从而实现了他自己在哲学上的飞跃和升华，由此才奠定了后来先秦哲学，尤其是先秦儒家在哲学层面的飞跃。

所以我们说，虽然《诗》、《书》、礼、乐对于孔子非常重要，但是真正地促成他思想升华的，同时也是为儒家学派奠定哲学基础，足以与后来诸子百家进行对话的，并不单单是在儒家所强调的人事这些层面。《诗》、《书》、礼、乐讲的主要是人事中的事情，但是真正上升到哲学层面来实现升华的，还是通过孔子晚年喜《易》、读《易》。

后来汉儒里面有两套五经的次序，一个是今文家的，一个是古文家的。今文家一直讲五经或六经次序是《诗》《书》《礼》《乐》《易》《春秋》，这是根据孔子的人生轨迹，根据他的教学层次、时间先后来排的。因为孔子先是以《诗》、《书》、礼、乐教，后来才是赞《周易》，再后来才修《春秋》，《春秋》是孔子晚年作为结束的一个著作。而另外一套系统是古文家的《易》《书》《诗》《礼》《春秋》。把《易》放在前面，当然他们有一套说辞，说《易》是能上溯到伏羲，伏羲画八卦，而伏羲是人文始祖。《书》就是《尚书》，《尚书》按照所记内容时间次序最早的两篇是《尧典》和《皋陶谟》。所以说《书》从内容上能追溯到尧舜，但是它比《易》的八卦还是要晚一些，因而古文家是按《易》《书》《诗》《礼》《春秋》的顺序。一直到后来唐朝的五经次序，都是这么排。

如果从思想层次上来讲，《诗》《书》《礼》《乐》是主要关于人事的，而《易》是讲整个宇宙规律的。所以我们说《易》为“群经之首”，以《易》来统群经，这不是没有道理的，因为它是通过一整套哲学话语，把所有儒家经典给统合到了一起。所以我们昨天聊天的时候我说，六经没有《周易》是一个静态的体系，当然我说“像是死水一潭”，是极端了一些，实际没有那么极端。有了《周易》，六经才统合到了一个哲学整体中去，有了质的飞跃。所以说《周易》群经之首的地位不是虚说。有了天道，有了人事，这才是一个整体，而其他五经主要是在人事层面。

接下来我们再看另外一个小例子，就是我说的第二点，关于中道观——“时中：贯通天道与人事的中道观”。

关于“中道”，大家可能都比较熟悉，因为我们知道有中庸之道，另外一个大家可能耳熟能详的，就是传统儒家有一个道统说。儒家道统说是朱熹最后建构起来的，他主要依据的是伪古文《尚书》的《大禹谟》。我们现在传世的《尚书》其实是分两部分的，一部分是东晋时候梅赜献上去的伪书，另一部分是真的，对应伏生传下来的二十八篇，有些篇分出上、中、下，因而分成三十三篇，这个不多说。朱熹道统说所依据的文本是《大禹谟》，但是《大禹谟》是伪造的，《大禹谟》里面有四句话我们称为“十六字心传”，因为古人认为这是尧、舜、禹、汤、文、武、周公道统所传的心法，这个心法就是“人心惟危，道心惟微，惟精惟一，允执厥中”。当然后来经过考证，知道这是伪造的。“人心惟危，道心惟微”两句是根据《荀子》所引的《道经》。我们仔细来看一下，其实它有一句是真的，就是“允执厥中”。“厥”字是他改的，“厥”和“其”是一样的。我们从《论语·尧曰》能看到有这么一句：“尧曰：‘咨，尔舜！天之历数在尔躬，允执其中，四海困穷，天禄永终。’”“尔”就是“你”，天的历数现在在“你”身上了，如果四海困穷的话，那么现在交到“你”身上的上天的厚禄就要永远结束了。我们知道《论语》是真的，这个没问题，肯定是先秦的，所以说这一句是真的，是先秦的文献，当然好多人怀疑《尧曰》这一章可能是从《尚书》逸文来的，这些暂时不说。最关键的一句，尧禅位给舜，确实交给他一句大法，叫“允执其中”，让他好好地执持“中”，就是用手把持中道。中道是什么？其实我们从《尚书》其他篇能看到好多次，比如说《尚书·酒诰》，“丕惟曰：尔克永观省，作稽中德，尔尚克羞馈祀”，“你”要好好时刻反省自己，要让“你”的行为始终符合中德，这样才能够更好进行这些祭祀。周公一直强调要符合中德或者中道，其他篇也有体现。

另外，中道还表现在刑狱中，在制定刑律和审狱的时候。《尚书·吕刑》说“士制百姓于刑之中”，后面也说“罔不惟德之勤，故乃明于刑之中”。什么叫“刑之中”？就是在法律审判的时候不能偏，要公正，而且不能走极端，不能滥用酷法。后面又说“非佞折狱，惟良折狱,罔非在中”，如果是佞臣断狱，那就不行，不能任用佞臣来断，应该任用良臣来断。怎么断呢？“罔非在中”，没有不符合中道的。下面又说“哀敬折狱，明启刑书胥占，咸庶中正”，就是主持断狱的法官要以哀敬的态度来处理案件，当场打开刑书仔细斟酌，使案件审理公正适当，符合中正之道。这是“中”的另外一种含义，是关于刑法断狱的。

也有学者解释这个“中”还包含一个意思，是地理上的，如现在冯时先生等结合天文来讲，认为这个“中”其实还有一个含义，就是“地之中”。那时候的都城洛邑正好是在中原地带，君王是在中原来治理这个国家，王都所在即是“中”，用“中”来治国，这个“中”也包含地理上的意思。

总的来说，前面这些，尤其《尚书》里面谈得最多的这些，这个中道还都是在施政方针上——我们现在叫“施政方针”，或者叫“大政方针”，或者叫“施政方略”，它的精神是要符合中道，尤其周公一直在强调的。但是我们仔细考察，其实它还没有上升到一种哲学高度。这也包括2008年清华大学收藏的这一批战国竹简，当时报道出来引起很大反响的就是《保训》篇，记载文王临终的时候交代太子发——就是后来的武王，说“你要好好地把持中道，以前舜他们都是这么把持中道的，包括商的祖先上甲微也都是把持中道的”。

归根结底，前面这些文献基本讲的都是治道层面，还没有上升到一种哲学层次。如果上升到哲学层次来看，在哪里呢？是在《周易》里面。《易传》中的《文言传》说“大哉乾乎，刚健中正，纯粹精也”，乾卦的德行是什么？阳刚、强健、居中得正，可谓至纯粹，至精美，体现的是中正之德。

《周易》为什么强调中正呢？这跟《周易》卦象有关系。我们知道《周易》六十四卦其实都是八卦二二相叠出来的，上面是一卦，下面是一卦。比如乾卦，乾卦其实是上面一个乾，下面一个乾，两个乾叠在一起的。这两个乾单独来看的话，每一个都有中间一爻，放在六爻里面这就是二位和五位，这分别是上卦和下卦的中位。所以这样来看，二和五是中位，在《周易》的观念里面，这是最好的位置，其中五爻又叫君位，所以我们看到它把天子、国君是放在这里的。

我们再去考察《周易》的这些爻辞，凡是二爻和五爻的爻辞，大多是比较好的，为什么？这叫“居中得正”。通过解释它跟周围这些爻的关系，一般来讲二爻和五爻都是吉的。我大体统计了这些二爻和五爻的爻辞，都是“居中得正”的。如需卦“九五：需于酒食，贞吉”，《象》曰：“酒食贞吉，以中正也。”晋卦“六二：晋如，愁如，贞吉。受兹介福，于其王母”，《象》曰：“受兹介福，以中正也。”按《小象传》的解释都是因为“中正”而吉。

刚才谷卿兄举出来你们在论坛前讨论取名的问题，古人确实很喜欢在《周易》里面取名，最著名的比如豫卦：“六二曰：介于石，不终日，贞，吉。”《象》曰：“不终日，贞，吉，以中正也。”为什么说“贞，吉”？意思是守正才能得吉，因为它正好在二爻，这是中正之位，所以《小象传》说“以中正也”。这些字词经常被用作名字。说到取名我再多说一句，其实我的名字也跟这有关系，就是乾卦《文言传》里面那句：“大哉乾乎，刚健中正，纯粹精也。”我的名是刚，字是子正，就是从这一句来的。

刚才崔老师也谈到，《周易》的“中”并不是静态的，它是上升到哲学高度的一种动态的“中”，这就涉及《周易》的变易观。正如刚才崔老师介绍的，《周易》的“易”有三种含义——简易、变易、不易。其中的变易观如《系辞下》所说：“为道也屡迁，变动不居，周流六虚，上下无常，刚柔相易，不可为典要，唯变所适。”就是讲《周易》是一个动态的过程，虽然二、五爻爻位一般是吉的，但是也要考虑它跟上下爻的关系，同时也包括它跟其他卦互变，也就是我们说的“错、综、复、杂”，这几个字本来指的《周易》不同卦之间的相互关系，所以说《周易》不是固定不变的，而是一个动态的过程。同时，在这个动态的过程中要秉持中道。

我们有一个词语是专门形容这种中道的，叫作“时中”。“时中”大家可能比较有印象，《中庸》里面讲：“君子之中庸也，君子而时中。”“时中”是一个动态的中道，你要根据外在的时间和空间处境来保持中道，而不是说要拘泥墨守一个死的东西，也就是说，你不能刻舟求剑，如果只是抱着这一个地方我就不放了，实际上外在的时空已经转变了。清儒惠栋说过很著名的一句话：“易道深矣，一言以蔽之，曰‘时中’。”（《易汉学》）也就是说整个易道用一句话来概括，那就是“时中”，而这个“时中”就是一个动态的过程。王弼《周易略例》也说“夫卦者，时也；爻者，适时之变者也”（《周易略例·明卦适变通爻》），每一个爻都是适时之变的，注说“卦者，统一时之大义；爻者，适时中之通变”（《周易略例·明卦适变通爻》），也就是说，还是要把《易》放在一个广阔的时空之中，要考虑到你所处的整体环境，在这个环境中来保持一种中道，这才是动态的时中。因此说，正是《周易》促成了先秦中道观的哲学升华。

我们知道，在孔庙里面有一块匾，是道光皇帝所题，写着“圣协时中”，是称赞孔子的。我们说孔子是圣人，那么孔子的“圣”是什么“圣”呢？是能够做到“时中”的“圣”。根据我们考察，不无理由怀疑孔子晚年的好多思想应该都是跟《周易》有关的。有一个很好的例子，比如大家熟悉的《论语·乡党》篇最后一章说：“色斯举矣，翔而后集。曰：‘山梁雌雉，时哉时哉！’子路共之，三嗅而作。”这一章的意思大家争论很多，一直没有定论。简单从字面来说，前面是在描述雌雉的状态，后面记载孔子与子路在山间经过的时候，看到这些雌雉，孔子感叹了一句：“山梁雌雉，时哉时哉!”子路马上就懂了，朝那些雌雉拱拱手，然后“三嗅而作”。“三嗅而作”有的解释成子路拱了三次手，可能不太好，还是解释成雌雉点了三下头就飞走了比较好。关于这一章，好多人纳闷，为什么简简单单这么一个过程，孔子与子路在乡间走，看到几只鸟感叹了一句，子路给它拱拱手，它就飞走了，这么一个简简单单、平铺直叙的故事怎么值得记录在《论语》当中？学界有好多讨论，廖名春老师有一个解释，感觉还是比较能讲得通的，具体论证过程我不展开讲了。他结合陈剑先生的说法和马王堆帛书《五行》篇的字例，把“色”字解释为“疑”，依照现代汉语，山间的雌雉看到人非常惊恐，就飞走了，待了一会儿它们看到人不伤害它们，感到安全了，就又落了下来，因此孔子感叹这些雌雉得其时。得其时，也就是说它们是能识别外在的处境和时空的，它们知道什么时候安全，什么时候不安全。子路想要用手去抓它们的时候，雌雉感觉到有危险了，所以就飞走了。

那么这个例子为什么会专门记录在《论语》中？最关键的就是“时哉时哉”这四个字，这是儒家考虑到时空问题的关键一条，而这个恰恰跟《周易》的这种时空观是能够互相照应的。尽管我们没有明确证据说明这到底是孔子晚年所说的还是早年所说的，但是能看出来，这时候孔子已经注意到时的重要性了。所以我们说《周易》这种“时中”的观念，给先秦尤其是《尚书》等文献所谈的中道赋予了一种哲学的意味，把它们放在了一个整体的大的时空观中，因而这也就给后来的宋明儒学开辟了一条路径。后来宋明儒学经常讲《易》《庸》合参，就是《周易》和《中庸》合参，意义也就在这里。因为《中庸》恰恰讲“君子之中庸也，君子而时中”，君子之行符合中庸之道，而他的中庸是“时中”，这给宋明儒学提供了丰富的可供取材的思想资源。这是我想强调的第二点。

第三点是“万物一体”与“一多不分”，涉及问题比较大，就是易学的本体论，将这种模式与其他许多思想进行比较。易学本体论是一种不同于西方创造论——就是有一个时间开端的创造论，也不同于佛教缘起论的一种本体论，后面我还会涉及它与佛教的一些比较，刚好林书杰老师也在，一会儿请林老师再给我做一个补正。易学本体论是一个很独特的解释世界的方式，在世界上也很难找到这样一种著作，就是用这么一套符号系统来解释世界，而且它的思维方式是取象比类，或者叫比物象异，通过取象把万世万物都统合到一整套符号系统中。比如我们很熟悉的八卦，在象数中可以代指父母、长子、长女或马、牛等不同的人间事物范畴，以此为基础反映人事之间的相互关系。这是一种非常独特的把宇宙和人事统合到一起的思维方式和一整套符号系统。因此《系辞传》上篇说：“易简而天下之理得矣，天下之理得，而成位乎其中矣。”《易》把宇宙和人事简化地放在这么一整套符号之中，用这一整套符号来讲事理，通过事理来反映人事和天道之间的关系，这样就为我们讲万物一体提供了一个途径。

后面有些复杂，这涉及学术史的梳理。二程将儒家的“仁”上升到宇宙本体的高度进行论证，建构了一整套以儒为宗的思想体系，实际是有意识地利用儒家的一些资源进行整合，来回应佛老的一些思想。我们知道《道德经》讲“道生一,一生二,二生三,三生万物”，它是有一整套宇宙论的。而佛教也有自己的一套缘起论，包括后面大乘佛教里面的“缘起性空”等理论。所以说从北宋五子开始至阳明，整个宋明理学为了回应佛老，利用儒家这些资源建构了一整套哲学的天道观。同时他们又利用传统的这些资源，其中很重要的一个是利用了《周易》的资源，建构了一个将天道观和人道观统合到一起的整体宇宙本体视域。这是《周易》在后来的一个很好的运用。

刚才辛亚民老师也谈到了《系辞传》的宇宙观，一个是“天地之大德曰生”，一个是“生生之谓易”。后来儒学，比如罗汝芳等专门强调“生生”的问题，尤其是从《系辞传》里面的“生生之谓易”推衍开来，然后把它跟天地之德统合到一起，进而再回应人事的这套道德系统，这样就把人事的道德哲学和宇宙天地的宇宙论哲学统合到一起，把它们系结到一起。这一套后来经过近代新儒学的发展丰富了许多，也包括对体用观的回应，刚才辛老师也谈到了，这个我就不做详细展开。比如马一浮、熊十力、梁漱溟，他们基本都是兼通儒释道三家，并有意会通三教，都是在利用《周易》的资源进行时代的回应。

下面我重点谈一下唐君毅先生，唐先生曾经在《中西哲学思想之比较论文集》（台湾学生书局，1988）和《中国文化之精神价值》（江苏教育出版社，2006）这些书里，利用《周易》的资源和宋明以来“万物一体”这些观念，提出了中国自然宇宙观的“一多不分”观。这一点唐先生可能自己没有过多强调，但是后来不断将这一理论宣传弘扬的是安乐哲（Roger T. Ames）先生，大家可能比较熟悉，安乐哲先生是有意把唐先生提出的“一多不分”结合葛兰言（Marcel Granet）等人的理论建构成一个阐释性的语境来探讨儒家的伦理学，称为“儒家角色伦理学”。一方面，从横向上来讲是人在社会中的角色，另一方面则是通过这一角度来看自然宇宙和人事之间的关系，进而以此来回应西方哲学“一多二元”的观念。

这一点给我们重新认识天人关系，或者是时空观，或者自然和人类世界之间的关系开辟了一个新的视角。安乐哲先生说“一多不分”观是表述中国传统生生不息宇宙论的哲学术语，指的是天地万物“一”与“多”的不可分割的互相关系。也就是说，“任何所谓单子个体从它所处情势环境的不间断延续性和在这个意义上它的特殊性和它的环境多样性的共生共存自然状态”，这是他的总结。

而我再做一点阐发，这一理论和佛教，尤其是华严法界观有一些共通的地方，当然它们的理论背景都是不一样的，但是有共通性。比如华严讲“心、佛以及众生，是三无差别”，把万事万物都统合到一起，建构了一个“华藏世界”或者说“一真法界”的整体视域，而这种视域恰恰跟“一多不分”观是可以互通的，而“一多不分”观的理论来源是上溯到《周易》的整体思维方式。这一点我不再做过多的阐发。

谷　卿：两位老师的表达颇有呼应，比如两个关键词，一个是“圣人之大宝”的“位”，一个是“时”，这实际上在书法上都有所体现：书法特别讲求位置、空间的腾挪和变化，“时”就是书写的时间过程。刚才家刚兄讲“位”的时候，通过五经的次序、卦爻本身的位，谈及思想史层面的内容，很有意思。最后请吴宝麟博士来对今天的论坛做一个评议。

吴宝麟：几位对话人都从各自的研究视野，回应“人文的宇宙”这个有趣、宏大，但也十分切中《周易》哲学的话题。辛亚民老师的报告言简意赅，为我们梳理了《周易》经、传、学的脉络，同时，还从先秦一直下贯通达宋明理学，思路非常流畅，学养扎实，语言深入浅出，我想不论是专业的研究者还是初学者，都会大呼过瘾，我本人也有一种重回课堂的欣喜和触动。崔晓姣老师用十分明晰的几个命题——易有三义、《周易》之时空观与变动观，为我们呈现了《周易》哲学的体系性架构如何深刻影响了传统哲学看待世界的方式，同时引入了进化论进入中国前后的世界观对比，让我们可以审视我们所处的时代，本土古老传统和西方近代世界观的并存与碰撞。杨家刚老师从《周易》天道观念、时中观念角度，叙述了《周易》促使孔子晚年思想升华的历程，同时也论证了《周易》对于五经思想体系化、哲学化至关重要的作用；我们可见《周易》的“时中”使《尚书》所代表的西周政治思想“中道”透显得立体而灵动，而“时中”有了“中道”具体的政治、人伦举措，而显得厚重。林书杰老师的报告我们一直都很期待，也让人感受到匠心独具的运思，如果照我粗浅的理解，林老师是希望将因明之“法”、《易传》之“法”，都在书法之“法”中有所落实：“书写的当下身心交互，在心为法，为身以写，且关联着自他、物我等。”我们可以认为因为书法在理性对象化认知之外，有其身心作用的微妙、墨迹流转的不可重复等特质，就是一种具体而微的人文宇宙。

喻静所长在开场致辞中提到《周易》之道，“上探宇宙生成之秘，中阐政治伦理之方，下显人生逆顺之机”，概括十分精妙。听了今天几位的报告，我们或许还可以补一句：“别造艺术灵动之美。”作为评议人我是十分惶恐的，因为几位都是我十分敬佩、欣赏的前辈和同人，我只能说以自己十分有限的一隅之见，稍稍做一些补充。

宇宙——空间和时间，是人认识世界的两个基本尺度。今天是“汲古论坛”第七期，“七日来复”在卦爻辞中反复出现，当时人们赋予“七”这个数字一些特别的含义，事物以七为一个周期，终始不断，往复循环。我们如何理解历史？以及历史有没有明确的方向性？什么是空间？天地之间有秩序，也有活泼的变化，变化也有某种机制可循。《周易》认为人的秩序与万物、世界整体秩序有一种呼应关系。

我再从几个方面做一些回应。

第一，“《周易》经、传”。

（1）《易传》“两种语言”与经、传的延续性

朱伯崑、冯友兰都说《易传》有“两套语言”——有些话在说占筮，也是在表征可脱离占筮的普遍性哲理。从这个角度可以论证经、传在观念上的延续性，例如《系辞传》对《易经》占筮语言的论述：

为道也屡迁，变动不居，周流六虚，上下无常，刚柔相易，不可为典要，唯变所适。

爻位、卦象、卦序、辞之吉凶的迁流变动，没有一刻停顿滞碍。辛老师刚提到的“对反”现象。殷商甲骨卜辞有“正反对贞”，就是对同一件事，在同一时间地点（由同一人）前后连续两次卜问，但卜问的方式是一正一反。例如：

140反 鼎（贞）：今日雨。

140反 鼎（贞）：今日不其雨。

这是《甲骨文合集》编号140的两条卜辞，分别从正面和反面贞问今天会不会下雨（对卜辞是否问句，学界仍然存疑，此处重点是其句法格式）。《周易》卦爻辞也有对反现象，如剥卦卦辞“不利有攸往”和复卦卦辞“利有攸往”。《易传》则是用阴阳、刚柔等对反的抽象范畴，进行了哲学总结。

当然从《易经》到《易传》，也有明显的“突破”，如宇宙观。乾卦、坤卦卦爻辞没有提到宇宙生成的问题，但是《彖传》开宗明义灌注“乾元”“坤元”互动生成，承载宇宙万物，而这也是基于《周易》古经文本将“乾”“坤”两个纯阳、纯阴卦为首的六十四卦排序的结构。

（2）《周易》经、传言说道理的方式极为独特

对于《易经》的作者而言，其表达思想的工具是那些历史中累积的占筮经验、占筮符号和占辞；对于《易传》的作者而言，其表达思想的工具是按照某些思路、方法编排的卦爻象、卦爻辞、卦爻序、卦位图。为什么图像能有特殊的表达力度?《系辞传》这样诠释：

> 子曰："书不尽言，言不尽意。然则圣人之意，其不可见乎。"子曰："圣人立象以尽意，设卦以尽情伪，系辞焉以尽其言，变而通之以尽利，鼓之舞之以尽神。"

典籍可以书写记录语言，却不能穷尽圣人之意，因此才设立物象来极尽表达圣人之心意，又安置卦爻象来完整呈现万物的真实情状，还要在卦后面系上占辞，来穷尽圣人之言；不仅如此，这些象、卦、辞还总是在变化、交通之中，才能发挥其对天下之利益；最后，还要"鼓之舞之"——有赖于身心感受和参与穷尽神妙不测的智慧。刚才林老师讲了书法是通过身心，尤其手腕微妙的动作还有笔墨的变化，让你去感受到这种无穷无尽的意象意境，所以我觉得《周易》的哲学语言是非常丰富的。《系辞传》自觉动用了语言、文字之外的图像、符号、身心的切实行动等表达方式，且将之作为人类智慧重要的承载，这是基于《周易》古经文本特殊形式而产生的特殊的哲学自觉。[①]

第二，是关于"《系辞传》的形而上学"。

（1）"一阴一阳之谓道"中的"自然"与价值

辛老师谈道，《易传》（尤其是《彖传》）以乾元、坤元两种力量的

---

① 西方哲学也有对图像意义的探索，如"鸭兔图"（Rabbit and Duck）。

相互配合作为化生万物的基础，侧重描述宇宙的过程、原则、原理和状态，也是对宇宙结构和本质的理解。这种理解模式基本排除了“创世”的色彩。比如伏羲这样的人物在《系辞传》系统里，主要历史文化功绩是仰观俯察、画卦等；这种构思也没有一神教中人格神“从虚无中创造世界”的叙述。

这一宇宙的普遍结构和运行原则，表达为“一阴一阳之谓道”。这一哲学命题展示了一阴一阳对待的存在和相互作用，主张不存在完全独立的阴、阳，或者说不可想象独立存在的阴、阳，就像人们无法想象一个“方的圆”。不仅如此，阴阳之间还时刻在发生感通、转化，没有一个完全寂静、孤独的世界，才说“寂然不动”，接着就说“感而遂通”。

《系辞传》希望将事实与价值都整合到“道”论中，皆用“阴阳”来表达和呈现。辛老师也提到“如此一来，‘仁’‘义’就不单单是一项具体的‘德目’，不再局限在人伦道德的经验层面，而且与宇宙大化相关联，具备宇宙本体论的依据”。也就是说，君子持守的原则精神，是与宇宙本然的面目相一致的。在历史上“阴阳”的确为客观自然的认识提供了基本模型，古代科学家很多都有易学背景；或者说，“阴阳”为科学家提供了一种辽阔、深邃的宇宙图式和价值方向。《系辞传》将一阴一阳宇宙格局直接引申到人生论和修养论：

> 一阴一阳之谓道。继之者善也，成之者性也。

万物整体和个体普遍都有一阴一阳的特性，老子也承认万物皆“负阴而抱阳”。这种对道的继承是善好的、美好的。我们说某物是可继承的，是指它内在于人的本性（心）中，还是外在于人的效法对象？《系辞传》用时间维度串起了这个内外之分：有“继”的起始，还要有“成”（完成、成就）的过程、功夫。用时间的维度把外在和内在打通起来了，继承是一个起始，但还要完成，完成的功夫它才真正变成你的本性。因此《系辞传》极力推崇能造就功业、利益众人的圣者功夫：

> 圣人之大宝曰位。何以守位曰仁。何以聚人曰财。理财正辞、禁民为非曰义。

以仁守位，以财聚人，还要有“义”，这不是一种空洞的道德理想，有务实的指示，将先天的“善的可能性”和“善的实践”并举。

（2）“生”的意义

《系辞传》主张“日新之谓盛德，生生之谓易”，也就是推崇“生”为天地之间最高的价值和施政最根本的底线；同时“生”连接了历史的源头和创造新生。

首先，重视历史的回顾。卦爻辞记录是很多过去经验（尤其是成功经验）、素材的累积和总结，卦爻辞的作者、编者，有一种基于历史事件做出历史评价的意识。例如：

> 东邻杀牛，不如西邻之禴祭，实受其福。（既济卦九五爻辞）

这是说东边商人杀牛（贵重的牺牲）举行祭祀，不如西边的周人举行朴素简单的禴祭，而更为上天所福佑。这表达了周人克商之初的文化自信和对祭祀的理解，有“夹叙夹议”之感，借用某个历史事件做出价值评判。后世司马迁“究天人之际，通古今之变”的史官精神也可溯源至此。

其次，积极肯定创造、创新的意义，认为历史在进步。刚刚晓姣老师她也提到这一点，历史的文化总是在损益之中发生，因为时空总是在变化，人的意义就是要去合理地完成这个损益，且要利民、惠及天下。“损益”也影响了孔子，这与《老子》“损之又损，以至于无为”不一样。《系辞传》通过回顾往古圣人观象制器，书写了“器”的意义：

（包牺氏）作结绳而为罔罟，以佃以渔，盖取诸离。

包牺氏没，神农氏作，斫木为耜，揉木为耒，耒耨之利，以教天下，盖取诸益。

日中为市，致天下之民，聚天下之货，交易而退，各得其所，盖取诸噬嗑。

神农氏没，黄帝、尧、舜氏作，通其变，使民不倦，神而化之，使民宜之。……

黄帝、尧、舜垂衣裳而天下治，盖取诸乾坤。

刳木为舟，剡木为楫，舟楫之利，以济不通，致远以利天下，盖取诸涣。

服牛乘马，引重致远，以利天下，盖取诸随。

重门击柝，以待暴客，盖取诸豫。

断木为杵，掘地为臼，臼杵之利，万民以济，盖取诸小过。

弦木为弧，剡木为矢，弧矢之利，以威天下，盖取诸睽。

上古穴居而野处，后世圣人易之以宫室，上栋下宇，以待风雨，盖取诸大壮。

古之葬者，厚衣之以薪，葬之中野，不封不树，丧期无数。后世圣人易之以棺椁，盖取诸大过。

上古结绳而治，后世圣人易之以书契，百官以治，万民以察，盖取诸夬。

可以看到，效法卦象，变通衍生新器，追求的是利益万民，而不是出于某种机巧和偏私的功利。在这个准绳之内，历史的创造、更新和进步有了哲学依据。

最后，基于深沉“忧患意识”的奋进和达观。对历史经验的重视、对历史进步与创造性的肯定，又是与西周初年深沉的忧患意识、切身的生存经验相勾连的。《周易》中很多处于危险的卦，如屯卦讲事物始生之难，履卦谈履虎尾的惊险，否卦说大往小来的损失，坎卦是讲人入于坎陷之中如何自处，蹇卦是跛足的困顿，困卦，旅卦说旅人“焚其次，丧其童仆，贞厉”的艰难，未济卦说小狐渡河濡湿，事物刚完成又开启新难题……这都是商末周初，“小邦周战胜大邑商”筚路蓝缕的立国精神、历史经验的哲学反映。其核心意涵就是，时刻怀揣恐惧、敬畏、审慎，照察天命变幻无常，更醒觉到要在敬德、修德、保民的政治实践和为政者的主体修养中寻求天命的确定性，才足以转危为安，推进历史演进。

（3）宇宙的实在性、秩序性与开放性兼备

辛老师提到本体论与价值观的关系：“现代社会价值多元，但价值观的建立往往缺乏坚实的本体依据，容易出现价值虚无主义。”诚然如是，但这种瞬息万变并没有引向虚无。人要在极致变动之中去承担宇宙的精神，通过道德责任的践履，落实一种“崇高”的美感：

夫大人者，与天地合其德，与日月合其明，与四时合其序……

后来明清之际的大哲学家王夫之，在此种世界观和道德观基础上，有了进一步阐发，突出表现在对“诚”的推重。

第三，谈谈“物类交感与‘联类协调’”。

辛老师已经详细举证论述了卦爻辞“一字多义”现象，我们这里再稍加补充。这些内涵的编排不一定整全严密的卦爻辞，给后人留出了很多阐释、补充、联想的空间。卦爻辞的作者（或编纂者），并不是以概念的逻辑周延性，来括定一卦中所包含的事物的范围，有时是相对模糊、边界不清的关系。或者说，他们自觉到无法按照严格一致的内涵、外延给万事万物分类，乃是一种普遍状况。

一卦的内涵可以延伸、扩展，卦与卦之间可以牵连、变动，六十四卦系统也不闭合；卦爻辞也往往出现吉凶的转折，转折存在条件性——君子之德。但是有德，又并非A必定导致B的因果关联的充分必要条件，而是一种“概率”，一种物类交互感应的“相关性思维”。台湾大学音乐系教授王育雯在其著作《雅乐效应思维——〈乐记〉身心审美的当代解读》（台大出版中心，2019）中将此思维概括为“联类协调”，且认为《乐记》留下了相关记载，古代雅乐实践运用了这种思维方式。这也与《周易》的思维特质有相关性（correlation）。

第四，着重讲“贲卦对‘人文’的理解”。

（1）“贲”整体卦义

我们这次论坛的专题是“人文的宇宙何以可能”。在古代，“人文”“文明”，最早都出现在《周易·彖传》对“贲”卦的解释。文最早指文饰、事物文理，因文理之美，引申为人（古代君王、贤人）的美德和文化教养、教化能力。在《易经》中，贲就是文饰修美的意思，《易传》再把这种文饰之义引申到了人文哲学的高度。我们来简单看一下贲卦。贲卦是第二十二个卦，它的卦象：上是艮，下是离，山火贲。

卦形符号䷕：上为三位艮卦（山），下为三位离卦（火）。

此处卦爻辞的训诂，我们主要参照廖名春教授《〈周易〉真精神——六十四卦卦爻辞新注新释》、《〈周易〉经传十五讲》（第二版）的观点。贲卦的卦辞很简短：

䷕贲：亨。小利有攸往。

卦辞表示整体上事态较为顺畅，出行小有收获，但非“大利”，也就是说文饰并非绝对的好。从初九到上九的爻辞分别是：

初九：贲其趾，舍车而徒。

行路要有所文饰，舍去乘车（古礼）徒步表示礼敬。

六二：贲其须。

美男子要文饰美化胡须。

九三：贲如濡如，永贞吉。

文饰之华美会给人耳濡目染的影响，应永远持守贞正之道，才会吉利。注意这里是一个条件句：唯有人有贞正之德，才能导致好的结果。

六四：贲如皤如，白马翰如，匪寇婚媾。

“皤如”形容白色。“翰”是指马举头高昂。整句话是说求亲结婚，应讲求文饰之美，不可蛮抢。

六五：贲于丘园，束帛戋戋，吝，终吉。

“戋戋”形容少，细微。文饰丘园，即在丘园中耕作，只能得到很少的束帛，虽有小过失，但终究吉利。呼应卦辞“小有利”。

上九：白贲，无咎。

这是说以素白色为文饰，将没有过患。这里我们就稍做延伸。一是《论语》中孔子与子夏谈论诗歌，提到“绘事后素”。二是王弼在注释此爻时说：

处饰之终，终饰反素，故任其质素，不劳文饰而“无咎”也。

这句话是说，从初爻到上爻，文饰之事回归到素朴的本质，要保存延续这种素朴的质地，而不要过分依赖文饰，这才能让事情终究“无咎”。王弼这里也表达了一种价值取向：反对过度文饰，以素白做根底。小结一下，卦爻辞共同表达对文饰之事的辩证看法：为人应讲求文饰礼节，但不可奢靡过度，素白文饰亦好，不能舍本逐末。卦爻辞以占筮的语言声明宇宙人生之道，这是一个鲜活的实例。

（2）《易传》的引申：天人关系与人文的限度

“十翼”中的《彖传》说：

贲，亨；柔来而文刚，故亨。分刚上而文柔，故小利有攸往，天文也。文明以止，人文也。观乎天文，以察时变；观乎人文，以化成天下。

这是通过柔（阴爻）与刚（阳爻）交错来描摹卦象，刚柔交错，象征天文，这种状态下事物亨通有利。宇宙间万物皆刚柔交叠，阴阳错落有致，这是自然天的“文（纹）理”。“文明以止”，离为文明，艮为止。高亨说：“社会之制度文化教育皆在使人有所止。”“止”就是裁止、规范、约束，让人明晓边际。文明源于仰观天之法则，察验时节变换，遵守天的秩序，安排人间事务；同时洞察人事伦理，以教化天下。

《大象传》则说：“贲；君子以明庶政，无敢折狱。”火（处下之离卦），象征光明。止（处上之艮卦），象征不敢。折狱即断案。这是说不敢因为文饰过度而掩盖实情，即心智清明，明察事理，维持公正。这是从反面来理解“文饰”。贲卦经文“小利有攸往”，“白贲，无咎”，昭示人文应该保持一种素白的质地和底色。《周易》整体上不崇尚“混沌”，也没有提到“自然”，但是提倡一种涤除过度分辨、矫饰的“素朴”。

从经到传，由文饰引申为人类一切社会制度、规范、文化。《彖传》从正面论证天文刚柔交错之文理和人文洞察人伦、安顿万物之功用。《大象传》从反面警示文理过度繁复、矫饰就会蒙蔽心智。林老师的发言稿中提到“文”“字”的辩证关系，可与之类比：

> “文”即为“神农氏结绳为治而统其事”之用，是为克“庶业其繁，饰伪萌生”的情形。就此“文”可为人所用，但又要让此“文”不失自然之性，并在“用”之中体现出“自然”之“字”来。

孔子说：“质胜文则野，文胜质则史。文质彬彬，然后君子。”他推崇人的文采与天然质朴，斑驳交错，恰到好处的理想人格。刚刚家刚老师也提到这一点。

从这一卦就体会到“中道”：人处在天然之间的这种张力之中，一方面人的尊贵德性和创造力让人与天同德；同时人有局限与吊诡，则需要人保持警醒，不断效法天道，修正、完善自身。因此，究竟是人带着某种洞见理解了宇宙，还是宇宙以深刻的秩序启发了人？《周易》或许二者兼并行之。

谷　卿：宝麟老师的评议实际也相当于一个小讲座了，内容特别丰富，对今天参与论坛的各位主谈人的分享做了延续性的阐发。评议中谈到有关“文化”的诠释，《周易》当中讲“观乎天文，以察时变；观乎人文，以化成天下”，实际上把“文化”拆开来看，“文”和“化”，可以分别从空间和时间两个角度来理解认知。不知不觉中，我们的讨论已经超过预定时间一个小时了，想必大家都非常有收获，今天的论坛到此结束，再次感谢各位老师，也感谢各位听众的参与，谢谢！下期再见。

02

道接千载：张载与宋儒的思想世界

主谈人	曹树明	陕西师范大学哲学与政府管理学院/关学研究院
	赵金刚	清华大学哲学系
	程　刚	暨南大学文学院
	程　旺	北京中医药大学国家中医药发展与战略研究院
	刘增光	中国人民大学哲学院
主持人	谷　卿	中国艺术研究院中国文化研究所
评议人	辛亚民	中国人民大学国学院
时　间	2020年9月21日	

谷　卿：今天是我们中国艺术研究院中国文化研究所主办的“汲古论坛”的第八场，这次论坛的主题是：“道接千载：张载与宋儒的思想世界”。

今年是北宋著名的思想家和教育家张载诞辰一千周年，我们为此举办这样一场以纪念张载为主题的学术活动。有一副清代人写的对联，我特别喜欢，叫作“赤壁之游前后赋，横渠所学东西铭”，刚好故宫博物院今年也正在举行一场关于苏轼的大展，对联的下句就说到张横渠——也就是张载的《东铭》和《西铭》，这是代表他的学术思想的两篇文字。应该说，我们对于张载这位先贤的了解，大多是从他那句名言开始的：“为天地立心，为生民立命，为往圣继绝学，为万世开太平。”这也是北宋时期学者、士大夫共同的文化纲领，传颂了将近一千年。今天，我们就围绕张载和他同时代的一些儒学家的思想，展开多角度的讨论。

在开始之前，有请本次论坛的召集人喻静老师致辞。

喻　静：感谢大家参加这次论坛，尤其感谢辛老师，他在我们上次组织的论坛里是主谈人，这次又为我们带来了这么多的好朋友，而且也将为今天的论坛做一个学术总结。这次很可惜没有能够进行线下讲座，如果说能够进行线下讲座的话，大家可以到我们中国艺术研究院中国文化研究所做客。文化所的学术厅的墙上有一幅字，这幅字从我进入文化所的时候就悬挂在那儿，是顾廷龙先生91岁的时候书写的横渠“四句教”：“为天地立心，为生民立命，为往圣继绝学，为万世开太平。”这四句话事实上是我们文化所的一种精神、一种价值的表达，它挂在文化所墙上估计有二十年了，事实上已经浸润到我们所的每一张桌椅上、每一本书里，同时也浸润到文化所同人的骨子里头。到9月29日的时候，文化所要从原址搬迁到新区，所以，我们旧的房间可能会拆掉了，但我们会把它原封不动地搬到新的房间，这“四句教”将依然悬挂在我们的新空间。

我个人跟这四句话也有很有趣的因缘，在很多年前，我只有25岁——我今年刚好50岁，也就是在25年前，我认识了中国作协的党组书记唐达成，唐老师看我当时挺活泼可爱，就说送你一幅字吧。我当时年轻很轻狂，事实上我不想要别人送我字，所以就很漫不经心地说行啊。他问我说：“我送你什么好呢？你喜欢什么字，挑一句话我给你写。”我当时想了想，随口就说：“为往圣继绝学，为万世开太平。”唐老师非常惊讶，他说你一个小女孩为什么会喜欢这个呢？他要给我写一个别的。我说不，我就要这个。事实上最后唐老师送到我手上的并不是这“四句教”，而是“明月松间照，清泉石上流”。

我想说的是，张载的这四句话，作为一个读书人，哪怕是作为一个学生，不管是在学校里还是刚参加工作，还是像我现在这样已经工作了很多年，在文化所做了十几年的研究，这句话不管你想不想得起来，始终是我们读书人的梦想，是一看到就会心潮澎湃的。我很高兴今天能够在张载诞辰一千年的时候，召开这样一个有意思有意义的论坛，接下来我将以非常认真和虔诚的态度向各位老师学习。

谷　卿：谢谢喻老师把我们引入张载和宋儒的世界。非常高兴能够以纪念张载的名义把大家聚在一起。首先邀请曹树明老师给我们做报告，曹老师是陕西师范大学教授、博士生导师，他除了在哲学与政府管理学院和关学研究院做教学研究之外，还是哲学书院的导师。曹老师在《中国哲学史》《哲学动态》等期刊发表论文30多篇，出版学术专著2部，整理古籍2部，主持国家社科基金项目2项。这次曹老师为我们带来的报告是谈张载的学术历程，以其与二程的学术交往为中心。

曹树明：在张载千年诞辰之际，我们以论坛的形式探讨他的思想，这应该是纪念先贤的最好方式。今年的相关活动很多，各类活动都有，像陕西有书法展，有影视片的拍摄，有书院的介绍等等。我一个同事说：“朱熹火了一千年，张载一千年火了一次。”赵金刚老师是研究朱熹的，他更清楚朱熹一千年来一直都非常火。张载相对于朱熹来说，人们关注的没有那么多。所以我说，这个总结很到位。

今天我向各位同道汇报的题目是《张载与二程的学术交往》。

我的个人介绍里，单位是哲学与政府管理学院，这是因为学院成立不久，希望外面多了解我们。其实，院下面还有系。我们大都把系改成院，只有北京大学和南京大学一北一南遥相呼应，还用哲学系（宗教学系）。如果他们两个再改了院，那哲学就没系了。不知道名称改变有没有那么重要，但是当今高校改院系名称的比较多。

我首先介绍一下我讨论这个问题的前提，就是要淡化学派意识。

因为张载和二程分别是关学和洛学的学派开创者，所以长期以来学界偏重于以学派的形式对他们的思想和关系进行研究。而我对这个时期的学术状况的基本理解是，他们三人都处于北宋道学的初创期。也就是说，他们并没有后世学者所认为的那么强烈的学派意识。

一个并不难理解的历史事实是，他们三人在建构自己的思想体系时并不知道自己是某个学派的开创者，他们只是就时代问题来表述自己的看法，关学、洛学的学派名称的确立及学派思想特质的归纳出自后世的学者。因此，尽管用学派研究模式梳理他们之间的关系有一定的合理性，但我认为也存在一定弊端：在研究时偏于强调他们之间的思想差异，而往往漠视其思想的共通之处。事实上，尽管他们的理论观点不一、思维路径不同，但有着共同的问题意识。他们的问题意识是什么呢？学界其实概括得比较多：对抗佛老，重建道学，或者说是建构儒学的新形态。用吕大临写的《横渠先生行状》和《宋史·张载传》的话来说，就是“共语道学之要”。关于这一点，张载和二程他们也都有各自的说法，如张载说“为生民立道”。刚才谷老师介绍的时候说“为生民立命”那四句，其实还有一个版本，这应该是比较原始的版本——“为生民立道”。张载还说“圣人之道……某唱此绝学亦辄欲成一次第”。二程里面程颢也说“慨然有求道之志”，程颐则有“自予兄弟倡明道学”，“忧道学之寡助”之说。这是他们在文字表述的时候所说的一个共同的理论主题。

对关学、洛学理论差异的格外强调以及门户之分，应该是以乾道九年（1173）朱熹的《伊洛渊源录》为转折。所以《四库全书总目》介绍这本书的时候就说：“盖宋人谈道学宗派自此书始，而宋人分道学门户亦自此书始。”我觉得这个概括是比较准确的。基于这样一种理解，在研究张载和二程的关系时，我认为就要回归他们创建理论体系时的原初语境，淡化学派意识。如此，他们之间更多的就是友好的学术交流、善意的学术批评，而非门户性的相排相斥。

下面看第一次交往。因为我是以他们的交往为轴心，来介绍他们当时的学术状况。

第一次交往是在京师论《易》，京师就是当时的开封。

嘉祐元年（1056），二程的父亲程珦升任国子监。二程就随着父亲到了当时的京城开封。嘉祐二年，张载要赴京赶考——科举考试。大家都知道，嘉祐二年的科举考试奠定了整个北宋一个非常好的学术局面，文学、政治、哲学各个方面的人物，在那一次考试里都有凸显，比如哲学方面的张载、程颢，文学方面的苏轼，都是那一年科考。吕大临在《横渠先生行状》里面说“先生（张载）嘉祐二年进士及第”。在《续资治通鉴长编》卷一八五里也有相应的记载，时间更为具体：“嘉祐二年，春正月癸未，翰林学士欧阳修权知贡举。”可知，当年张载、程颢他们的主考官是翰林学士欧阳修，癸未日这一天正式开考。考毕在开封候榜时，张载在皇家寺院（相国寺）坐虎皮讲《易》。史料记载，听者甚众。

张载是二程的表叔，所以一天傍晚二程就去拜谒张载，这期间，与他讨论《易》理。第二天，张载就对众人说："比见二程，深明《易》道，吾所弗及，汝辈可师之。"意思是："当我见到二程，知道他们深明《易》道，我不如他们，你们可以向他们学习。"这就是著名的"勇撤皋比"之说，就是把虎皮椅撤掉，不再讲了。

这段话之后，《宋史·张载传》里又接着说了一段话："与二程语道学之要，焕然自信曰：'吾道自足，何事旁求。'于是尽弃异学，淳如也。"也就是说，应该就在这一年，张载完全转归儒家。因为他出入佛老若干年，在这一年他说"吾道自足"，"吾道"就是儒家之道，儒家之道就能够满足自己的需要了，没有必要向别的地方去求什么东西了。其实，他是在展现对儒家的一种自信。可是这件事情在《横渠先生行状》，就是吕大临的早期版本里变了，他说的"尽弃异学"改成了"尽弃其学"，这个味道就变了。"异学"其实是佛老的异端，"尽弃其学"却是把自己的学问都放弃了。这样，就有了后来程门弟子杨时、游酢等人的"横渠之学，源出于程氏"这样一个过度的发挥。但是程颐曾经明确否认过这种说法，他说："表叔（张载）平生议论，谓颐兄弟有同处则可，若谓学于颐兄弟则无是事。"说我们议论之间有相同的地方是没有问题的，但是说张载向我们学习，这个事情是没有的。他还说，"我近年嘱咐吕与叔也就是吕大临把'尽弃其学'删去，不想现在它还在"。

但是也有学者认为，张载与二程京师论《易》发生在嘉祐元年，依据就是吕大临《横渠先生行状》里面说的是嘉祐初三人会于京师。我自己更倾向于认为三人会面发生在科考完毕候榜时，也就是嘉祐二年。理由是：第一，张载马上面临有可能改变人生命运的科举考试，按照我们正常人的心理，应该比较紧张，应该抓紧时间复习考试内容，而不是开坛讲《易》。第二，张载那一年科举考试是嘉祐二年的正月癸未日，癸未日是正月初六。因为那一年科举考试的时间是从正月初六到三月初五，我说的是农历，因为我们古人没有西历，他们是用农历来纪年。但是中国人向来重视农历的新年，希望新年时全家团圆。张载年前赴京赶考，好像不太合情理，不符合我们中国人的习惯。而且科举考试那天正月初六，就是他过完年从眉县的横渠镇到开封，我查了一下宋朝最主要的交通工具，很多人坐轿子，但张载估计坐不起，坐轿子也比较慢；但还有一种主要的交通工具，我查了相关的资料是骑驴，骑驴从眉县的横渠到开封大概三天时间，从初二开始，初四或初五就能到开封，完全来得及，所以他没有必要早去——提前年前就去。第三，我认为作为表叔的张载如果在新年前到了二程居住的开封，二程在他刚到时不去拜见，他一个人在外地过新年，二程不闻不问，好像也不符合中国人的情理。基于这三点理由，我认为京师论《易》发生在嘉祐二年。当然，这个问题与思想发展的关系不大，但是搞清历史事实我认为是有必要的。

为什么吕大临在《横渠先生行状》里面却模糊地说“嘉祐初”呢？我也看了看前后的行文，他在里面用过一次“先生嘉祐二年进士及第”，所以我认为他是避免重复用语，在后文里不再用嘉祐二年，而改用嘉祐初，因为嘉祐一年、二年、三年、四年都可以是嘉祐初。如果事情发生在嘉祐元年，直接写嘉祐元年就可以了，这样既时间清晰，又不会重复用语。所以，我们大概可以从这儿有一些猜测，事实可能不是嘉祐元年，而是嘉祐二年。

张载敢开坛讲《易》，说明当时张载对自己理解的《周易》已经很自信。这是一些学者的猜测，我也赞同这种结论。他的《横渠易说》的基本思想在当时已经形成。但是从后面他与程颢论《定性书》看，张载的成性论在这个时候还没有成熟。

具体来说，我们先说天道观方面。

这是在《横渠易说》里找的例子。《横渠易说·系辞上》我引用的是清康熙十九年（1680）《通志堂经解》本："气之聚散于太虚，犹冰凝释于水。知太虚即气，神变易而已。诸子浅妄，有有无之分，非穷理之学也。"章锡琛先生整理《张载集》的时候，根据《周易系辞精义》，在"太虚即气"与"神变易而已"之间补了"则无有有无。故圣人语性与天道之极，尽于参伍之"一段话。这个补充，如果是从完整性角度来说，还有一些道理，但是从思想发展的过程来说，这么一补，就把张载的思想发展过程给抹杀了，或者我们就不容易看出来了，因为他补充完之后和《正蒙·太和篇》一样了。而如果我们看《横渠易说》的早期版本，就知道并没有章先生补充的这些内容，所以认为《横渠易说》里面尽管张载已经提出了天道观的内容，但并不完善。

这个"太虚即气，神变易"到底什么意思，学术界争论很大，我就不再说自己的意思，但是我还是倾向于认为张岱年先生说得比较准确。因为这个争议太大，我就不在这儿赘言。

但是从这儿我们能够看到，他把这些内容收入《正蒙·太和篇》时发生了改变。他补的这些文字体现了他思想演变的历程。"则无无"，就是告诉你，你所谓的"有无"其实不是"有无"，而是"幽明""隐显"等等，这是一种神妙的变化——"神变易"。这是第一个天道观方面的变化，我们从这儿能够看出来。所以说，对于天道观，他在《横渠易说》里面已经有了一定的思考。

第二个例子，《横渠易说・系辞下》："气坱然太虚，升降飞扬，未尝止息，《易》所谓絪缊，庄生所谓生物以息相吹、野马者欤。此虚实、动静之机，阴阳、刚柔之始。浮而上者阳之清，降而下者阴之浊。其感遇聚结，为风雨，为霜雪，万品之流形，山川之融结，糟粕煨烬，无非教也。"这个比较长，其中的"感遇聚结"，在后来《正蒙》篇里面成了"感遇聚散"。"感遇聚结"，"聚"和"结"其实意思上是差不多的，聚也是结，结也是聚。所以，《正蒙・太和篇》里面改成"感遇聚散"可能比《横渠易说》就更说得通，更完美一些，或者易理上更圆融一些。第二个例子，我也不再做解释，因为我们都非常的熟悉。

第三个，在《横渠易说・说卦传》里有这样两句话："一物两体，气也。一故神（两在，故不测），两故化（推行于一），此天之所以参也。两不立则一不可见，一不可见则两之用息。"后来在《正蒙》篇里基本上收了，但顺序有变，分别放在《太和篇》和《参两篇》。《正蒙》并不是张载自己分的篇，而是他的弟子分的篇。它的顺序不去过于考究，但是他在"两不立则一不可见，一不可见则两之用息"后面加了一句，这是我们值得关注的，这是他思想的发展过程，这句话就是"两体者，虚实也，动静也，聚散也，清浊也，其究一而已"。这就使他的思想完善得多了。

下面是境界论方面。早期的《横渠易说》，在成性论上尚未成熟。以下内容最有可能补充或修订于《定性书》之后。《横渠易说・乾》（康熙《通志堂经解》本）："大人成性，则圣也化。"这是成熟的《横渠易说》，里面有"大人成性"。第二个例子，《横渠易说・系辞下》（康熙《通志堂经解》本）："大可化也，大而化不可为也。"这也是在谈论成性的问题。但是这个问题，我认为，张载在开坛坐虎皮讲《易》

的时候，还没有完全思考成熟，因为他后面和程颢进行定性讨论的时候，我们就能感到他对这种境界意义的成性，其实还没有把握得那么到位。所以我说，这部分内容应该是他在与程颢交流之后才补充进去的。

再看一下第二个例子，“大可化也，大而化不可为也”。“大可化也”和后面不好对应，但《正蒙》改过来了——“大可为也，大而化不可为也”，这样就通顺得多，或者前后照应得比较好。

刚才我们说是通过程颢的定性之论，来断定或者推测张载在京师论《易》时还没有成熟的定性论。为什么这么说？我们先看他大致书信来往的时间。这是第二次交锋。说是第二次交锋，其实有可能在这期间还有小的交锋，也是书信往来，比如讨论“知太虚即气，则无无”，但我们不能准确地判断这个讨论的时间。《定性书》时间则比较确定，是1058年，这是池生春和诸星杓在《明道先生年谱》里面记载的，即嘉祐三年，紧接着他们进士及第之后。当时的程颢担任鄠县（现陕西省西安市鄠邑区）主簿，同一时段，张载正担任陕西云岩县令。他们书信往来比较多，其中最著名的就是《答横渠先生定性书》。我们学界多数时候把它简称为《定性书》。

张载的信已经丢了，但程颢在回信的时候引用了一句——“定性未能不动，犹累于外物”。从这句话我们能够意识到，张载其实在境界意义上谈论这个定性问题，但那时他并没有完全领略他自己提倡的“天人合一”的境界，因为他仍以外物为累，亦即，他认为性有内外之分，性和物也有内外之分。而外物，累于外物，应该还限于张载所说“闻见之知”的范围，还没有达到“德性之知”。如果我们把他的思想前后关联起来看的话，就知道他还没有完全领略自己提倡的天人合一。但程颢不一样，程颢在回信里说“无将迎，无内外……廓然而大公，物来而顺应”。这其实就为我们展现了一个“天人本一”的思想境界。而张载的“天人合一”，我认为很可能是受到了程颢的启发，才进一步提出了这么一个命题。“天人合一”的命题是张载首先概括出来的。

张载与程颢不一样的地方是，他没有像程颢似的，即“工夫”即“境界”。张载主张一个笃实的或者“因明致诚，因诚致明”“致学而可以成圣”的修养功夫。程颢的即“工夫”即“境界”，使我们很难区分它到底是“工夫”还是“境界”，其实它既是“工夫”又是“境界”。它很高妙，但给我们一种无从下手的感觉。《朱子语类》记载了朱熹对这段话的评价：“只是一篇之中，都不见一个下手处。”蜚卿接着问：“‘扩然而大公，物来而顺应’……”这个“扩然”的“扩”，有人问怎么和上面《定性书》里的“廓”不一样？我专门去查证了一下，《朱子语类》里面用的就是这个“扩”，这不影响对文意的理解。说“‘扩然而大公，物来而顺应’，这莫是下工处否？”——这难道不是我们下功夫的地方吗？朱熹说“这是说已成处”。“已成处”其实就是说这是一种境界状态，或者是一种效验，一种结果，一种最终的完成态。我倾向于用境界状态来描述。但朱熹也非常强调“下手处工夫”的重要性。在这一点上，我们毋宁说他与张载近，而与程颢远。

后来，张载真正体悟到“天人合一”的境界之后，他就不再使用“定性”一词了，而改成了“成性”一词。我们现在在他的《正蒙》《经学理窟》《横渠易说》等著述里面其实见不到“定性”一词，这就是我们的根据。也正是依据《定性书》，我们认为张载在京师论《易》时，尽管他基本的易学思想已经有了构思，或者说已经大体地构造完毕，但是尚未完成，或者是尚未来得及完善或修订。而成熟的《横渠易说》，以《周易》的“尽性”表述“工夫”，用“见性”和“成性”表述“工夫”所达到的境界。“见性”这个词是佛教的术语。大家都知道，后来的程门后学包括朱熹都反对用“见性”一词，但张载没有反对，他还用了两次。他说：“善，犹言能继此者也；其成就之者，则必俟见性，是之谓圣。”“心各见本性，始为己有，苟未见性，须当勉勉。”这个“见性”一定是借自佛教的“明心见性”这个术语。但是他的“见性”说往往被我们忽略。我认为，他的“见性”是一个彻见“天地之性”的顿悟“工夫”所至，而成性是通过变化气质而渐修达到另外一种境界。这两种在最终意义上是合一的，但最开始有它的区分。这是第三个问题。

对于他们最后的会晤，学界称之为“洛阳议论”。

《二程集》收录这次会话时，就叫“洛阳议论”，因为是在洛阳进行的辩论，这次辩论是张载的弟子苏昞记录下来的。此次会晤发生在熙宁十年（1077）春，大家知道，1077年张载就去世了，在春天的时候，他去世之前的一段时间内，发生这场最后的辩论，所以我说是最后的会晤。

1077年春，王安石已经罢相，不存在政治上的障碍，所以吕大防又推荐张载回京任职。这次担任的职务是同知太常礼院，张载比较喜欢，因为他主张恢复古礼，但是他与当时政府人员的交锋，或者说他与同僚的关系，处理得并不那么得当。他书生意气，不顺心，就要辞职。我们看张载的履历会发现，他不是在辞职，就是在辞职的路上，所以教书应该是他最好的职业，在官场上他做不到游刃有余。他认为，“我”的理想是很好的，大家就应该马上听“我”的。其实，政治远比学术要复杂，这是他在政治上屡屡不得意的主要原因。

他在辞职的途中，回横渠镇，路过洛阳，与二程再次讨论学术问题，涉及了井田制、礼制等政术问题，当然，他主张道学与政术不二。但是，最主要的一个问题就是，他们关于《周易·说卦》的“穷理尽性以至于命”的理解问题。上面说到，这个争论由他的弟子苏昞记录成文。

这个记载在《二程遗书》卷十里面。“二程解‘穷理尽性以至于命’：‘只穷理便是至于命。’”这里的记载非常简略。但“子厚（张载）谓：‘亦是失于太快，此义尽有次序。须是穷理，便能尽得己之性，则推类又尽人之性；既尽得人之性，须是并万物之性一齐尽得，如此然后至于天道也。’”从这里我们能够看到，张载借用了《周易》系统的“穷理”，同时把《中庸》的尽人性、尽物性融合进去。他把《周易》和《中庸》在这儿做了非常好的融合，尤其是区分了己之性、人之性和物之性，这对性论的发展来说，是一个大的推进。因为张载认为不只太虚与气属于天道的范围，性也属于天道的范围。

在我自己的理解里，他把性作为天道，其实与程颐把性作为理一样，都起到了把性推到形上高度的这样一个作用。他们为什么单单把性提到那么高？就我自己的理解，应该是张载认为，儒学最核心的东西、最根本的特色就是性，为了与佛老真正地对抗，我们只用一些道家等其他学派的概念去作为天道的根据，可能不足以凸显我们儒学的主体地位，由此他们又把性加进去。所以我认为，在张载的天道观上，仍然可以再进一步探讨。我主张，张载的天道观是虚、气、性三层的天道观。这当然是后来的一个考虑，这不成熟，我就不多说了。

“其间煞有事，岂有当下理会了？”怎么能当下就把“穷理”“尽性”说那么明白呢？张载怎么说呢？他认为：“学者须是穷理为先，如此则方有学。”而且，他不同意把孔子说的“知天命”等于“至于命”。“今言知命与至于命，尽有近远，岂可以知便谓之至也？”他不同意那种说法。

《二程遗书》苏昞的记录里面，记录二程的语录比较笼统，但后来他们的另外一些弟子，记录得比较详细。所以我们把二程的再重新来看一下。吕大临在《东见录》里记载：“‘穷理尽性以至于命’，三事一时并了，元无次序，不可将穷理作知之事。若实穷得理，即性命亦可了。”这个说得就比较明确了，“穷理尽性以至于命”它们本来就是一个事。张载后来记载也是：“穷理则尽性，尽性则知天命矣。”“穷理、尽性、至命，一事也。才穷理便尽性，尽性便至命。”这样就比较明确了。

那么张载、二程为什么会出现这样的分歧？我认为在张载那里，“理”多偏于指向物，他说“理不在人皆在物”，而“性”更偏于指向人，他说“既穷‘物’理，又尽‘人’性”。这当然供大家批评指正，肯定不能完全概括张载的东西，但是我见到这两句话，忽然就有这样一个想法。另一方面，他的“穷理”和“尽性”在他的体系里分别相当于《中庸》的“明”与“诚”，他说：“‘自明诚’，由穷理而尽性也；‘自诚明’，由尽性而穷理也。”当然，二程不同意张载的后半句，认为诚就是明了，还有后面那些话，那没有必要。总之，在张载那里，“穷理”“尽性”处于不同的层面，二程想把它们一下子都达到了，在他看来做不到。二程不一样，他们明确主张：“理也，性也，命也，三者未尝有异。”“性即理也，所谓理性是也。”这样，三者没有什么区别，穷理、尽性、至于命是一个事，那就完全能够说得通了。这场争论也告诉我们，张载的“工夫”是渐修式的，而二程，尤其是程颢的“工夫”

是圆顿式的。

下面看他们最后一个讨论，在评判之中见异同的：崇《西铭》，批《正蒙》。

这主要发生在张载去世之后，但是开始于张载去世之前。大家都非常熟悉《西铭》。《西铭》是横渠学堂挂在西面窗户上的一个铭文，用于教诫弟子的，最开始叫《订顽》。《二程遗书》里面有时用《订顽》，“订顽”这个词大概就是程颢用的，因为程颐认为“订顽”这个名字和“贬愚”那个名字容易引起争端，所以不如改成《东铭》和《西铭》。他们两位（二程）都很推崇《西铭》。

“《订顽》之言，极纯无杂，秦汉以来学者所未到。”在《宋史·张载传》里面有一句话记载张载说：“（秦汉以来学者）以为知人而不知天，求为贤人而不求为圣人。”《订顽》其实是知天，天人之间的合一已经把握到了。

后来也是《二程遗书》卷二上，“《西铭》某得此意，只是须得他子厚有如此笔力，他人无缘做得。孟子以后未有人及此”，就是在孟子以后还没有人做得这么到位，把这个说得这么好，没有这么高的笔力，没有这么高的见识。

而且《西铭》也是程颐教育弟子的重要篇章。尹焞是他晚年的弟子，他见程颐，在《外书》里说，“（尹焞）见伊川（程颐），半年方得《大学》《西铭》看”。不是刚开始给他看这个，而是到半年之后，才让他浏览一下，让他读，去学习，可见《西铭》在二程心目中的地位是比较高的。从他们对它的评价以及对弟子教诫的过程，我们可以看到，他们对《西铭》非常推崇。

不止如此，二程还对《西铭》进行了创造性的诠释。程颢认为《西铭》体现了"仁孝之理"。用他的话说："《订顽》一篇，意极完备，乃仁之体也。"他在另外的地方也说："学者须先识仁。"这就是《识仁篇》了，大家更熟悉了。"仁者浑然与物同体。"最后他说："《订顽》意思，乃备言此体。"什么体呢？还是仁体。《二程遗书》卷二上也记载"《西铭》某得此意，……要之仁孝之理备于此"，都是在说这个问题。

程颐对《西铭》的诠释影响更大，因为他是在和杨时回信过程中说的话。他的弟子杨时认为《西铭》流于墨氏的兼爱。在回信时候程颐说："《西铭》明理一而分殊。""理一而分殊"后来成了宋明理学的中心话题，其实是程颐最早提出来的。当然这个应该受到了华严宗一定的影响，因为华严宗主张理事之间的相成、相夺等等，和这个思维脉络是一样的。但是程颐进行了一定的儒学化的改造，这是另外一个问题，我们这里不细谈。

而"墨氏则二本而无分"，也就是说，这和墨家的"二本"是完全不一样的。程颐还做了注，说"老幼及人，理一也；爱无差等，本二也"。当然，其中的细节，时间关系我们就不多讲了。

二程的《西铭》诠释，我以前写过一篇文章，把它概括成这样几种模式。北宋时期有二十来种注释，其中最典型的就是程颢、程颐、吕大临和张九成。当时我概括，吕大临是"人道具则天道具"的诠释模式，程颢是"仁孝之理"的诠释模式，程颐是"理一分殊"的诠释模式，张九成是"心性即天地"的诠释模式。这篇文章在《齐鲁学刊》发表。但现在我的看法有些改变，所以就没有把具体内容在这儿做介绍。

为什么程颢、程颐的诠释有这样的差异？

我认为，是源于他们天道观的不同。我喜欢用天道观这个词，不太喜欢用宇宙论，因为宇宙论有可能会把天道观中的一些含义给挤出去，没有办法在里面概括。

众所周知，二程都以理为万物生成的本原，但是他们所谓理又不同，理的含义不同。程颢的理指“生生之理”。“生生之理”是张岱年先生做的概括，张岱年先生对程颢和程颐的理都做了含义的概括，他说程颢的理是“生生之理”，程颐的理是“一切事物之究竟所以”，也就是事物的根据，“气之所以”，气的根据。我觉得这个概括相当到位，也一直以此为准来分析二程。

在程颢眼中，不仅宇宙万物是生生之理的自然生发的结果，而且此天理对万物的化生本身就是仁的表现。程颢又明确说了“仁者浑然与物同体”，这又与《西铭》所主张的“民吾同胞，物吾与也”基本上可以互释，所以他能明确说：“《订顽》意思，乃备言此体。”对于孝之理，在程颢看来应该也是天理的自然流行，与他的仁之理是一种非一非异的关系。这样程颢以仁体、仁孝之理诠释《西铭》就有了深切的理论基础。

程颐的理，刚才说张岱年先生认为是气之所以，一切事物之究竟所以。在他那里，尽管一物之理即万物之理，但是“一物须有一理”，“物物皆有理”。也就是什么事物都有“理”，而且存在火之所以燃、水之所以寒、君臣父子之理，也就是不管自然物理还是人文物理，它都有“理”。所以程颐认为《西铭》体现的“老幼及人”的“理一”，并不妨碍“私胜”的“分殊”的并存。这样就是他以“理一分殊”来概括《西铭》主旨的一个主要原因，这就与墨氏认为《西铭》与他的

“兼爱”一样的说法，划清了界限。这是他们对《西铭》的推崇。

另外对《正蒙》，二程多持批评意见。

关于《正蒙》中的观点，早在《正蒙》成书之前，张载就通过书信的方式与程颐做过探讨，这个收在《二程文集》卷九《答横渠先生书》。这里面，程颐就说，“观吾叔之见”，张载是二程的表叔，所以“吾叔”就是指的张载，“观吾叔之见，至正而谨严。如‘虚无即气则无无’之语，深探远赜，岂后世学者所尝虑及也？（然此语未能无过）”。“虚无即气则无无”引用的张载的话。我们了解《正蒙》的，都知道这里明确地是针对《正蒙》的天道观，只不过是把“知太虚即气，无无”理解成了“虚无即气则无无”，有人说可能是记错了，我估计其实就是他理解的问题。张载的集子里面既用太虚，又用虚空、虚，而且这些概念有的时候不容易区分。其实，我们细细体会能看到，他的太虚既继承了以前，就是北宋之前那种虚空空间的含义，也有自己的创造。他的太虚有一个形上化的趋势，只不过古人区分没有这么明确。如果我们进一步思考的话，你把虚设为一个根源状态，设为一个虚无的状态，把太虚作为一个至上的根源性的虚的状态，这样可能就能够和虚区分开来，更容易理解一些。但这里面经常混杂在一起，这也是后世产生那么大争论的原因之一。古人不善于解释词的具体含义，就那么用，所以这就为后世理解造成了一定的困难，也就为我们的争论提供了一个前提。当然学界争论是一个好事，我觉得现在的学术生态非常好，能够真正做到以平和的心态或者是宽容的心态去看待不同的意见，这一点我深有体会，因为我们这儿研究张载的人比较多，观点也比较多，我们这里能够相互包容，对其他地方的观点也能充分理解。这是一个非常好的学术环境，让我们都能够发出自己的不同的声音。

后来程颐在与杨时书信里就明确指“此语未能无过”。过的是什么呢？“横渠立言，诚有过者，乃在《正蒙》。”有过错的是谁？就是《正蒙》。《正蒙》有哪些错？他们的原话在《二程遗书》里面，“‘形而上者谓之道，形而下者谓之器。’若如或者以清虚一大为天道（指的就是张载以气为天道），则乃以器言而非道也”。卷二也说：“立清虚一大为万物之源，恐未安。”《二程粹言》里也有类似的语言：“子（程子）曰：子厚以清、虚、一、大名天道，是以器言，非形而上者。”可见，二程对《正蒙》的批评，最为关键的原因就在于不赞同张载的天道观，认为他把气视为天道万物之源，是把有限的形下的器作为根据。其实张载应该是被二程误解了，因为张载的气具有形上和形下两个层面——如果我们细读他的文集的话，而且他明确说了“运于无形之谓道”，又说“太和所谓道”，“运于无形”在张载那里是形而上的，所以它是有形上的含义在里面的。但是形上又会在形下贯彻，所以张载的气有形上形下两个层面。可是程颢、程颐只看到了器的层面，我认为，这是他们对张载的误解。

在二程看来，作为天道根据的只能是形而上的，就是他们所谓的理。但是如果我们就此而认为张载、二程就是气本论、理本论的对立，就未免把他们的关系简单化了。当然他们之间肯定存在着天道观的差异，但他们都在为人道探寻天道根据则是共同的，都致力于道学的建构也是共同的。因而我们认为，他们有着共同的问题意识，他们都是在重建道学。这又回到我开始时所说的那一段话。

总之，无论是关于天道观，还是关于境界论，张载与二程之间都是在进行友好的学术交流和辩论，在交流和辩论中相互理解、相互启发。二程的批评对张载有影响，但张载的一些思想，如天地之性与气质之性的区分，德性之知与闻见之知的区分也都被二程所吸收。这是我最后的结论。

谷　卿：谢谢曹老师，在我看来，他是以实解虚——从历史世界走入思想世界。讲述当中也提到了张载的天道观，关于天道观，接下来赵金刚老师可能会讲到张载的气论的问题。赵老师是清华大学哲学系副教授，主要从事朱熹及其学术思想的研究，前年他出版了《朱熹的历史观：天理视域下的历史世界》（三联书店，2018）。接下来，我们就请赵老师给谈一谈有关张载气论的相关问题，这也将是对曹老师报告中一个很重要的话题的呼应。

赵金刚：感谢中国艺术研究院，感谢谷卿兄的邀请。我主要想从张载关于气的论述以及气目前所引起的中国哲学史界的讨论入手，来看相关的问题。

我主要想讲一下关于张载“气”的诠释的论争问题。

刚才曹老师讲说是好像朱熹火了一千年，然后张载一千年只火了一次，这话有一个道理，就是在传统的理学建构当中，一直是以程朱为主干进行谱系性建构，而把张载当成辅翼性的角色，张载并没有在传统的宋明理学叙事当中占有一个主导的地位。但另外一方面，我们看近些年的中国哲学史的研究，尤其是宋明理学的研究当中，会发现目前有两个问题是最具争议性的，关于这两个问题产生了极大的分歧。

第一个就是关于朱熹思想中心与气的关系。在朱熹哲学当中，心是不是气？心是气心，还是除了气心之外有别的向度？比如陈来先生跟牟宗三先生的学生李明辉曾经有过讨论。其实关于朱子的心是不是气，心有没有超越性，这个问题到今天大家还是没有形成共识，还是有很多人坚持不同的观点。

第二个讨论还是跟气有关。这个主角就回到了对张载思想中的气的定位。张载有一句话“太虚即气”，这个“即”该如何去读，该如何去讲，是把“太虚即气”读成“太虚是气”，还是“太虚与气相继不离”，这个涉及张岱年先生一系列关于张载的论述以及牟宗三先生在《心体与性体》中做出的判断。这也影响到目前关于张载的相关论述。有很多关于张载的诠释，其中是否承认张载的太虚是气，成为一个巨大的分歧。其实大家看今年关于张载很多纪念性的文章，这个争论还是在的。例如，之前孔学堂举行了一个关于张载的论辩，在这个讨论当中，李存山老师和丁为祥老师是有相关论争的。

这个论争是有渊源的，要从程朱对张载的态度说起。其实背后涉及对气的判断，就是气能不能成为形而上者，气能不能成为道德构建的一个根基，或者说从气出发，能不能建立一个回应佛老的宇宙论、道德哲学的模式。今天中国哲学另外一个讨论的热点就是关于生生，其实不管是程子、朱子、张载都讲生生模式。可是张载跟二程和朱子却是两个完全不同的生生模式。

张载从气论出发构建的是一个什么样的生生模式呢？举个例子，一个教室这些人就是这个宇宙，就是这个世界，按照张载的模式，我的气散完之后复归于太虚，然后我就参与到下一个轮回当中，可能就变成了一个笔记本电脑，或者我的某一部分变成笔记本电脑，另一部分变成茶杯或者其他的东西，整个的气在这个循环轮转当中。这样的一个生生模式其实是不被程子、朱子接受的。在他们看来张载的讲法是一个永恒质料的讲法，就是这么一堆气在这儿化来化去，变来变去，虽然已经不是个体性轮回，但陷入了一个大轮回当中。其实可以发现程朱和张载都讲形上形下，但程朱的定义已经跟张载不一样了。

张载的形上和形下的定义，按照我接受的诠释是有形和无形，用有形和无形去区分形上和形下。可是在程朱看来这个有形和无形讲得还不够究极，不够根源。他是用理和气，或者用根源性的道理和具体的形质去区分形上和形下。在程朱看来没有一个永恒质料，没有像张载所讲的那样散完复归于太虚，又重新进入下一轮的轮回当中的气。气是一定会散尽的，任何具体的有形的气它产生，然后必然会散尽，而且一定会散得干干净净。一个人死了，不会参与到下一轮的轮回中，而是这个气彻底地消散，一点余都没有。而新的气根于理而生生不穷。从这个意义当中已经看到了两种不同的生生图示，两种不同的宇宙图示和天道的模型，即形而上的图景。到底哪种图景更有意义，今天可以论争，可以讨论，但背后这两种图景其实已经有了关于气不同的定位、定义和相关的言说。

近代中国哲学成立以来，对张载地位的重要性的揭示，首推张岱年先生。另外一个进入论辩视域的则是牟宗三先生。张岱年先生对张载的讨论其实跟自身的哲学关系极度密切。在张岱年先生的论述当中，把张载当成唯物主义哲学家，当成是气本论者。张先生的论断前提是他对宋明理学的分析，即把宋明理学分成理、心、气三系。在以往的中国哲学论述中，都是只讲程朱、陆王两系，而没有承认张载思想能构成宋明理学一系这样的说法。张先生从他的哲学观出发，认为理学当中以张载为代表的这个气学一系是成立的。早在《中国哲学大纲》中就有定位，张先生直接讲："张载的学说最宏伟渊博，他以气及太虚说明宇宙。宇宙万有皆气所成。”张先生明确地把这些概念都收归于气。而太虚是什么呢？气之原始。当然张先生对气有独特的定义。这个气绝对不能理解成我们一般所理解的质料因。如果说非要硬套西方的四因说去诠释传统的气论的话，那这个气在张先生的定义当中是最细微、最流动的物质，它一定是含摄质料和动力两方面的。1949年之后，张先生一系列关于张载的论述基本倾向都是用气本论、唯物论去解释张载。但有一点是被忽视的，就是张岱年先生在诠释张载的唯物论或者气本论的时候，并不是意识形态先行，或者是某种观念先行，他根源性的方法是一致的，就是张先生始终坚持概念的解析或者概念的辨析对张载思想进行分析、诠释。可以很清晰地看到张先生对张载的诠释是建立在对张载所有核心概念的细致诠释的基础之上的。我们可以看到张岱年先生诠释的客观性。张先生其实都是在这样一些概念体系的解释中去呈现张载思想的，比如虚气、性神、道理、变化、两一，关于张载宇宙观的丰富内容，张先生也从八个方面进行诠释。所以这是张先生从他的哲学观出发，对张载思想所进行的一个论述。

当然跟张先生不同的就是牟先生，今天有很多人接受牟先生的观点。牟先生的观点当然也建立在他的三系分析的基础之上。可以看到对张载思想的争议，其根源性的是哲学观的差异，是对哲学概念，以及对整个哲学系统分判的差异导致的差别。回到牟宗三先生，也有学者研究过，牟先生之所以不愿意接受张载是一个气本论者或者其思想是一个唯物论的形态的哲学，包含他对气根源性的态度。就是在牟先生看来，气永远是向下的，往下沉的，而不可能从气出发去建立真正的道德，气不可能有形上的向度或者形上的可能性，气永远是消极的。但如果从中国传统气论做一个评述，可以知道牟先生对气的态度不太符合中国传统气论。中国传统气论当中对于气的形上的可能或者气的积极性的一面是有很多论述的。看牟先生的解释就一定要消解张载哲学当中可能把它归结为唯气论的现象。他认为横渠讲的是天道性命相贯通，是正宗的儒学思想。他判断是正宗的儒学思想，张载就不能是唯气论者。他认为张载最后要建立的是一个性体，而这样一个性体是有道德创生义的，同时也是每个人在性分当中所能具有的。为了解释张载，牟先生还特别创造了一个词叫"太虚神体"，认为在张载的气当中有一个内在气的超越本性，而不是气本身就有超越性的意义。牟先生的解释从文本上来说也有很多困难，但牟先生发明了一个词叫"滞辞"，认为凡是张载这些语言上解释不通的，可能就是一些文本上的原因，一些语言上的原因。当然这是牟先生的说法。其实我们可以从中看到两种对气言说的态度。

牟先生是很推崇熊十力先生的，可是如果细读文本的话，会发现在对张载的诠释当中，牟先生跟熊先生是很不一样的。20世纪20年代，弟子集熊先生言论出版《尊闻录》，当中就明确地把张载归结成唯物论者或者气本论者。

其实还可以探讨的问题是熊先生跟张岱年先生的关系。到底张先生在大纲当中把张载解释成唯物论者和气本论者是否受了熊十力先生的影响，这个可以讨论。其实在港台地区新儒家中，唐君毅先生对张载的诠释也跟牟先生不一样。王雪卿教授的《唐君毅与当代气学——以张载气学性格之论辩为核心》（《当代儒学》第13辑，2018）重点介绍了唐君毅是在哪种角度上可能把张载的思想诠释成气学。其实在唐先生这里还是能够承认气的形而上学的建构性或者形而上学的这种可能性的。也就是不一定要讲成一个太虚神体或者讲成气之外还有一个超越性的要素，把它从气剥离出来，再去诠释张载。而从气本身出发，也可以理解出张载思想的超越性或者超越的可能。

这些分歧都跟材料的解读有关，比如“太虚不能无气”“气块然太虚”这些条目，对这些条目的阅读和细致的文本的解读，可能有助于我们厘清张载“太虚即气”到底讲的是太虚跟气什么样的关系。

最后特别想强调，还需要从思想脉络中看张载。我们可以从一个倒三角结构当中去看待宋明理学：顶端是汉唐经学，再往下是佛教，再往下是宋明理学。在这样一个结构当中，会看到思想的发展。佛教挑战的儒学是汉唐经学，汉唐经学当中没有回应佛教挑战的一些问题，其实是由宋明理学完成的。宋明理学家，不论是张载还是二程，对于整个汉唐经学都是很熟知的，但是在熟知的过程中又脱转出一种新的知识形态。这种脱转当中有继承也有超越，如果从张载的气论看相关问题的话，会看得比较清楚。比如张载所使用的一些概念，像太虚，像气，像其他的东西，其实都是对前代的气论有所继承的。比如太虚是天这样的讲法，比如“冰凝释于水”讲聚散的这段，看前代的思想会发现，在王充的讲法当中就有类似的讲法。可是张载的确继承了前代的气论，但他使整个言说气的这样一个系统变得易简。就是如果我们去看前代的气论，比如说像郑玄言气，有一个极复杂的宇宙论模式，而且阴阳、五行、气之间的内在脉络和关联，并不是像现在想象的那样清晰。真正把这个清晰和易简的系统完成的是张载，他把所有的概念都收摄于太虚跟气一对概念当中，然后用太虚跟气这样一个简易的出发点去构造了一个今天大家特别容易理解或者熟知的气论模型。

虽然朱子在很多的地方是反对张载的，可在关于气的具体属性、具体论断当中，基本上跟张载保持一致。所以有必要把张载放在这样一个脉络当中重新去理解，到底张载的思想形态如何，张载的贡献和对前代的超越如何。

谷　卿：“气”这个概念实际上内涵非常复杂，而且非常多端，它广泛存在于各个领域，像包括古代文论、哲学、艺术、中医等等。各个领域对“气”都有一些辨析和阐释，发生分歧、产生碰撞实际上是非常正常的现象。即使是在思想史的内部，不同时代、不同学派他们对于“气”的概念的阐释也是差异非常大的。刚才赵老师就从张载的气论以及二程与他的分歧等等角度切入，带领我们进入了思想史脉络当中，对张载气论进行了重新认识，我觉得非常有启发。

刚才两位老师都讲到了二程和张载的分歧，接下来我们要请程刚老师出场，他也会从分歧谈起，结合张载与程颐易学的差异，以及王弼在宋代被推崇和被批判等史事，来讲述宋代易学“祛魅”的特征。程老师主要研究古代文论，他有部代表作是《宋代文人的易学与诗学》（方志出版社，2014），对于宋代文学理论、思想史都有很精深的研究。

程　刚：刚才听了曹老师和赵老师的精彩分享，很受启发。曹老师从历史角度梳理了程颐与张载的学术交往。这种历史线索的梳理对我们了解他们各自思想的变迁有很大的帮助。赵老师谈到了气本论的观点，这点和我下面所讲到的话题有很大的关系。刚才赵老师说在理学当中，张岱年先生和牟宗三先生对于理学三系到底是哪三系有分歧。我记得我以前读过朱伯崑先生的文章，他把易学的本体论分成四类，其中三类就是刚才赵老师所讲的气本论、理本论和心本论，如从易学的角度看本体论的话，差异就在于对于“太极是什么”的讨论，易学在宋代有三个流派，朱先生还增加了一个王弼，他说王弼的无本论也是一条线索。因此，从太极为何物的角度，可以把本体论分成四类：一是王弼的无本论，以太极为无；二是张载的气本论，以太极为气；三是程朱的理本论；还有陆九渊和王阳明以及宋代杨简等主张的心本论。

这正是我下面话题所要涉及的内容，也算对刚才两位老师的回应。不过我首先要说明一下，曹老师和赵老师都是名门正派，我是学古代文学专业的，只不过做的是理学与古代文学的关系，所以就稍微对理学和易学有所涉及，下面所谈的可能有很多不对的地方，期待大家指正。

我最近写了一篇小文章《“祛魅”的宋代易学——以王弼在宋代的被推崇与被批判为核心》，主要内容就是，在宋代有一个有趣的现象，宋代易学家对于王弼易学褒贬不一。推崇者如欧阳修，誉之为孔子之后最重要的易学家；批判者如司马光，认为其具有使生民涂炭、礼崩乐坏的破坏力。我想用马克斯·韦伯的“祛魅”一词，来概括这种褒贬不一的评价背后的宋代易学特征。具体来说，宋代对王弼的推崇表现在两点：王弼实现义理易学的转向和王弼对《周易》文本的改动。宋代对王弼的批判聚焦于两点：以老解易的方法，以及由此而来的道家神秘主义和价值虚无主义。而无论是批评或是推崇，背后都有“祛魅”的一些特征。比如理性主义走向、去形而上学化、将哲学话题技术化等等。

回到我们的话题，张载与程颐，在对王弼的批判方面，二人角度类似，观点类似，都希望通过对王弼易学以无为本的虚无主义的批判而达到重建儒家价值观的目的。

王弼思想在两晋时就已经遭到很多人的批评，比如范宁、干宝等人。据《晋书》范宁本传所记载，他曾经批评当时学术风气：“时以浮虚相扇，儒雅日替，宁以为其源始于王弼、何晏。二人之罪深于桀纣，乃著论。”就是说，王弼、何晏的罪恶，甚至超过暴君桀纣，因为王弼、何晏的思想是对儒家价值观念的摧毁，影响社会风气，甚至祸国殃民。范宁所作的《王弼何晏论》被宋代学者多次引用，其中说道，“王、何蔑弃典文，不遵礼度，游辞浮说，波荡后生”，最后导致“仁义幽沦，儒雅蒙尘，礼坏乐崩，中原倾覆”。文章批评了玄学思潮所带来的社会危害，在老庄虚无主义的影响下，士人抛弃儒家典籍、礼仪、思想，导致仁义之论幽沦，浮虚之风弥漫，礼崩乐坏，国家败亡。干宝《晋纪总论》则说：“学者以庄、老为宗而黜《六经》，谈者以虚荡为辩而贱名检，行身者以放浊为通而狭节信，进仕者以苟得为贵而鄙居正，当官者以望空为高而笑勤恪。……礼法刑政，于此大坏……‘国之将亡，本必先颠’，其此之谓乎！”这里也在批评王弼、何晏为代表的玄学思想，认为以道家虚无之风代替儒家崇有之论，会逐渐从思想到礼制，从上层到底层，一步步腐蚀社会，最终导致伦理失序和政治失序。

宋代批评王弼，以无为本的虚无主义也是批评焦点。如司马光多个场合评价何晏、王弼等人，“竞为清谈，祖尚虚无，谓《六经》为圣人糟粕”。四库馆臣在评价其《温公易说》时说：“光《传家集》中有《答韩秉国书》，谓‘王辅嗣以老庄解《易》，非《易》之本旨，不足为据’。盖其意在深辟虚无玄渺之说。”韩维《论中和书》中引用王弼解释复卦的“寂然至无是其本也”。司马光在《答韩秉国书》中对此予以反驳，他说：

> 秉国又引王辅嗣解《复》：“其见天地之心。”以证虚无为众本之所自出。夫万物之有，诚皆出于无，然既有，则不

> 可以无治之矣，常病辅嗣好以老、庄解《易》，恐非《易》之本指，未足以为据也。辅嗣以雷动风行、运变万化为非天之心。然则为此者，果谁邪？夫雷风、日月、山泽，此天地所以生成万物者也。若皆寂然至无，则万物何所资仰邪？天地之有云雷风雨，犹人之有喜怒哀乐，必不能无，亦不可无也。……然《复》者，阳生之卦也。天地之大德曰生，故圣人赞之曰："《复》其见天地之心乎？"言天地之道，虽一往一来，本以好生为心也。

作为政治家与历史学家的司马光，非常警惕虚无之风对社会风气和学术思想的不良影响。因为经学阐释不仅是经学家展示个人思想的舞台，也是其人生实践和社会实践的理论根源。司马光认为《系辞传》当中明言"天地之大德曰生"，一往一来，阴阳交合，这是天地之道，大化流行，生育万物，这是天地之德。所以复卦所展示的天地之心，是生物之心，是仁爱之根源，是儒家伦理道德的形而上根据。而王弼解释复卦的"寂然至无是其本也"，假如将这样一个根源看成虚无，那就像将高楼建立在沙滩之上，司马光说"万物何所资仰"，儒家价值根源会被侵蚀乃至摧毁。

接着刚刚曹教授所讨论的程颐、张载思想的不同，而在批评王弼价值虚无主义上，张载、程颐和司马光是立场一致的，可以分别举一个例子。

王弼易学中集中体现以无为本的思想有两处，一是王弼对于大衍之数的论述，一个是王弼对于复卦的阐释。

大衍之数出自《系辞传上》："大衍之数五十，其用四十有九。分而为二以象两，挂一以象三……"这一段文字是对《周易》占筮之法的描述，其中对于大衍之数，尤其是“其用四十有九”的解释“义有多家，各有其说”，为何“虚一”不用？“虚一”之“一”为何物？汉易做出来很多象数易学的不同解释。例如，荀爽云：“卦各有六爻，六八四十八，加乾、坤二用，凡有五十。《乾》初九‘潜龙勿用’，故用四十九也。”荀爽解易最具个人特点是乾升坤降法，对于乾坤二卦特别重视，解易常从爻位变化着眼。他的解释有些牵强。他认为五十之数就是八纯卦之六爻，六八四十八，再加上《乾》用九爻、《坤》用六爻二用，总共为五十。然后不用之一，为潜龙勿用的初九爻。

王弼的解释与汉易迥异，他说：“演天地之数，所赖者五十也。其用四十有九，则其一不用也。不用而用以之通，非数而数以之成，斯易之太极也。四十有九，数之极也。夫无不可以无明，必因于有，故常于有物之极，而必明其所由之宗也。”汤用彤先生说王弼使用“奥卡姆剃刀”，将纷歧的汉易解释，化为“有”与“无”的关系，四十九是“有”，是纷繁复杂世界的象征，一是“无”，是太极，是宇宙万物之本，从而建立其“无本论”。王弼“无本论”的“本”大致有两重含义：本体之无，价值之虚无。张载与王弼的冲突更多表现为本体论的不同。张载在《正蒙》中云：“《大易》不言有无，言有无，诸子之陋也。”晁说之认为张载所针对的就是王弼，“谓以老氏有无论《易》者自王弼始”。

张载是宋代气本论的代表者，对于大衍之数，张载在《横渠易说》中说：“虚太极之一，故为四十有九。”看似张载的解释与王弼相似，都将虚一解释为太极，但对于太极为何物，二人观点不同。不同于王弼的“无本论”，张载是气为太极的“气本论”的代表。张载注《说卦》时说：“一物而两体，其太极之谓欤。”“一物两体者，气也。”虽然认同了王弼虚一为太极的观点，但对于太极的性质，张载的“气为太极”与王弼的“无为太极”是根本对立的，所以他才说“《大易》不言有无”。

王弼还有一段无本论的言论，是对于《复卦·彖传》的解释。王弼解释《复卦·彖传》“复其见天地之心乎”时说：

> “复”者，反本之谓也。天地以本为心者也。凡动息则静，静非对动者也；语息则默，默非对语者也。然则天地虽大，富有万物，雷动风行，运化万变，寂然至无，是其本矣。故动息地中，乃天地之心见也。若其以有为心，则异类未获具存矣。

复，就是反本，寂然至无，是其本，反本就是反至天地之心。王弼“以无为本”，他的“反本”就变成“反无”。与王弼不同，程颐是将“反本”解释为“反善”，返回善。他在《伊川易传》中对王弼的批评，更多表现为价值论上虚无主义的批判。

程颐对王弼的态度有矛盾之处，他一方面说治《易》“只看王弼、胡先生（瑗）、王介甫三家文字”，而同时又批评“王弼注《易》，元不见道，但却以老、庄之意解说而已”。对于义理易学的转向表示赞同，而对于王弼易学体现出老庄的“以无为本”思想则予以批判。同样解释《复卦·彖传》，程颐的《伊川易传》说：“复者，阳反来复也。阳，君子之道，故复为反善之义。”

《系辞传》当中明言“天地之大德曰生”，一往一来，阴阳交合，这是天地之道；大化流行，生育万物，这是天地之德。所以复卦所展示的天地之心，是生物之心，是仁爱之根源，是儒家伦理道德的形而上根据。王弼将这样一个根源看成虚无，那儒家价值根源将立于何处？与王弼将“复”解释为“反无”相比，程颐则将“复”释为“反善”，以儒家的“反善”来对抗王弼的“反无”，将复卦看成儒家伦理秩序根源的象征，并以此消解王弼易学所带来的价值虚无主义。

以王弼关于大衍之数和复卦的解释为例，可以看出，王弼在本体论上以无为太极，以无为本；在价值论上也对于儒家价值观产生侵蚀。张载与程颐的批判保持了一致性，只不过张载更倾向本体论上的气本论与无本论的对立，而程颐则更多批判王弼价值虚无主义，他们的共同目的是希望通过批判王弼易学重建儒家价值观。

俞琰《周易集说·自序》云：“王弼以老庄之虚无倡于前，晋韩康伯又和于后，圣人之本旨遂晦。……由是二三百年间，皆以虚无为高。至宋，濂、洛诸公彬彬辈出，一扫虚无之弊，圣人之本旨始明。”这里的濂、洛诸公，大概是泛指宋代理学，也可以再精确到周敦颐、程颐，但在对于王弼虚无主义的批判上，张载的贡献是大于周敦颐的，这里与其说濂、洛诸公，不如说关、洛诸公，将张载与程颐并立。

谷　卿：程老师的报告对前面两位老师的很多观点都有所呼应，不光谈到了宋儒的同中之异，而且找到了他们的异中之同，包括张载、程颐在内的学者，他们对前人像王弼这样的思想家及其观点做出的批判、商榷。我们看到从王弼的“反本”到程颐的“反善”，实际上对于“天地之心”或者是《周易》当中提到的“天地之大德曰生”这样的说法进行了重新的阐释。刚才说到“天地之大德曰生”，其实德和福之间的关系，一直是儒家深入探讨的话题，张载本身对于德福相关的问题也有一些思考。接下来请北京中医药大学的程旺老师谈谈这个话题。

程　旺：因为最近在思考儒家的德福智慧或者说是圆善论的问题，我就围绕这个主题，结合张载的相关材料向大家做个汇报，希望得到大家的指正。

张载专门谈德福智慧的材料虽然不是特别多，但有一些论断非常明确，这些材料和儒家德福智慧的整体理论进路是非常契合的。所以用张载的一些观点做串联，其实对我们深化理解儒家德福论也将有很大的帮助和提示。

德福主题在张载的视野里得到关注是必然的，这和刚才几位老师谈的像气论、形上学等主题略有区别，这个主题更多属于人生哲学层面，是所有的儒学大家都必然关注到的领域。尤其是当时面对辩驳佛老、回应儒门淡薄这样一个时代任务，张载也非常有文化自觉和文化担当。他不仅从世界观的角度建立了完整的气论体系，对“虚无”的本质加以重新解释，在人生观的角度也做出非常到位的回应。就像后来二程、朱子要把“四书”重新建构为一个经学体系一样，张载就是要在世界观的回应之外，着重在心性论的层面再给出相应的解决。儒学想要重新赢得世道人心的关注，更重要的也是在人生观层面起到安身立命的效果，让老百姓真正得到心性的受用，人们才可能真正为儒家所吸引，儒学也才可能重新发挥“经邦济世”的价值作用。

这里面一个重要的问题——德福问题，被关注到就是理所当然的了。因为如果这个问题得不到合理回答，不仅无助于儒学价值的传播，反而会对以道德教化为内核的儒学造成反噬，也就无法真正完成我们刚才所说的重振儒学的时代任务。《性理拾遗》记载，张载确实提到了两个相关的疑问。这两个疑问的内容是对先前的天道“福善祸淫”说的批判和质疑，说明张载已经关注到这个问题，比如“小恶反遭重罚而大憨反享厚福”的说法，其实已明确指向了德、福没有得到合理解决的问题。

关于德福论的正面表述，先看张载写给蔡密学的信，里面讲道：“日新而不可掩者，德之修；祸福吉凶，人力所不能移者，命之正。”张载一方面从主体角度去强调“德之修”，是“日新而不可掩者”，“德之修”是儒家道德教化所强调的主体修养，“德之修”“学之讲”是儒家最为关心的问题，需要时刻精进、不能忽略的问题；另一方面，张载指出同样不能忽视“命”的存在，吉凶祸福就有待于命，这是“人力所不能移者”。所以不管主体怎么去道德修养，一旦主体修养、“工夫”修为遭遇到现实，会发现很多问题是主体控制不了的。儒家常常会用命、时命、时遇等来表征这些人生难以预料和控制的“遭际”。这一意义的“命”，儒家认为是必须要承认的，但是儒家认为这并不应对主体的修为造成影响，因为它是在主体界之外的东西，用牟宗三先生的话说是“存在界”的事情。所以这一意义的“命”的出现，不会对儒家的道德教化产生一个根本的瓦解或者说根本的质疑，因为它们不是一个层面的问题。从这个角度来讲，张载“德之修”与“命之正”的分别定位，与儒家一贯的讲法是一致的。从张载的德、命分立略做引申，关于“命”，儒家还有一层内涵，即在德修学讲、进礼退义的“工夫”修为进程中，主体可以实现对“命”的转化，用孟子的话说就是正命、立命。可见，儒家从主体道德承当的角度立论，也完全可以讲“我命在我不在天”。

在《正蒙》的《诚明篇》，张载讲了这样一句话，“生直理顺，则吉凶莫非正也”。这个“正”，就像孟子讲的“修身以俟之，所以立命也”，“尽其道而死者，正命也”的立命、正命。“不直其生者，非幸福于回，则免难于苟也。”这就讲到福和难的问题。这句话应该是对《论语》讲的“人之生也直，罔之生也幸而免”的解释。“人之生也直”，人本来的状态就应该是直，直在德目里面的层级先不讨论，直作为一种重要的德性是没有问题的。在孔子看来，只有以直为导向，才是人之生的本来状态。“罔之生”是直的反面，仅是“幸而免”的层次，这个层次就不属于守正了，那获得的结果可能就像刚才讲的小人、大恶的状态一般，可能有时候没有得到相应的报应，但这只是幸而免，只是侥幸，只是苟且。儒家的主张是“君子居易以俟命，小人行险以侥幸”，“罔之生”很明显不符合儒家的态度。所以张载这里的解释也非常明确地说明了这一点，“吉凶莫非正”或者“祸福莫非正”就是要守正，此处“生直理顺”就是重要的说明。

前面是从各个角度展开的论说。在《正蒙》的《至当篇》的开篇，张载非常简明直接地提出了儒家德福观的一般态度，提出“德者福之基，福者德之致”这样一个说法。这个说法我认为可以作为儒家关于德福关系的基调性论述。具体的问题需要展开去剖析，但从基本论断上可作为概括的，就是“德者福之基，福者德之致”。儒家把道和德作为福的基础，或者说福的来源，或者说福的赋义基础，它们是福之成立与否的根本判别标准。反过来看，福就是德之致，尽道而行，进德修业，福自然可以随之就来。否则的话，除此之外可能别无所福，就是这样一种关系。

从以道和德来论福或者说道德的幸福来看，儒家已经解决了道德一致，因为有德即有福。儒家德福论的基调就是以道德为底色来衡量幸福，一贯的论断都是这样讲的。孔子讲“朝闻道，夕死可矣！”为什么“夕死可矣”？这个死可能是幸福最大的对立面了，但是因为有了

“朝闻道”，就可以有这样一种主张或看法。孟子讲所欲、所乐、所性，并做了区分，孟子主张的是所性，“君子所性，虽大行不加焉，虽穷居不损焉，分定故也”。其实孟子通过“性、命分立”重新对“性”做了辨别，我们笼统来讲就是用道和德（仁义礼智）来作为“性”的内涵。后来牟宗三先生的圆善论特别从孟子所欲、所乐、所性这几个角度来甄定儒家的德福智慧。周敦颐讲“孔颜乐处，所乐何事？”他们的物质条件并不充分，尤其是颜回，“人不堪其忧，回也不改其乐”，为什么还会有乐呢？这个问题指点出应体会其中别有一种幸福。陆象山讲“实论五福，但当论人一心。此心若正，无不是福”，都是讲这样一个角度，即用道德的底色来衡量幸福。这个角度儒家已经解决了德福一致的问题、圆善的问题。

但这样来思考，有两个问题还要解决和追问。因为这样的话，儒家是不是不关注物质的幸福呢？只讲精神的、道德的幸福就可以？物质的幸福就不重要吗？另一个问题就是我们现实当中存在的那些德福不一现象，又应如何去解释呢？

我的看法是儒家并非不考虑物质的幸福，儒家是承认物质幸福的，而且认为是修德之人应该享有的，在价值论层面儒家是明确肯定的，如《中庸》里面讲的“大德，必得其位，必得其禄，必得其名，必得其寿”。但是刚才我们说了，物质幸福有赖于外在的存在界条件，不是主体完全能决定和掌控的。现实中很可能会出现德福不一，但这与主体的道德修为之间没有必然的因果联系。由此我们可以明确第二点看法，就是儒家所讲的德福不一，其实就是指的有德无福（物质之福），即有德但没有物质之福的情况。而有德无福（精神之福）这种情况在儒家那里是不成立的，像孔颜乐处，像“朝闻道，夕死可矣！”这都是讲有德必有福，德已经保证了精神之福的终极来源，不可能没有，至少儒家是这样看的，包括周敦颐、张子、程子等都是这样看的。

那么既然所谓的德福不一是讲有德无福（物质之福），而儒家说这个层面属于存在界的问题，主体掌控不了，但我们说培养君子也好，给老百姓宣教也好，至少要有理论上的一种解释才行。儒家其实是有它内在的独特思考的。这个思考就是面对这种现实层面的有德无福（物质之福）。第一，儒家承认这是在本然、价值层面之外的一个次生性问题，儒家把修德当成第一义，而修德的初衷并不是为了获取某种福报，修德本身就是目的，只要是在正道而行、修身以俟的进德修业途中，他已经获得了相应的幸福和满足。所以有德无福（物质之福）只是第二义的问题，对这个问题儒家是放在主体修为之外的，主体不能保证必然获取某种物质福报，如果未能获得，也不是主体界的价值抉择或道德努力所导致的，所以这种不一定能反过来对修德第一义的主张产生反噬或质疑。

第二，有德无福（物质之福）的存在，客观而言也只是一部分情况如此，并非全体皆然。当我们说有德无福的时候其实是相对而言，即相对于有德有福的情况来说的。这一点程子专门讲过："颜子短命之类，以一人言之，谓之不幸可也；以大目观之，天地之间无损益，无进退。譬如一家之事，有子五人焉，三人富贵而二人贫贱，以二人言之则不足，以父母一家言之则有余矣。若孔子之至德，又处盛位，则是化工之全尔。以孔、颜言之，于一人有所不足，以尧、舜、禹、汤、文、武、周公群圣人言之，则天地之间亦富有余也。"这一解读，说明德和福（物质之福）从总体上也是有其大体一致的趋向的。

第三，如何安置这种有德无福（物质之福）？儒家之外其他的解决方案，更多的是理论层面的种种设计，为了保证物质福报的不失，而设计出诉诸外在的权威（如基督教的上帝）、时间上的延长（如佛教的轮回转世）、受体的转移（比如家族福报论）等等方案，这些方案都没有落实在德福关系的承受主体上，使德福关系的主体承当产生了滑转，故从主体层面而言，这些解决方案其实都回避了问题。

儒家的态度则有所不同，别具一格。《论语》里面讲到孔子厄于陈蔡之时，子路质问夫子，我们整天讲道讲德，为什么是这种结果呢？“君子亦有穷乎？”孔子回答道：“君子固穷。”即在这种境况下我们依然能够坚守住自己应该坚守的原则。所以面对德福不一，在儒家看来应始终立足于主体的德性修为，可见儒家并不像其他解决方案那样试图找到可能的补救方式来解决这种不一，而是凸显出来这样一种意义——尽管现实中存在着种种不一的情况，但对儒家来说，他敢于面对并承当这种不一，并且能够做到平和地面对这种不一，即使处困处穷，也可以在君子固穷的承当中坚守自我，坚守原则，不随外界境况的转变而改易原则。这时对原则的坚守正是一种历练，为主体的进一步提升转化提供着可能的指向。

这样一种态度，回到张载的论述中，他也有很多我刚才讲的思路上的明确表达。比如他解释孟子“莫非命也，顺受其正”这句话，他就讲“顺性命之理，则得性命之正”，在顺性命之理中转化出性命之正，是落在主体的率性修为中讲。更具体的是他在解释《周易》里面的两个卦时提出的。《周易》里面有四大难卦就是讲困境的，困卦就是其中的一个。张载解释困卦的九五爻，九五爻已经居高位了，是六爻中最好的一个位置，但是张载解释说九五一开始“志未得”，后来才有一种比较好的结果。怎么实现的转换呢？就是因为“处困用中，可以不失其守也”，最终才能“利用祭祀”。“利用祭祀”就是受福了，就有一种福报在里面了。张载通过解读《周易》显示出在身处困境的时候应持的态度，简言之，处困用中，福才可至。

在解读泰卦九三爻时，张载也讲到一个类似的观点。泰卦是地天泰，上边是坤卦，下边是乾卦，那么九三爻就处于天地交接这样一个境地里。“交与之际”是有一些困难和危险的，这个时候张载提出“能艰贞则享福可必”的观点。“贞”在《周易》里一般解释为守正。这个观点意即在艰难的情况下仍然能够守正，从结果上看则“享福可必”。张载的观点和儒门易学的看法是一致的。比如解释困卦，《周易正义》讲的“处困求通，在于修德”，还有其他一些卦，如蹇卦，不管是《象传》，还是《周易正义》《程氏易传》，都在强调“自修”，“推宜反求诸身，自修其德”，“君子之遇艰阻，必反求诸己而益自修”，都是这样一种讲法。

立足这样的观点我们再来看“孔子厄于陈蔡”的典故，这个典故后来衍生出很多不同的版本，但是出现这样一种传述我们也不觉得奇怪——《说苑》里边记载的，孔子讲：“夫陈、蔡之间，丘之幸也。二三子从丘者，皆幸人也。”我们看，身处在这样一种困境，修德了却没有得到福报，这是明显的德福不一，但夫子却讲这是一种“幸”，这不是侥幸的幸，这个幸可以理解为我们今天意义上的幸，即幸福那个幸。“夫困之为道，从寒之及暖，暖之及寒也，唯贤者独知，而难言之也。”如果我们从一般角度看，可能这是德福不一，但从儒家的视野看，包括张载的态度去看，这种德福不一反而又重新构成了一种转向德福一致的通道。因为这种艰难的处境恰恰又可以成为指向修德的一个特殊的环节，这一环节，如孔子所言，“唯贤者独知而难言之也”。

我做一个总结，在儒家的视野中，处困而居不再是一种人生羁绊，反而是可以对人生历练产生积极效果的助力条件；更进一步讲，这种罹难处困、德福不一的情境不唯不会对儒家造成负面影响，其本身也会在“庸玉汝于成”的主体修为进路中，成为进德之资，转化为修德工夫的有效环节。由此可见，虽然我们说现实中难免遭遇德福不一，但儒家的德福智慧逻辑地导出并回向了它立论的基源——“德者福之基，福者德之致”。因为困境本身也成了儒家修德的一个阶梯，最终也指向了修德的终极立场，所以我认为儒家的德福论是非常完整、圆满的，或者说是一种名副其实的圆善论。

最后我们来看张载的《西铭》。《西铭》最后落脚在“富贵福泽，将厚吾之生也；贫贱忧戚，庸玉汝于成”。这一段大家都非常熟，讲得非常好，现在再来看，至少我觉得不管是从其他角度还是从德福角度看，张载这个话讲得都非常圆融。“贫贱忧戚，庸玉汝于成”，为什么这样的贫贱忧戚也是对人的一种特殊的锤炼呢？其实这就是一种将德福不一转进到主体修为的进路当中，使人生历练、德性修为成为一个源源不断的工夫链条；而且在这样的表述中，这一链条里面有其一贯的指向，就是不管外在的环境如何——富贵福泽抑或贫贱忧戚，其终极的指向是一致的，坚守的原则是不会变的。所以从这个角度我们再去看所谓的“存，吾顺事；没，吾宁也”，才能有一个更好的理解，这是张载及儒家德福智慧的一贯思路中，一个必然的境界指向和归宿。

以上是我结合张载的论述对儒家德福智慧及其逻辑的一个很粗浅的串联，提供给大家思考。

谷　卿：从德福的“不一”到“不异”，我们不光看到了它在思想史当中的意义，对于圆善论有所呼应、阐释和超越，同时觉得这种德福观对我们当下的现实生活也具有非常强的指导作用。

接下来我们请第五位主谈人刘增光老师给我们报告。刘老师学贯中西，他要讨论的是圣人无知无不知的问题，其实无知观也是中西都存在的、共有的一个问题和概念，刘老师将谈一谈张载和这个观念的相关问题。

刘增光：在这个时间以这样一种方式纪念先贤张载，几个人在一起谈自己对张载思想的一种体会或者说感想，应该是比较恰当的——宋学最重要的精神就是讲学的精神。

刚才前面几位老师讲得非常精彩，有的比较宏观，有的比较具体。我今天想跟大家分享的主题是“张载的圣人无知说”，也是希望以小见大。刚才谷老师说我“学贯中西”，实在不敢当，不过张载确实非常喜欢讲“贯通”这个词。我作为学习者，如果讲得不好请各位老师多批评指正。

我首先讲一下题目的起缘。

学界已有研究者指出来，在张载的文本里边会发现他讲知的地方非常多，但是跟他讲知非常丰富形成反比的一点恰恰是张载对知并没有一种清楚的界定和分析，所以探究这个问题无疑是非常有必要的。

我个人关注这个“知”的问题，首先是注意到《论语·子罕》所说：“吾有知乎哉？无知也。有鄙夫问于我，空空如也。我叩其两端而竭焉。”这一章的内容在后世的影响比较大，而且引起歧义的理解也非常多。我们在宋学内部、理学内部也可以看到这种差异，当然它可能会牵一发而动全身，涉及整个理学或者儒学的建构，以及对孔子形象的理解。

我个人体会，张载对于这一章的理解，因为涉及对孔子形象的理解，所以一方面可以看到张载对于圣人的智慧的一种认识，同时也涉及就像《宋史·张载传》所说的张载之学是“以《易》为宗”。张载对这章的解释在《张载集》中多处出现，而且跟《易传》的“易无思也，无为也。寂然不动，感而遂通”这一段话紧密联系在一起，说明张载的知论和易学有密切关联。刚才程刚老师也讲到了张载的易学，我从这个角度切入也会涉及一点。

张载说：

> 有不知则有知，无不知则无知，是以鄙夫有问，仲尼竭两端而空空。易无思无为，受命乃如响。圣人一言尽天下之道，虽鄙夫有问，必竭两端而告之；然问者随才分各足，未必能两端之尽也。(《张载集》，中华书局，1978)

这是张载关于圣人无知明确的讲法，其实如果要完整说明的话，应该是“圣人无不知则无知”，“无知”和“无不知”这两个词的次序不能颠倒，不能说张载讲的是无知而无不知。他本人也从来没有这样讲过，他只讲“无不知则无知”，这是张载思想中特有的命题。这两段话可以看到他用了《易传》“无思无为”，“寂然不动，感而遂通”两句话。

再看另一段话：

> 洪钟未尝有声，由扣乃有声；圣人未尝有知，由问乃有知。或谓：“圣人无知，则当不问之时，其犹木石乎？”曰：“有不知则有知，无不知则无知，故曰圣人未尝有知，由问乃

> 有知也。圣人无私无我，故功高天下而无一介累于其心，盖有一介存焉，未免乎私己也。”（《张载集》）

这段话中有个隐喻。“洪钟未尝有声，由扣乃有声；圣人未尝有知，由问乃有知”，这个地方有一个“或谓”的问法非常有意思。问题是说“圣人无知，则当不问之时，其犹木石乎？”这个问法显然是没有理解张载的思想。这个问者很可能是张载的弟子，也很有可能这个弟子后来跟着二程学习，所以在《二程遗书》里面也有同样的问句：“圣人无知，则当不问之时，其犹木石乎？”就此来看，张载所讨论的问题，也是程门论学中讲到的重要问题，但是程颐是明确反对张载这个说法的。这个问题等下会具体讲到。

如何理解“有不知则有知，无不知则无知”？其实这两句话分别属于两个层面。“有不知则有知”，其实相当于张载所说的闻见之知，就是我们人的知识总是对应某个具体的对象。知识一定有针对的对象，而对象总是有限的。这种知识不是对道的一种体验。而“无不知则无知”恰恰要上升到对道的体认，或者说对太虚之气或者气之本然的体验。所以说这是两个层面，二者是不一样的。正因此，我们绝不能把这个地方的“无知”理解成“不知”，两个词，一字之差，意义却大不一样。刚才引到的这段话又讲到“圣人无私无我”这个内容，这就涉及我们怎么去理解张载从“圣人无知”的意义上去理解“无我”以及“公天下”的问题。

刚才提到《二程遗书》中对于张载无知说的反驳。我们通过张载对无知的理解，可以梳理理学中的脉络，到底哪些人赞成他的想法，或者哪些人是不同意的，也可以看到张载思想的一种在后世的影响。前面有老师讲到了，后世好像对理学谱系的建构以朱熹为主，张载在某种程度上被忽视或者被扭曲了。如果去具体研读文本肯定会看到他思想内部存在很多的张力，而这种张力可能通过明代儒者对于张载思想的吸收可以看出来。

刚才说到，程颐是明确反对“圣人无知”的说法，他的意思是，难道别人不问的时候，孔子就跟木石一样没有知识吗？当然这个反问是有问题的，因为张载明确说的是无不知则无知，他并没有说圣人就完全是无知的。这个“无不知则无知”，如果按照张载在《正蒙》里面的说法，其实是相应于“至静无感，性之渊源，有识有知，物交之客感尔”，然后他讲“客感客形与无感无形，惟尽性者一之”。尽性者，我们知道在他的思想语境中是圣人才尽性，当然尽性也是《易传》里面的说法，“穷理尽性，以至于命”。那么圣人尽性，所以他能够把无感无形和客感客形统一起来进行把握。如果无感无形，至静无感，就没有知识的发生，所以这个可以称作是无知。而客感客形是有识有知，是物交之客感，所以这是有知。但是有知必然有所不知。这仍然是两个层面的东西。而孔子能够尽性，所以能够贯通二者，这就是“无不知则无知”的基本内涵。我们可以从《正蒙》的《太和篇》，以及他对《易传》的理解，从他的一物两体的意义上去挖掘“圣人无不知则无知”的丰富意涵。

我们再看朱熹对《论语·子罕》的理解，可以发现朱熹采取的是二程的讲法，认为圣人讲自己无知的时候，是谦虚的讲法，并不是真的无知。其实我们完全可以很明显体会到当他说“谦言己无知识”的时候，这个知识指的是带有经验性色彩的。当然，比如有学者所指出的，朱熹并没有一个德性所知跟闻见之知的对立的做法。所以当我刚才说经验性时，也只是一种便宜性的说法，不论如何都可以看出朱熹这种知识的观念和张载理解的无知是不一样的。所以再往后看的话，按照朱熹的理解，就是说孔子是谦逊地说自己无知，那这样的话《论语》里面这句话，孔子说自己无知即成为虚说，而非实说。问题就在这里，为什么朱熹就直接认定孔子讲自己无知是虚说呢？为什么“无知”就没有实质的意涵？而从张载的角度来理解，张载是完全看成实说，而且通过联系《易传》相关文本去贯通这段话的含义，做了一个非常好的解释。至少在我个人看来，他的解释更加合理一些。

还有一个差异，《论语》原文说：“有鄙夫问于我，空空如也。”“空空如也”这四个字，按照朱熹《集注》中的解释，他会认为空空如也是“鄙夫空空如也”，就是鄙夫什么都不懂，什么都不知道，没有知识。但如果按照张载和王阳明的理解，他们会认为“空空如也”指的是孔子本人空空如也，所以就跟前面的无知是相联系的词组，主语都是孔子，而不是鄙夫。从这里，我们可以看到张载对此章“无知”的理解，对后世思想家的理解有着深刻的影响。

南宋心学陆九渊的弟子杨简，杨简弟子叫钱时，他有一本《融堂四书管见》的书，其中就明确地用了“圣人之心如太虚然，不识不知，顺帝之则”，去解释《论语》的这一章。显然，他的解释和张载在义理上基本上是一贯的，他的老师杨简也有类似的说法。

然后后面是王阳明的说法，比如他说“心之本体犹如太虚”，“无知无不知”，“良知本无知”等，明代心学家讲类似的话比较多。钱时、王阳明所使用的太虚概念当然是从张载这里发扬出来的，这点毫无疑问。王阳明说良知“无知而无不知”，这个次序跟张载不一样，其实也可以大致体会到，王阳明所说“无知”之“知”其实相当于前面所说的张载讲到的“有不知则有知”的“不知”。因为在王阳明那里，良知才是形而上的知，相应于张载说的德性所知，所以本无知。“无知无不知”的知是针对某种具体对象的知，有“良知”作为主宰，所以王阳明才能够把张载所讲的“无不知则无知”的次序颠倒过来，变成了“无知而无不知”。

再往上追溯的话，从思想史或者脉络史去看，无知的意涵刚才谷卿老师也讲到，不论是中国哲学史还是西方哲学史上都是非常重要的问题。在僧肇翻译《维摩诘经》时，他给《维摩诘经》作的序里面也讲到“圣知无知”。当然还有《般若无知论》，里边有大家非常熟悉的话，我们可以看到他所言的次序是“圣心无知而无所不知”。这一次序和王阳明的讲法是一样的。当然儒佛分界在这里也是比较明显的。按照佛教的理解，无知是属于真谛，因为本体是空，世界的本质是空，所以对空的证悟就是一种无知，而不是俗谛的有知；而一旦体会到这种涅槃真性的话就是无不知，所以僧肇会讲无知无不知。

但是张载有一个非常明确的对佛教的批评，他说佛教是以六根微尘因缘起灭天地，这样又怎能称作“无不知”呢？大家注意，他用了“无不知”这个词。所以很明白的是，张载绝不会认为自己的讲法是佛教的讲法。我们也可以去推测程颐、朱熹之所以不认同张载对《论语》这章的解释，在某种意义上很可能正是因为他们认为张载直接说圣人无知是受了佛教的影响，所以他们要分辨这一点。但根据我们刚才的分析，显然张载理解的根基是他对易学哲理的体会，以及德性所知、闻见之知的说法，也与他太虚之气的本体论紧密相关，而不是佛教。但是我们也可以说他可能也是受了佛教的影响，但是他恰恰是要批评佛教这种讲法，所以把佛教所讲的“无知而无所不知”扭转成了“无不知则无知”。

在张载同时，道学宗主周敦颐在《通书》里有一段话，“无思而无不通为圣人……不思则不能通微，不睿则不能无不通。是则无不通生于通微，通微生于思……故思者，圣功之本，而吉凶之机也”，可以和张载参看。现在有学者说不能说周敦颐是道学唯一的宗主，因为张载跟周敦颐的时间基本差不多，生活的时代差不多，所以在某种意义上可以说张载也是理学或者道学的创始者。放宽视野，在这种意义上看的话，张载的思想真的是有着较大的内部的张力，他对后世理学的启发也是很深远的。虽说程朱对他有些批评，但是并不影响后世对他的接受。《通书》里也非常强调《易传》里的这段话，说“易无思也，无为也，寂然不动，感而遂通天下之故”。我们可以看到与张载对“有不知则有知，无不知则无知”的一种理解一样，周敦颐也明确区分了“无思”和“不思”。在周敦颐的这段话里，无思、无不通是圣人，就像张载所说的“无不知则无知”是圣人一样，二者意涵是相通的。圣人不思，则做下学工夫的时候人要去思，思而至通微才能够达于无思而无不通。所以这个“不思”和“无思”是两个层面的，就像在张载那里“不知”与“无知”也是两个层面一样。

《论语》里面的另外一章在理学的视域中也非常重要，恰好也见于《子罕》篇：“子绝四：毋意，毋必，毋固，毋我。”张载对于“四毋”或者“绝四”的理解，是完全和“无不知则无知”结合起来去看的。其实，把这两章结合起来做贯通的理解，也不是从他开始才这样去做的，魏晋南北朝时期的何晏和皇侃就是这么做的。依张载之意，孔子说到“绝四”，是要强调“有私”、“有意”或者“有待”或者“固”，这是固化的知，是有方之知而不是一种大心之知，或者是遍体天地万物的知，而不是那种诚明所知，也不是天德良知，按照《易传》的说法，真正的“知”是“与天地合其德，与日月合其明”，“神无方易无体”。所以，张载说无知则近乎神，“无知则神矣”，也是从他对《易传》中“神”概念的理解而来的。

所以张载强调无方体，用《易传》的“神无方易无体”理解“绝四”，这是他“以易为宗”的思想进路。这些都是他的理解。然后为什么他这么强调无方无体，强调绝四，强调没有私意？比如他通过《易传》“知周乎万物而道济天下”生出一个词叫“周知兼体”，前面老师也提到了。联系我们前面所说的“无不知则无知”就可以理解他所说的“或得于此而失于彼也”。针对某种具体对象的知一定有所知有所不知，或者反过来讲都可以，也就是此处所言“或得于此而失于彼”，肯定是有所偏滞。但圣人对道的体验或者天人合一的天德良知，则是“知周乎万物而道济天下”，不会有错，不会有差误，就像上面所说的，兼体而无累，体不偏滞。

所以张载批评“因身发智，贪天功为己力”的说法。借用前面赵金刚老师讲到的，天地才是心的本原。按照张载的说法，不能够认为智慧或者知识完全是一己之身生发出来的。因为“成吾身者，天之神也”，就是说这个地方已经明确讲到其实人的身的生成跟天之神是紧密相关的，天之神才是源头。从这个意义上来讲，张载告诉我们要有一种敬畏感，就是人不能够把知识看作个人的私有物，而人的见闻一定是有它偏滞的地方，所以如果以这个偏滞的见闻之知作为真知，那他就犯了一个非常大的错误，将一种非常有局限的甚至是错误的知识当成真知。因为他不了解其实人的智慧有更加深远的源头、更高的源头，也不会敬畏天，敬畏“性者万物之一源”的天性，甚至“贪天功为己力”。所以“贪天功为己力”就意味着一种孔子所批评的“毋意，毋必，毋固，毋我”，这个恰恰是一种有我，而且是一种“固”，基本上孔子说的四个，他都占了。我个人体会，张载对“因身发智”这四个字的批评真的是意义极为深刻。比如我们可以说一方面知其实是公共的，因为性是万物之一源的，所以由性成身而来的知一定是公共的。或者说一种真知真理应该是公共的，而不仅仅是一个人的，个体之身所知的那个知，个体之身起来的知仅仅是意见或者说私见。“贪天功为己力”就是刚才所说到的，其实天功更在己力之前。天更在人之前、人之先、人之上，所以人不能僭越天，不能够因为自己有点小聪明就去僭越天地，此即是让我们对天有一种敬畏感。

朱熹有一个说法跟张载对“子绝四”的理解也是相应的，朱熹说：“意者，有我之端；我，则意之效。”“意是初发底意思，我则结撮成个物事矣。”也就是说我们每个人的“我”的建构恰恰是通过意和知建构起来的。所以若有人把这种小知，尤其是前面所讲的闻见之知，当作一种真知的话，那么所建构出来的“我”也就是假我，只是他自以为是的“真我”，而非真我，不是天人合一的那个“我”，真我应该是公共的“我”，也即“大我”“大人”。所以张载对“因身发智”的批评非常严厉。他明确强调我们不要执着于耳目见闻，而是要知道心之所从来，就是要让人超越个体的小己之身心。

从张载对无我、无不知的理解也可以看到，张载所申发的义理有着强烈的教化意义。因为前面讲到他说洪钟扣乃有声，以及因人问才有知。他其实是说，如果无我的话，人才能够达到一种“虚”的境界；达到虚的话，才能接纳别人所发的“问”。如果别人不问你，你首先用自己的某种已有的知去教给别人，那这其实就是陷于庄子讲的以德临人，或者你以自己的知识视角出发，认为这个就是知识，而别人都应该接受你的观点，所以张载说“有心为之，虽善皆意”，这是张载话语中包含的意涵。类似的说法，如南宋的陆九渊说：“恶能害心，善亦能害心。”就是善也会害心。通常我们都会认为“有知”是好的，是一种“善”，但是真的是这样吗？“知”给人类带来的困扰足够多了。

我们再回到张载所说的“洪钟未尝有声，由扣乃有声；圣人未尝有知，由问乃有知”。接着前面所说的教化意义去说的话，这句话就意味着，教化是因问乃有知，由扣乃有声，所以圣人的教化才是一种投机和应机，学要投机，教要应机，教与学是一个时机性的行为实践，而非空头的知识传授，所以这个知就不是工具化的、个体的私意私见。这一点就与张载非常强调的“感”的意涵紧密相关。反过来讲，如果没有人去扣，没有人问的话，你就自己先生起来一个东西，这种知见就是妄见。关于张载的“感”，辛亚民老师是张载的易学的研究专家，他在书里面专门讲到感的问题。当然是两种感，一种是存神至化的这种感。这种感是普遍性的感，因为神妙万物，这种感是普遍存在于天地之间的。如果以闻见所感为真正的感的话，那它就是一种小感，不可能达到普遍性。所以相对来讲这种知就不是普遍性的真知，而存神尽性的感才是普遍性的感，才会获得真知，贯通有无的那种真知。

因为张载以感来言性，我觉得这点非常有意思。他用感来言性，“物所不能无感谓性”，天地间万物包括人在内都不可能无感，只要是物都有感，人也是一物。所以就可以理解为什么物没有“孤立之理”，如果孤立就是“虽物非物”。由此，我们也可以理解儒家的伦理价值观，人生在世一定是跟他人共在的。联系张载的一物两体也可以理解这一点。如果只有一个物或者一个人，这个不叫人或者说那个不叫物，一定是相感相生，“屈伸相感而利生”，才会构成一个天下并育而不相害、共存互利的共同体。所以他说“感即合”，“一能合异”，“非有异则无合”，一方面他承认个体的差异，但另一方面又强调个体的差异必然会相合，因为感是每个个体都具有的本性，所以它一定是会相合的。引申来说，一个社会共同体的建构或者说共同价值的认可，一定是必然的。所以张载讲“有象斯有对，对必反其为，有反斯有仇，仇必和而解”，最后一定是和。包括张载最有名的《西铭》，其中讲“民胞物与”，在我所说的这个意义上也可以获得一个理解的新视角。也正是出于这一思虑，张载说真正的圣人是“能通天下之志者”，“和平天下，莫盛于感人心”，以及“知必周知，爱必兼爱，成不独成”，这和前面所说的“虽物非物”的含义也都是相应的。

张载说，如果“今人自强自是，乐己之同，恶己之异，便是有固、必、意、我，无由得虚”。在他眼中，历代的治国平天下的圣人尧、舜、禹、汤，都是能够虚其心，能够通天下之志，能够体会到感的普遍性，从而获得这种真知的人。圣人虚心而感通，这种真知带有浓厚的境界论意味。那么，这样的人自然不可能是如木石般无知的人。

谷　卿：刘老师从辨析知的概念入手，把我们引入了一个从孔子到张载、朱子到王阳明等构成的思想世界当中，让我们了解和关注到知的大小的辨析、知的本性的辨析、知的有无的辩证的辨析，加强了我们对圣人无知的说法的理解，同时也提示我们知如何生成、如何转化为德性等等，都是极有深度的一些辨析。感谢！

最后，有请辛亚民老师来对我们今天的讨论做一个评议。刚才几位老师都提到了，辛老师是张载的研究专家，非常期待辛老师的高论，谢谢！

辛亚民：刚才各位老师从自己的研究角度对张载的思想、学说做了精彩的讲解。曹老师的演讲在“淡化学派意识”的前提下，以张载与二程的交往为线索，给我们梳理了张载的学术历程，其中涉及了张载思想中天道观、性论等重要内容，给我启发很大，尤其是曹老师对张载和二程不从传统的“关学”“洛学”这种学派对立的视角论述，而是指出张载、二程其实是面对同一问题做出各自的回答。这一点，我后面再谈谈自己的一点儿体会。

赵老师的发言抓住了张载学说中一句非常关键的话——“太虚即气”，研究者之所以对张载的理解产生这么大的分歧，关键就是对这句话的理解。赵老师也列举了两位代表人物——张岱年先生和牟宗三先生。张先生从现代哲学的概念“物质”着眼来界定张载的“气”，认为张载是唯物论者；而牟先生反对从气论的角度来定位张载学说，作为一位有原创性的思想家、哲学家，牟先生提出“太虚神体”这一概念并大加阐扬，而对张载的某些表述认为属于“滞辞”。现在距离二位先生的时代过去多年，学界也有了不同看法，我们不同意用“物质”来定义张载的“气”，但像牟先生所说的“太虚神体”以及“滞辞”学者也有不同意见，刚才赵老师也表达了自己的观点。后面我们还要谈到张载的气论。

程刚老师提到了张载易学与王弼易学的对立，这一点确实是易学史上非常重要的一点。我们知道王弼扫象是易学史上的重大转折，之后象数易转变为义理易，但是王弼却是以老庄道家的义理解《易》，而张载易学有一个很重要的目的就是对抗佛老，所以张载的“《大易》不言有无”就是直接针对王弼派的玄学易而言。正是从王弼经过了中间孔颖达的过渡，到张载、程颐，易学实现了从玄学易到儒学易转变。

以上三位老师更多侧重于张载的天道观，而程旺老师谈到张载对“德福关系”的论述可以归到“人道观”，具体来说能对应到现代哲学的“价值论”领域。德福关系是古今中外哲学、伦理学都在讨论的一个问题。程旺老师也说了，张载对这个问题的套路继承了儒家的一贯立场，我个人也认为先秦儒家的德福观念和张载有直接关联，这个后面再说。

刘老师谈到张载的“圣人无知”说，一般说到张载的“知”论都会想到他著名的“德性所知”和“见闻之知”的思想，而且以前的研究将其划为“认识论”范围。但是我们看到刘老师的讲述中的“圣人无知”说其实不属于认识论，我认为应该归到张载的“圣人观”或“境界论”。张载极其重视圣人境界，他讲现在的人都“求为贤人，而不求为圣人”，而且张载特别强调，圣人是“德盛自致”，不能把圣人境界作为一个外在的、对象化的目标去追求。刘老师提到的张载屡次引用《易传》的“寂然不动，感而遂通”这句话影响很大，从宋明理学的先驱李翱一直到阳明后学，对这句话的讨论是整个宋明理学中的基本问题之一。

下面我就从总体上谈一下自己的学习体会，不当之处，还请大家多多批评指正。

先谈一下我对德福问题的一点儿想法吧。我个人认为儒学的德福问题和儒家的一个基本立场有直接的关联，那就是义命问题，这个提法源自孟子，《孟子·万章上》讲：“孔子进以礼，退以义，得之不得曰有命。”后来焦循《孟子正义》解释说：“人道之当然而不可违者，义也；天道之本然而不可争者，命也。”这里的义、命用劳思光先生的说法就是主观主宰和客观限制。

孔子在《论语》中，包括程旺老师提到的《中庸》中都表达了一种“德福一致”的道德理想——一个人的德行应该和他所获得的幸福（政治地位）相一致。山川不舍犁牛之子，“雍也可使南面”，反映了孔子的这一观念。但这显然是孔子心目中的理想状态，仅仅是一种应然，而非实然。而现实中德、福往往存在很不一致的情况，后世评价孔子“不得位”“未受命”恰好说明了这一实然状况。面对此德、福分裂的现实，孔子主张修身立本，确立德性修养对于福、位的优先性——“不患无位，患所以立”，在此前提下努力实现德福一致——“邦有道，贫且贱焉，耻也”；相反，如果抛弃了德行修养的优先性，单纯追求福、位，也是错误的——“邦无道，富且贵焉，耻也”。

在这种义命分观的前提下，儒家做出了对“幸福”的区分，通过修养能够获得的幸福可以称作“内在幸福”，或者说，德行修养本身就是一种更高层次的内在幸福；而只具可能性、或然性的外在的政治地位、利禄财富等，是一种“外在幸福”。内在幸福，求则得之，舍则失之；外在幸福，除去个人努力，还取决于外在条件。故孔子主张“富而可求也，虽执鞭之士，吾亦为之。如不可求，从吾所好”，“饭疏食，饮水，曲肱而枕之，乐亦在其中矣。不义而富且贵，于我如浮云”。宋明理学家津津乐道的“孔颜乐处”实质上是德行圆满的内在幸福对世俗的外在幸福的超越。对此，荀子也有精彩的阐述：“志意修则骄富贵，道义重则轻王公，内省而外物轻矣。”

这是对德福问题的一点补充。

另外，还想在总体上对张载的易学谈些个人体会。

古今学者大多认为张载的学说与《周易》关系极为密切。《宋史》说张载“其学以《易》为宗”，王夫之在《张子正蒙注·序》中也说道："张子之学，无非易也。"当代学者也持同样观点，冯友兰先生早年著作《中国哲学史》就指出："横渠之学，亦系从《易》推衍而来。"张岱年先生也说张载"所继承的主要是《周易》的学说"。

张载易学，尤其是他借助《周易》阐发出的哲学思想，即"易学哲学"取得了相当大的理论成就，在中国哲学史上影响巨大。

张载易学最突出的成就就是他"纳气入易"的理论创见，这不仅在中国古代气论方面，而且在易学史上，都具有里程碑式的意义。

张载之前的气论，有两方面的倾向。

一方面，气或元气只具备宇宙论的意义，是指在宇宙生成过程中的某个阶段、某种状态，如说"溟涬濛鸿，如鸡子状，名曰混沌"（《云笈七签》），"天地絪緼，万物化醇"（《易传》），还有《庄子》所谓的"通天下一气"。这一方面的气论偏重气在生成论方面的本原意义。宇宙万物由混沌之气产生，产生之后这一"本原之气"似乎完成了自己的"使命"而随之"隐退"；生成之后的大千世界便是具体生成物发展变化、生生不息的乐园，而宇宙本原之气则退居幕后，仅存在于循环论的观念中，有生命的万物在其生命终结之时才能"回忆"起宇宙本原之气而"复归于气"。这种意义上的气过于僵化，缺乏有机性，而生命力则被赋予了由气生成的具体之物。

另一方面，在易学史上，由于《周易》本身具有的阴阳思想，古代易学家以气解易时强调气的阴阳属性。如汉易以阴阳二气之循环往来解释阴阳爻的升降变化，到孔疏、李觏解易，都重视气的阴阳属性。这种意义的气具有动态性，但由于强调阴阳二气的变化属性，对其本原意义又有所忽略，尤其是玄学鼓吹的"虚无"思想，更是本原之气不敢触及的理论禁区。

以上两个方面的偏向在张载这里得以统一。关于本原之气，张载提出“凡象皆气”，这一理论的意义在于它揭示了具体的万物其直观的经验现象背后的本质，形上意义十分明显，而不是停留在宇宙生成论和循环论的窠臼之中。更具理论价值的是，张载指出无形之物不能归为绝对的虚无——“《大易》不言有无”，“知太虚即气，则无无”，这是张载论气的本原意义最为闪光的内容之一。如此一来，宇宙间不存在绝对的虚无，人们所说的“虚空”，其本身就是无形之气。这一思想对主“无”的玄学和主“空”的佛学都是有力的回击，同时也和程颐的理本论形成对立，鲜明地体现出张载易学哲学的特征。

整个宇宙都是气的存在，作为本原的无形之气与有形之物之间如何转化？张载以气之聚散回答了这个问题。从聚散理论也可以看到张载思想中循环论的痕迹。如果再追问，气何以能聚散？这一问题背后的实质是，气何以能生化万物？这一问题已经超越了宇宙生成论，其形上意义和思辨性更为强烈。

对这一问题的回答，张载是通过对气的阴阳属性问题的总结来实现的，也就是对以往气论的第二种偏向的超越。这一超越同样是借助《周易》来完成，张载“一物两体者，气也”的著名命题即是对《周易》“太极”概念的阐发。气自身的内部结构——阴阳对待，“一故神，两故化”，这是气运行变化、生化万物的根源所在；而且阴阳对待贯穿了万物的始终——“无一物无阴阳者”。宇宙万物的生成、发展、变化都由阴阳对待而来，阴阳对待成为现象界丰富多彩的终极原因。这一理论将中国古代哲学的内因论提升到了一个新的水平。

如果说张载“凡象皆气”的命题类似于现代哲学所说的“本体论”，那么“一物两体”的思想也类似于所谓的“辩证法”。在张载的思想体系中二者也有不统一的嫌疑，但总的来说这两个命题不容分割还是居主流地位。

最后还想谈谈对“理气对立”的一些看法。

学界论张载哲学多定之以“气本论”，并认为与程颐“理本论”相对立。这一说法在一定程度上点明了张载哲学的突出特征以及与程颐之学的不同之处，但还需要进一步详加省察。如果仅仅以“气本论”定位张载之学，未免有所降低作为宋明理学开拓者和奠基者的张载的学术地位。宋明理学的核心就在于“理”，或曰“道”，张载如果仅仅言气，或者说为言气而言气，他何以能成为理学巨擘？

首先来理清一下“气”和“理”。通常意义上的气仅仅是一个物质概念，属于一种“冷冰冰”的、无生命的物质实存，和理性、道德、价值等人文概念无涉；而理则是与“人”相联系，尤其是在程颐的思想体系中，也是价值的本原。而通常意义上的气，仅仅作为宇宙本原，由于气自身的自然物质属性，无法承载人文价值。从这个意义上讲，如果张载言气不言理，那么他的哲学仅仅局限于自然哲学，人文价值并未得到彰显，这和宋明理学，甚至整个儒学的根本旨趣和精神生命是完全背离的。

“易即天道而归于人事”，张载之学，其指归还是儒家的价值理想。张载言气根本目的是维护、弘扬儒家的价值理想，在一定程度上巩固了儒学的地位，赋予了儒学新的生命力。这也就是《宋元学案》赞扬张载“勇于造道”的原因。

由唐至宋，佛教盛行。佛学形上学与心性论之精微，为儒学所不及。儒学要在学术领域牢固地维护自己的统治地位，就必须建立起属于自己的能够与佛教抗衡的形上学和心性论。作为具有学术使命感的儒者，张载自觉地承担了这一历史任务。而儒家经典中较多涉及天道、自然及其与人事关系的，当属《周易》，这就注定了易学在宋代的兴盛以及易学与理学的不解之缘。张载“纳气人易”，以气统有无，给予佛老的形上理论以有力的回击，这是张载对儒学的贡献之一。

但是接下来的问题是，作为宇宙本原的气如何承载儒家的价值理想，也就是天道性命如何相贯通的问题。程颐也看到了“物质性”的气无法成为价值的载体，而批评张载立“清虚一大”为万物本原，认为形上本体应该超越经验而存在，“不应有方所”。张载对此问题的解决经历了一个探索的过程。起初，张载想通过强调气之“清”来超越其物质性，“清则神”，但是以失败告终。“清浊”概念经验性太强，无法使气得到形上提升。程颐的诘问一语中的——“清者神，浊者非神乎？”最后，张载终于通过“太和”概念的提出，解决了这一难题。“太和”是自然宇宙与人文价值完全合一的概念。就气而言，气自身的存在状态、运行变化本身就是价值的存在。太和之气自身的阴阳对立就是天地万物之性，包括人之性的渊源所在；阴阳二气的相互排斥和吸引，就是人的爱恶之情的根源；太和之气运行不止，生化万物，万物生生不息，这既是宇宙秩序，也是价值准则——“立天地之大义”。这是张载哲学体系走向成熟的标志。

张载的“太和”理论源于“体用不二”的传统观念。太和作为道，用牟宗三先生的话说，“即活动，即存有”。从这个意义上讲，作为宋明理学的宗师，张载和程颐达成了默契。程颐所说的“体用一源，显微无间”和张载的“太和所谓道”，就贯通天道性命而言，具有同等价值，这是二人思想体系的前提。在这一前提下，张载重气，以气论的形式辟佛排老，沟通天人，但其根本的理论目标仍然指向价值理想——道，或曰理。而程颐重理，也是在“体用一源，显微无间”的前提下进行，他更偏重直指价值本原——理，而不是像张载那样借助某种具有物质性的实体来表现理。总之，如果我们说理为体、气为用的话，张载的路线是“即用显体”，而程颐的路线是“就体言用”。所谓的“气本”与“理本”的“对立”，仅仅是说二者各自的偏重。这一偏重是有前提的，这一前提就是二人都认为“理气”之间是圆融无碍的，在程颐就是“体用一源”，在张载就是“太和即道”。所谓“重气”“重理”，是在这一共同前提下进行的。这样，才能对所谓的“理气对立”有一个较为合理的理解。

谷　卿：谢谢辛老师的精彩点评！我看了一下，不知不觉已经过去了三个小时，我兴致犹在，完全不知道时间过得这么快。再次感谢各位主谈人，今天关于张载的论坛到此结束，祝我们的横渠先生千岁生日快乐！

03

惟不能归，所以远望：中国文化中的“乡愁”

主谈人 韩子勇 中国艺术研究院

张京华 湖南科技学院国学院

刘成纪 北京师范大学哲学学院

刘悦笛 中国社会科学院哲学研究所

蔡丹君 中国人民大学文学院

主持人 李修建 中国艺术研究院艺术学研究所

谷 卿 中国艺术研究院中国文化研究所

时 间 2020年10月18日

谷 卿：今天是我们的第九场学术活动，主题叫作“惟不能归，所以远望：中国文化中的‘乡愁’”。

李修建：这一期论坛首先我觉得选择的话题非常好，乡愁是一个非常富有美学意味的话题，同时在当下这个极具变迁的社会语境下，我们来谈论乡愁，会有很特殊的意义。日本有个汉学家叫吉川幸次郎，他有一篇很短的文章叫《对中国文化的乡愁》，这篇文章最后一句话说：“中国的思想，都是人类的故乡之一，一到某种时刻，有意无意的，就在讲述着对它的乡愁。”我们在重阳前夕来讲述乡愁，确实有很不一样的意味。还有一层，就是今天主谈的五位学者都是我素来所敬仰的重量级的嘉宾。

第一位主谈人是韩子勇院长，我先介绍一下韩院长，他有多重身份，不仅是中国艺术研究院的院长，还是诗人、作家和批评家，出版过多部诗集和评论著作，曾经获得第二届鲁迅文学奖；他的书法和绘画作品也非常好，有浓郁的文人气息；他还是一名学者，是我们院的研究员和博士生导师，他对很多学术问题做过深入的思考，可以说是立意高远、视野宏阔。对于本次论坛的主题“乡愁”，韩院长有专门的文章发表。下面请韩院长首先开讲。

韩子勇： 乡愁是个好话题。我们过去在思考问题、研究乃至撰写文章、进行创作的时候，经常都会涉猎这个内容，把它作为主题来思考，是有价值的。我们学习习近平总书记的讲话，总书记有一句话叫“望得见山、看得见水、记得住乡愁”，其实总书记谈治国理政的第三卷中，最打动我的是这一句，我觉得他不光是在讲生态文明，更重要的是在关注人们的心灵。

2019年底，中央文史研究馆举办了一个论坛，让大家为下一步的经济社会发展提建议。其中我提的一个建议就是，投资乡愁，再造中国人的生活家园。人的需要无非两种，一种是生理的需要，可能构成了物质的世界，还有一个就是心理的需要，心理的需要实际上就是人之为人的精神性、文化性，只有这两个世界都比较平衡，人才会生活得舒服。

也可能是年龄的原因，我这些年总是觉得自己比过去更加多愁善感。乡愁是一种文化，我们生存的这种空间，除了地理的、社会的、单位的、家庭的这种空间之外，还有一种空间就是心灵的空间，心灵的空间自觉不自觉、或深或浅、或直接或间接，和我们的文化属性是有关系的。中国社会结构在经历一个大规模的转型，转型现在已经进入末端，国家统计局统计的中国城镇化率是63.9%，其实我觉得实际情况要高于这个数字。中国的城市化，中国的社会结构转型，应该说是几千年来中国社会和中国文化面临的一个巨大改变。

这种改变可以和世界上许多国家进行对比，实际上就是现代化史或者世界城市、工业发展史，从速度、规模、质量、效果和深刻程度上来说，无疑中国是可以骄傲地说我们的体量最大，我们的速度最快，我们的振荡最小。改革开放初期，那时候讲到国情，最常听到的一句话就是人口多、底子薄，十亿人口八亿农民，改革开放四十年积累了雄厚的物质基础，特别是在城市化、社会结构的转型上取得了巨大的进步。这种巨大的进步，放在几千年中国社会结构发展的历史中，它是非常惊人的。

对于我们20世纪60年代出生的人来说，刚好人生被“劈成两半”，前一半是在过去的计划经济年代。我是生活在团场，那个相对偏僻、封闭的环境，流动性很差。后来上大学，然后参加工作，又从边疆到了北京，我切身感受到环境的巨大变化，感受到“现代性”。这种漂泊感，可能研究现代性的学者愿意用“流动性”来解释它，其实这些词说得太轻松了。人是经验的产物，自己生命经验的产物，如果你的生命经验被连根拔起，人被放到各种各样的环境当中，心情和感觉，整个状态都会很不一样，甚至挺多时候一蹶不振。马克思讲“人是社会关系的总和”，在实际中，社会关系断了之后，特别是人到中年以后，要想把它们再建立起来是很难的。

从中国的城市化、中国的社会结构变化、中国的社会转型等方面来说，我们都在共同经历一个伟大的时刻。这个伟大的时刻不光是硕果累累，不光是灿烂辉煌，不光是有很多的机遇、很多的成就，也包括我们为此付出的心灵代价。这种转型非常深刻，需要从各个角度去把握。我们正处在一个“告别”的十字路口，中国社会进入现代社会，进入城市社会。我们的这种告别，不全是激动人心，可能也会有一些忧伤。

我曾经说过，蒙古族的民歌包括后来根据民歌创作的歌曲，传播范围非常广，但这些歌曲呈现的都是游牧民族在进入现代社会特别是城市生活当中，对以往的眷恋。我想，在很多其他少数民族的艺术中，可能这种眷恋存在和表达得更深，它们文化体量相对较小，人口基数也相对较少，因此它们很担心自己的东西被丢掉。其实不管是哪个民族，在走向现代化的时刻也都是百感交集的。历史的进步有其自身内在的规律，这个规律不以个人意志为转移，我们应该永远向前，同时应该不忘本来，这是一层意思；还有一层意思，中国的文化是非常讲求入世的，注重协调社会关系，中国人的文化性格也是特别喜欢扎根在群体中。我曾经问过一些长时间处于漂泊状态的人，每个人感受并不一样，但是从普遍的、总体的状态来看，中国人是文化乡愁最浓郁的，因为毕竟面临的文化变迁相对少一点，虽然近代以来遭遇的变动比较多，总体来说文化的根性还是较为完整地保留下来了。这种悠久灿烂的、多样多元的、生生不息的文化，它在今天这种急速变化的社会中，给我们带来很多的乡愁。

中国农耕文明体现在安土重迁，过去都是按照血亲关系、宗法组织来建构社会，近代以来特别是新中国成立以来，这种状况发生了根本性的变化，近四十年城市化的加速，也推进和加深了这种变化，中国的家园和过去已经大不一样。我们讲中国的现代化，当然，一般的提法是具有中国特色社会主义现代化，这里面当然应该包含乡愁文化、文化乡愁。从这个角度切入，可以为今天的城市和乡村带来某种平衡，为今天的扶贫开发、乡村建设振兴、文学艺术创作提供某种方向性的东西，甚至大家能因此闯出一条新路来。

中国艺术研究院是直属于文化和旅游部的一个大型事业单位，从文化和旅游融合发展的方面来说，乡愁也是一个很好的值得提炼的内涵。我不太清楚，现在主要生活在城市里的“90后”“00后”这些年轻人，他们将来的乡愁是什么，但是出生年代在此之前的一些中年人，多数有很浓郁的乡愁。投资乡愁，我们要从中国传统文化的前途和命运角度，从乡村发展建设的角度，从创造性转化、创新性发展的角度来研究、探讨，它会为我们中国的现代化建设、城市化建设带来新思路。中国人都有叶落归根的传统，其实城市生活不一定如乡村生活舒适，城市的规则比较多，竞争性强，节奏很快，压力也大，人天性就是热爱自由的，乡村生活相对来说可能更人性一点。虽然今天城市化水平很高，但是我觉得城市的孩子应该具备乡村经验，乡村的孩子也应该拥有城市经验。从乡村的再平衡的角度而言，经济、人才都应该形成一个好的循环。

中国的农耕技术应该说有8000年的悠久历史，农耕文明基础上产生的传统文化，在现代化进程当中如果被丢弃掉，那太可惜了。乡愁是一种很自然的生命情绪，人当然应该去创造、奋斗、向前，但恐怕最终还会返回到那些追忆和归途。

我就说这些，说得不好，主要还是想听听各位的高见。

李修建：我听韩院长讲过一次乡愁，分享了一个小时，这次讲得比较凝练，提出了很多问题，比如乡愁和文化的关系、乡愁和当代社会转型的关系，包括中国文化的乡愁之所以如此的浓郁，和社会结构、生活方式等等之间有很大的关系。最后还谈到我们如何安放当下的乡愁，提到养老的问题，以及投资乡愁的设想等等。

接下来有请张京华老师发言。张老师是我素来很敬仰的一位学者，我买过很多他点校的古籍，他对地方文化有非常深入的研究，著述很丰富。我知道他是北京人，毕业于北大历史学系，在北大工作多年，后来调到了湖南科技学院。从京华烟云到潇湘夜雨，张老师对乡愁一定有别样的感悟。

张京华：刚才韩子勇院长讲得特别好，特别精彩，高屋建瓴。我就借助韩院长这个余光，讲讲我的体会。

首先，我跟大家强调一下，古人是很注重乡里的，我们今天会说到一个词语，叫作“乡巴佬”。其实“乡”这个字，在中国古典里面非常的隆重，比如《周礼》说乡师、乡老、乡卿、乡大夫，说到“王大封，则先告后土，乃颁祀于邦国、都家、乡邑”，说到“乡邑”。《孟子》里边也说到“乡”这样一个含义，有一句很著名的话，“所谓故国者，非谓有乔木之谓也，有世臣之谓也”，这个“故国”其实也是我们说的“乡国”。还有就是庄子谈“乡”也谈得非常多，比如说到“无何有之乡”，说到“道德之乡”，都说得很高妙。

说到“乡”，其实不止一个乡。比如乡可以有青山绿水之乡，也可以有文化传统之乡，甚至可以有天上永恒的乡。我在这儿跟大家说一个自己的事例。我年轻的时候，刚才李修建老师介绍我了，读本科的时候我住在北大的学生宿舍38楼213室，那个时候十七八岁，突然有一阵子涌起一波乡愁来。我那间宿舍的窗户外边有一棵洋槐树，有一阵子我每天晚上熄了灯以后，对着那棵大槐树盯着它的枝丫看。“冬天的洋槐树，叶子几乎落尽了，疏朗清丽的树干，古墨的颜色，印在那暗黄色山坡和银灰色天空的背影上……”我就想自己是一个什么人，我的家乡在什么地方，我们家是从哪来的。

在此之前，我从来不想这些问题，我不会想我的父母干什么，他们做什么工作，他们辛苦不辛苦，对于这些我都不会想太多。但是到了本科二三年级的时候，我突然想这些问题。我的父母是黑龙江青冈人，我出生在北京，从来没有去过我的老家。因为“文革”后期下放，我们家到了江西北部云山脚下的永修县，那个时候我7岁到10岁，我对这一段反而更有印象。那时候我的女朋友，后来是我的太太，她是北戴河的人，我就虚拟这三个地方：一个是我在江西童年时候的记忆；一个是我在追我的女朋友，她的家是什么样子我已经知道；还有就是我从来没有回去过的自己真正的老家，我虚拟了这个地方。用一个词语叫作“婕妤”，就是汉代女官的称号。一个人在给另一个人写信，一个叫“婕”的人在给一个叫“妤”的人写信，这两个人是姐妹俩，她们在讲自己家乡的情怀。其实这个写信、收信的婕和妤都是我自己，我就写了这样的一组散文，我把它叫作《入夜书简》。

我自己的一个体会就是，一个中国人，一个男生在16岁到18岁的时候，天然会生起一种对自己的身世、家乡这样的一个感受。这时候我就会在意，回家问我爸爸，咱们家有没有家谱，咱们家从哪来的，我就会想象自己的家乡那种白山黑壤，其实直到今天我都没有回过老家，但是就有这样一种情怀。大概就是意味一个人他有一种心态，他要给自己找一个着落，建立一个地缘。这是我当时的体会，跟大家汇报一下。

说完这个事例，我就跟大家再说一个材料。

刘邦是彭城人，后来称帝，建都关中，他把自己的父亲——他叫“太公”，接到关中的长安，建了一个宫殿给他父亲居住。这个宫殿当然比他家乡的房子要阔气得多，但是有记载说太公并不高兴。《西京杂记》里记载：“太上皇徙长安，居深宫，凄怆不乐。高祖窃因左右问其故，以平生所好，皆屠贩少年，酤酒卖饼、斗鸡蹴鞠，以此为欢。今皆无此，故以不乐。高祖乃作新丰，移诸故人实之，太上皇乃悦。”作为太上皇，太公的地位已经无以复加了，给他建一个深宫，阔气得不得了，但他不高兴，说是他年轻时候的那些老朋友都不见了，也无法和这些老朋友一起酤酒、卖饼、斗鸡、蹴鞠了。于是刘邦就建了一个新丰邑，可能新丰邑就相当于韩院长刚才讲的“乡愁小镇”。这个事就非常典型。一个人地位那么高，但是他还是一定要了结这乡愁才会高兴，一定要有贫贱时的旧人跟他斗鸡他才痛快。

说完这个材料，我们还可以再回过来考虑一下，“乡愁”的“乡”这个字还有一个通假字，代指“方向”“朝向”的“向”。就是说除了我们各自的家乡这个安土重迁的地方，我们还有一个朝向，还有一个方向，“乡愁”里边其实也包含一种倾向性、方向性。

我有时候读书会有一些想法，不知道大家有没有同感。比如我们说到古代一个名篇《桃花源记》，大家都是非常熟悉的，大家也都知道陈寅恪先生写了一篇《桃花源记旁证》，写得很漂亮，证明当年陶渊明写这篇文章的时候是有一个历史背景的，就是西晋末年的坞堡，人们要在乱世中保平安，就纷纷建立坞堡，那么陶渊明可能就在这个背景上虚构了桃花源。不知道大家有没有注意，在清初的时候李塨谈到

《桃花源记》其实代表的是作者对三代文明的一种追求，对儒家立场的一种坚持，陶渊明说“羲农去我久，举世少复真。汲汲鲁中叟，弥缝使其淳”，他将游庐山，闻东林寺钟声，蹙眉而返。陶渊明周围佛教那么盛，但他自己的文集里从来不带佛教的痕迹，李恕谷就认为这是典型的儒家立场，《桃花源记》里边讲“渔人”，讲“问津”，渔人问津，乘坐什么样的船，渡过什么样的河，通向哪里去，秦之先，三代也。返回三代，这是儒家理想的一个寄托。陶渊明因此也可以称得上是东晋的一位大儒。

还有我在湖南，读得比较多的是《爱莲说》，因为濂溪先生是湖南人。这篇文章说“出淤泥而不染”，大家会把这篇文章解释成一篇提倡廉洁廉政的代表作，其实《爱莲说》里面提出有三条路供人选择，有人喜欢牡丹，有人喜欢菊花，有人喜欢莲花（就是荷花），作者在三者之中有一个选择：我跟道家不一样，我跟世俗不一样。这个选择其实也是表明了儒家入世有为的立场，所以《爱莲说》应该是表达了濂溪先生作为理学宗主的一个儒家立场。

还有比如说到《孝经》，《孝经》是孔子跟曾子讲孝的道理，曾子记下来的，所以其实也是孔子的作品。大家都知道孔子的身世不太好，他很小的时候父亲就去世了，稍微大一点儿母亲也去世了，等到他懂事的时候，他其实没有父母，没有父母他为什么写《孝经》呢？他想孝顺父母，往哪儿去孝顺呢？现在我们说“常回家看看，刷刷筷子洗洗碗”，认为这就是孝顺父母了，假如孔子想刷刷筷子洗洗碗，他给谁刷筷子洗碗呢？他没有办法。但就是这样一个父母都不在的人，传下来一部《孝经》，我觉得这里面就是有他的一个寄托，就是他让大家继承文化，继承列祖列宗所留下来的传统，就像《中庸》说的“武王缵大王、王季、文王之绪”。

所以我们读书的时候，读到纸上的文字的时候，可能它里边会有一种寄托，寄托不在文字表面，而在文字的背后，这种寄托其实也是一种朝向，也是一种乡愁。

说到这儿我就再跟大家说一个我自己的事例。

我在1999年的时候，有一个比较大的变化，我从北京出来，在河南“站”了一下，然后就到了湖南，最近这些年我们就在湖南的永州建了国学院。我们今天的主题是“惟不能归，所以远望”，在今天这个论坛里，可能我是走得够远的一个人，我现在在湖南的永州跟大家讲话，刚好就是“不能归”，可能我是特别符合这个主题吧。可能喻静老师知道我北人南向，知道我有这样一个经历，所以专门把我点过来，可能是因为这个跟大家见面的。唐代岑参有一句诗，“群公满天阙，独去过淮水”，在大家都往北京走的时候，我过了淮水，又过了江水，还过了湘水，跑到湘南这样一个地方来了。

湖南永州这个地方，古人说“二水为永”，凡是有两条水汇合的地方，所建的城市都叫“永”，永州这个地方就是潇水跟湘水的汇合处，所以这个地方雅称潇湘。古代这里有潇湘门、潇湘楼、潇湘关、潇湘驿、潇湘阁、潇湘馆、潇湘庙，有很多以“潇湘”命名的地方。我这里有两张照片，一个就是潇湘合流处，古称“湘口”，是我用手机拍的一个实景。还有一张照片是在潇湘合流的地方，刚好河水冲积出一个椭圆形的小岛，在这个小岛在清代建了一个书院叫作蘋洲书院。我们就在这样的地方建了一个国学院。

说到潇湘，古人有无数的吟咏，我认为南朝柳恽的《江南曲》可能是最优美的：“汀洲采白蘋，日落江南春。洞庭有归客，潇湘逢故人。

故人何不返，春华复应晚。”“洞庭有归客，潇湘逢故人”这两句后来被我挂到蘋洲书院山门两边对联上了。

其实从《九歌》以后比较早的吟咏潇湘的人是汉代的张衡，张衡张平子的《四愁诗》有这样一首说：“我所思兮在桂林，欲往从之湘水深，侧身南望涕沾襟。美人赠我青琅玕，何以报之双玉盘。”这就是张衡的乡愁。他说他有一个仰慕的红颜知己，住在苍梧的桂林，想去找她，但是去不了，太远了。大家知道潇水之所以叫作“潇”，是因为它清深。“湘水深”，“湖南清绝地”，有那么一位红颜知己，她品性清绝，但是张衡说他去不了，只能留下来《四愁诗》。“四愁”可能并不是真的，或者说张衡在诗中虚拟了在南岭苍梧之地有一位红颜知己。我来了就读张衡的诗，但是我跟他不一样，我是来了，但是我有没有见到红颜知己，能不能见到红颜知己，还不太清楚啊。我扑到潇湘来，在这里写了《零陵诗草》，也写了《湘妃考》，同时建了国学院这样一个教学与研究的单位。我也不知道美人找得到还是找不到，有还是没有，将来会怎么样，一切都在一种倾向性的过程当中。

张衡的《四愁诗》体现出了古人的一种文学创作规律。从屈原大夫，到太史公，到张平子，他们的作品里面都有一种想象，在自己去不了的地方，想象出来一种寄托，想象在辽远清绝之地，人群中可能得一知己。

说到想象，我们也知道在北宋的时候有一个学者、一个士大夫，叫作宋迪，他画了一组图，叫作《潇湘八景图》，配上诗，用书法题写在上面，所以也是绘画、书法和诗歌三者的合璧。“八景”这种意象后来就流传到全国各地，甚至整个东亚；流传到古代的朝鲜和古代的日本，甚至到古代的越南和琉球。这些国家和地区的人通常是来不了湖南的，但是他们借助宋迪以及其他文人的“八景诗”和“八景图”，想象出在他们心中最美的意象，就是潇湘，所以“潇湘八景”在东亚有很大程度的想象的成分。

北方人曹雪芹写《红楼梦》，女主角林黛玉所住的地方是“潇湘馆”，暗喻湘君、湘夫人，也是一种寄托。今天在潇湘我们继续这种寄托、这种想象，现实中似乎若有若无，在古代也是若有若无，其实它也是一种乡愁。

就一个人而言，首先他要让自己拥有才情，有了才情然后怎么样呢？就是在内心渴望一种回应，如果找到了这种回应，就叫作知音、知己。一个人才情再好，他也需要有一种回应，需要建立一种关联。人与人之间是一种关联，文化也是一种关联，万物之间也是一种关联。因为关联而建立秩序，在关联的基础上建立一个万物无所不包的秩序，这就是我们义理上讲的“理一分殊”“月印万川”。世界是这样构成的，我们努力在追求、在寻找这样一个世界。

最后想跟大家分享一下我最近注意的两篇文章，这两篇文章都很常见。赫胥黎有一篇讲演稿，题目翻译成中文叫作《人类在自然界中的位置》，后来因为严复把它编译出来，改名《天演论》，非常出名。大家知道钱穆先生，他在去世之前几个月留下了一篇遗稿，题目叫作《中国文化对人类未来可有的贡献》，就是说，中国文化能否对世界有所贡献？钱先生提出这样一个命题，其实也是他的一个寄托，是他的一个渴望，所以也是他的乡愁。

我认为，所谓“文化”一定是有固定人群的、长久的、有秩序的、相互关联的一种生存方式。如果不能长久，不是固定人群所拥有，不是相互关联的，那就不是“文化”。

从传统文化的角度来说，还是要回到乡愁上，要有着落，没有着落，就不可理喻。乡愁就是一种联系，就是一个纽带，它从传统中发生，最后把大家牵起来，牵在价值上，有这个东西，人才有价值，或者说人生才有意义。那就是说，为一个愁绪，为一个想象，为一个寄托，为一种理想，为一种渴望，为一个知己，我们生存着。

以上是我理解的乡愁。说得不对的地方，请大家批评指正。

李修建：张老师刚才结合儒家经典、古代诗文、人物个案，还有他本人的生命体验，对乡愁做了非常清晰和深入的解读。很多议题非常富有学术价值，尤其他最后对于文化的理解，可以说是相当深刻，耐人寻味。

接下来要发言的是中国人民大学文学院的蔡丹君老师，非常巧，蔡老师是一位湘妹子，上午和蔡老师交流，知道她主要做北朝文学，我非常钦佩，因为在文学界研究北朝文学的非常少，难度很大，美学界更是如此，北朝美学研究的相关成果也非常少。蔡老师的两部著作，一本叫《从乡里到都城：历史与空间变迁视野中的十六国北朝文学》（三联书店，2019），还有一本叫《见南山：田园诗史话》（商务印书馆，2021），光看书名就感觉和乡愁有非常密切的关联。下面就请她来给我们讲讲。

蔡丹君：正如刚才主持人所说，我来自湖南，非常感谢张京华老师支持我们的家乡建设，而我是一个渡过长江来到了北京的人，来到了张老师的家乡。

所以，我想在每个人的生命旅程里都会有行走和漂泊，每个人的心中都有关于故乡的记忆。我过去研究北朝文学，并非在古代文学的固定范式下要从事这样的一个研究。在我决定要研究北朝文学之前，刚好读到冯骥才先生他在做乡村保护的时候写的很多文章，很受触动。因为当时我心中正盘旋的一个问题是，西晋永嘉之乱以后，中国北方社会到底是在一个什么样的逻辑下、一个什么样的体制下重新收拾了这样一个破碎的局面，最终走向了统一，还成为通向隋唐社会的一环。这个历史过程，我觉得乡里社会对北朝文化的恢复还有支撑，是有非常大的影响的。这也是它能够形成和南朝文学完全不同的局面的根源之一。这个思路，也影响了我后来从事的陶渊明研究，它也跟乡里社会很有关系。再后来，就是写了《见南山：田园诗史话》这部普及的书。今天，我其实就是想和大家分享一下，我过去研究中所接触到的与乡愁有关的东西。刚才韩院长说的话非常触动我，我觉得其实我们今天所做的很多工作，都可以从古人的智慧、古人的情感当中去取材，如果要建设现在的乡村，可以多读一些田园诗。所以我今天就想讲一下中国文学中的田园饮食和情感记忆。

乡愁是一个相对来说抽象的东西，而家乡的饮食，大家都是有记忆的。有时候人们就说，什么是家乡，就是吃一口家乡的食物就知道了，而这样的记忆有时候会被记录在文学作品当中。文学当中描述故土饮食这样的作品，宋代以后可能比较多，但是它的发源可能在中古时期。而且，这样的乡村社会种种描写，其实也是和饮食联系在一起的。如果我们要对乡愁做一个具体化的分析，不妨来看中国文学当中这种饮食描写，还有它的情感记忆。

今天我想抛砖引玉，举几个例子，和大家来看一下当时的田园饮食书写和情感记忆之间的关系。

第一个例子讲一下北魏的名臣崔浩，他们家是三朝重臣，他的父亲叫崔玄伯，是很受北魏皇帝信任的汉族士人。史书上说崔浩“不长属文”，意思就是说他文学水平不高，可是，我们去看他的文学作品会发现有一些写得非常隽永，有一篇很短小的散文叫《食经序》，是崔浩为他的母亲过去所做的一些饮食编集成册后写下的一篇序言。《食经》虽然已经遗佚了，但是这篇序言一直留存下来。崔浩对过去家族在乱世中的那些饮食非常看重，对于饮食的制作都加以记载。在北方，妇女持家是寻常可见之事，文中记录了他的母亲、婶婶、姑母操持整个家族的饮食，借此回顾了家族经历的一段漫长的困难岁月。崔氏一族在永嘉之乱以后没有跟随其他的大族南渡，而是留在了政权更迭频繁、战争频繁的北方，这个时候，城市遭到了极大的破坏，胡人政权也不大好合作，像崔氏这样的大族大多聚居在乡里，以避战乱，饮食方面是勉强糊口而已。面对生活的艰辛，北方人勤于劳作，对食物也是非常看重的，生活特别节俭。所以在崔浩人生中，很难看到有排场的饮食陈设，他过的是清俭的生活。北方人在适应新的历史时期的时候，迫于生活压力一般会放弃过去的一些饮食传统。

应当说，这篇序言写得非常动情，崔浩深情地怀念了他的母亲，还用了“思季路负米之时，不可复得”这个孝道故事。子路是鲁国人，因为家庭贫困，常常以野菜充饥，他不忍心父母同样如此，所以到百里之外去买米，供养双亲。路上寒天暑热，无比艰辛，但是子路一直坚持。等到子路在楚国为官、珍馐不断的时候，他的父母已经离世了，他即使想再去负米也无意义了。所以崔浩的这一篇《食经序》不仅仅是怀念过去乡土当中的那些生活，更怀念的是家族亲情。《食经序》当中提到了母亲为家族的祭祀亲自劳作和百般节俭的一些场景，还提到他们当时是怎么制作一些基本的祭祀用食的，这些内容可以和《颜氏家训·治家》篇参看，文中所载对食物的重视和乱离生活的记忆，其实也构成当时北方乡里社会基本的特征。

《魏书》还记录过弘农杨氏的杨播家族，他们对待食物同样是很谨恪的。这个家族“不集不食”，非常注重家族饮食的礼仪，大家必须聚集在一起，才可以开始吃饭，而且共同分享，每个季节有一些好吃的，大家都是按照次序来分享。作为村居者，他们在生活中崇尚简朴，恪守礼法，这种生活记忆也投映在他们此后的行为之中。

我们今天，对食物也应该抱有谨恪之心，要节俭。我想这样的话可能也能给我们社会带来一些健康的精神取向。

食物源自劳作，北朝晚期的时候有一个诗人叫卢思道，他写过一篇《劳生论》，讲到自己的躬耕生涯，他写如何在这样乱离的社会，从乡土当中去获取食物，这些是过去文学当中比较受到忽略的日常生活的方方面面，体现了当时北朝文学和南朝文学不同的面向。而这样的劳动与饮食，这样的每一天，其实也是他们的精神来源。

再看庾信。南朝士人庾信流落到北方以后，他面对的是彻彻底底的异乡。庾信是西魏攻打梁朝时，作为使者前往西魏，结果被扣留在长安。后来紧接着西魏的一个时代就是北周，北周取代了西魏。到了北周以后，庾信的处境非常孤独，而且经济贫困，他对于江南的思念是非常深的，所以我们都知道他有一篇《哀江南赋》。这篇赋，我们一般从政治的角度去理解，事实上真正影响到庾信，让他有这么深刻的家国情怀的，主要是异乡生活带来的极大压力。

当时一个生于南方长于南方的士子，来到北方，他首先感受到的就是一种气候的差异，所以庾信在很多诗当中都会写到北方如何寒冷。与此同时他也会写到作为一个流寓者，在北方要面对的一种新的饮食习惯，会非常思念家乡的食物。庾信诗里反复感叹自己没有相交相遇的人，只能孤独逡巡在园亭之间，诗中很多物的描写都是萧瑟凄凉的，也隐含着庾信对家乡食物的思念。比如，他说："香螺酌美酒，枯蚌藉兰殽。飞鱼时触钓，翳雉屡悬庖。"这里面提到几种食器，一个是香螺，还有蚌壳，是用来斟酒、放菜肴的；还提到了鱼、野鸡等等，这些水产是流寓到北方的南朝士人尤其喜欢吃的。《洛阳伽蓝记》里写过，当时流寓洛阳的南人住在一个安置他们的里坊中，其中有些市场是专门卖这些鱼鳖的。所以，庾信在诗歌里写水族类的东西，其实也是隐含了他对家乡深切的思念，由于他当时在北周任职，其实不敢特别明写思念。所以，对于自己这样生活的感触，来自庾信作为一个末世之人的身份认知。我们过去喜欢谈《小园赋》《哀江南赋》当中深处乱世的历史体验，但是事实上生活体验也是他乱世体验的一个方面，这也是后来能够影响到像王绩还有杜甫等等唐代诗人之处。

初唐到盛唐的一些诗人，他们在写田园饮食的时候，既不是像崔浩那样做人生追忆，也不是像庾信在乱离生活中表达漂泊的感受，他们对人生取舍有很多很多的隐喻，也就是说当你选择一种生活的时候，也就意味着其实你会面对怎样的饮食，当你面对怎样的饮食的时候，其实也意味着你选择了怎样的人生。隋朝的王绩是一个非常落拓之人，他就说自己是一个以陶渊明为偶像的人，不在意官场的竞逐，所以他是一个隐居者，自号东皋子，他经常会在诗中写到自己田园的生活，而且会浓墨重彩地去写自己在吃什么。比如有一首诗叫作《食后》，这首《食后》就是写他晚饭后的一些感受，在这首诗里面写到很多，自己吃了什么喝了什么。比如"田家无所有，晚食遂为常"，我们这些住在乡村的人，家里没有什么，所以晚饭也吃得很晚，这是我们的日常。还有“菜剪三秋绿，飧炊百日黄”，这里说的其实是他去田野当中找到了一些绿的、黄的蔬菜，一般是指韭菜还有韭黄这些东西。他又说“胡麻山麨样，楚豆野麋方”，“始暴松皮脯，新添杜若浆”，这里是他吃到了一种胡麻炒的、可能是类似麦粒的一种菜，用豆子在炖一个麋鹿这样的野兽，还有用松皮、杜若这些东西来作为食材的辅料，杜若也是泡酒用的。这样的一首诗，说明隋唐时诗人已经开始转向日常生活。像储光羲也写过《吃茗粥作》，唐代的茶粥很有名，里面放的是茶粉，诗写的是他挽留客人吃粥，劝他日暮再回家等等。这个吃粥的事非常小，但是因为有日常生活的人情滋味，更加焕发了田园的诗意。

我们今天的主题是“惟不能归，所以远望”，远望之人，其实在唐代诗人里面有个最有代表性的，那就是李颀。我们都知道他是边塞诗人，但是事实上他也是一个很重要的田园诗人。他写过担忧故园荒芜的诗，总是在想象自己哪一天辞官归隐，能够告别求仕漂泊的生活，回到故园，去种花草，去把酒东山：“摇巾北林夕，把菊东山秋。”马上就是九月初九了，李颀就写过一篇《九月九日刘十八东堂集》，这是他参加友人集会的时候，喝到了菊花酒，吃了茱萸香的汤饼——菊花、茱萸都是九月九日特有的植物，由此触发了他对家乡的思念。所以这样的诗歌当中，写入这些饮食，其实都是关乎人生的取舍。我们今天讲乡愁，乡愁有太多种了，人生不同的境遇当中会有不同的乡愁，无论是作为一种日常还是历史感所导致的乡愁，或者是因为一种历史的巨变所引发的强烈的情感记忆，这些都能够从食物当中找到一种具象。

今天我们做农村生态的建设，讲究恢复农村的生活，其实在农村也诞生了很多的美食家，他们是三农建设很重要的一支力量，而且也是农村扶贫很重要的一个点。所以，乡愁可能更多的就是让我们能够在食物当中得到安慰，也能够在食物当中增强我们对于家乡的记忆。

李修建：我觉得蔡老师选的角度非常好，乡愁是一种文化、哲学、记忆、美学等等，表现为物质或者非物质的一些形态。我们小时候的一种味道、一声叫卖、一首歌曲等等，这样的一些形态会萦绕在我们每个个体的脑海里面，会唤起我们的乡愁。蔡老师谈的中古时期几位诗人，他们笔下饮食的记忆和描写，以及和乡愁之间的关联，非常有意思，也非常富有启发。

接下来要演讲的两位刘老师，都是我们美学界的同人，和我也都是亦师亦友。首先，有请刘悦笛老师，刘老师是中国社会科学院哲学所研究员，他是我们美学界比较活跃的一位研究者，除了做分析美学和中国美学，近年也高擎生活美学的大旗，做了很多的工作，比如他做“最美小镇”的评选，他是总评委。我想他对乡愁也会有自己的理解，下面请刘悦笛老师发言。

刘悦笛：很高兴有这个机缘谈一谈中国文化里的乡愁。我想今天来讲一讲这样一个话题，那就是中国乡愁的“文明高度”与“乡村建设”的问题。

谈这两个问题，其实是从两个角度看，一个是我们自上而下地看，我想把作为一种文化的乡愁，提升到中华文明的高度，来定位乡愁这种文明特质，这是我今天最着重讲的一个话题。这就是乡愁一个文明深度的问题，我们中国人从哪里来？为何乡愁会在中国这样发达的农业国度如此兴盛，一直到今天？我觉得这是非常重要的文明乡愁与乡愁文明的问题。

另一个角度，我想自下而上地看，再来谈一谈乡村经济，也就是所谓“乡愁经济”的问题，这也是对刚才韩院长主题发言的一个回应吧！我想，乡愁未断，那是由于中国人的生活根基在绵延，这就需要当代的乡村建设来延续乡愁，这是我讲的第二个话题。

谈这两个话题，是和我近期的两个活动有关，今年9月28日，我们在屈原的故里秭归，纪念屈原祠建祠1200周年，举办了一个大型的纪念活动。在纪念活动上面我做了一个主题演讲，叫作《作为中国第四大传统的“屈骚文化”》。当时，我是想把“屈骚传统”作为中国儒、道、释之外的第四大中国传统，这是一个活动。

另外一个活动，就是10月20日，在国家发改委举办的安仁论坛上，第二届中国小镇美学榜样TOP10，也将发布与颁奖。这个奖是前年中华文化促进会找到我来做总评委的一个全国性的评选活动。

这两个活动，一个是纪念屈原祠的活动，关系到乡愁文明的“高度”和“深度”的问题；小镇美学榜样评选则直接关系到“乡愁经济学”或者“乡愁产业”的问题，这也就关系到，如何通过产业的力量，来推动中国式乡愁的扎根与拓展了。

下面我就跟大家来分享第一个问题，先说说“乡愁文明”的问题。实际上，我认为乡愁不仅仅是文化意义上的，或者说乡愁不只具有本土文化的意义，不同的地方、不同的文化区域有不同形态的乡愁。我觉得还可以上升到一个中华文明的高度来看待乡愁。我们可以追本溯源，我想中国乡愁被“文明化”，起码应该是从屈原的《离骚》开启的。《离骚》的这个篇名，历史上有着各种各样的解释，根据我们的解读，一种说法就是意味着遭遇忧患，另一种说法就是离别的忧愁。

无论是司马迁《屈原列传》里说的“离忧”，还是王逸《楚辞章句》中所论的“别愁”，其实都是这个意思，所以《离骚》不仅仅是发牢骚而已，其中一定包含着离愁和别绪。而这种《离骚》的“家园情感”，我认为正是中国人第一次把乡愁这种中国人的情感模式，进行了一个文明的升华，而且是个高度的文明升华。这在世界文明范围之内，也是居于前列，居于先列。

所以，我想说的是，其实这种乡愁很早就划入了中国人的“文化心理结构”当中。我们看屈原的《离骚》，通篇都有一种“别离情结”，比如他说“涉青云以泛滥游兮，忽临睨夫旧乡”，这个旧乡就是故乡，就是跨青云漫步四方，突然俯瞰到自己的故乡，这是一个离人的典范形象。比如《离骚》里还讲，“余既不难夫离别兮，伤灵修之数化”，并不为难于如此离别的状况，只是感伤灵修的天数和育化，当然灵修在此未必一定是指楚王，这说明这种离别与灵修也是有着千丝万缕的关联。最有名的一句就是“宁溘死以流亡兮，余不忍为此态也”，就是宁愿立即去死，或流浪他乡，也不能容忍这种苟和之态，这就是一种不得已而死、而流浪的心态。这当然是当时的政治情势使然，但是那种别乡的悲痛的心态却得以尽显！

我们看《离骚》即如此，里面出现了各种离别之情。《九歌》和《九章》也有很多离愁别绪，比如说“羌灵魂之欲归兮，何须臾而忘返？”我们看返乡的不是身体而是灵魂。故土恰是灵魂之安居所在，也就是说灵魂时时刻刻都想着归乡，哪会片刻地忘记返乡？

再比如，“背夏浦而西思兮，哀故都之日远”，这就是背井离乡，是一种无可奈何的悲痛思乡。再比如说，“登大坟以远望兮，聊以舒吾忧心”，只能登高远眺家乡，来舒缓自己的忧愁之心了。再比如说，“民离散而相失兮，方仲春而东迁”，“哀州土之平乐兮，悲江介之遗风”，土地平广，人民安富，楚国的风尚弥漫在江汉盆地。

面对这种故土老乡的那些楚风楚雨，屈原滋生出一种与土地、人民的离愁别绪，从而生发出人生的悲情、哀绪。这是我首先要做的一点分析。为什么要追溯到《离骚》？我想《离骚》不仅是个人遭遇忧患，而且是群体的离愁别绪，所谓《离骚》，乃“离之骚”，这是一点文学上的解析。但我想这种解析还只是平面化的。

屈原的《离骚》到底具有什么“内在的结构”？我想具体分析一下，这也和我对“屈骚文化”或者叫“屈骚传统”所做的三个界定有关。我想来自南楚的屈骚传统作为中国非常重要的大传统之一，可以从三个不同的侧面来界定它。

第一，我把它叫作“巫本源”，巫就是“巫史传统”之巫。

第二，我把它称为“情本体”，这当然来自李泽厚的思想，情是“情实”、“情感”与“情性”兼有之情。

第三，我觉得它会有“美本色”，美就是“审美”之美。

我以为，这就是屈原和《离骚》传统的核心，一个人物屈原与一个诗篇《离骚》，人物和作品是合一的。我觉得，它彰显的是我们中国人的“由巫化情”，巫是情本体的传统的根源，从“巫”化为了“情”，然后，成就出“巫”是开始、“情”是终点的一个情本体的传统，我称之为“巫始情终”。

所以，我这样来界定，就是“屈骚传统”，结合了迷狂与崇拜神的巫本源，结合了激情与想象的情本体，结合了瑰丽与上奇的美本色，并把这三者融合，形成一个独特的“屈骚架构”，进而实现了一种中国式的偏重于情感的情理结构。

说完了这个，我们就再回到乡愁。屈原作为第一个“乡愁文明者”，他可以说是把屈骚传统这三维结构或者叫三角结构中的各个要素，都加以展现。

我们先来具体看一看，首先屈骚传统使得这个乡愁，中国人讲的乡愁具有了一个巫的本体、巫的本源。巫传统讲的是什么？讲的是绝地通天，讲的是人和天地合一。其实这个乡愁就是人与故土，在情感层面上的一个会合、一个合体。我想这里边中国乡愁的来源不仅有自然的本性，更有中国本土文化中“巫本源”的根本的来源。

其次，屈骚传统让乡愁拥有了一种“情本体”，刚才也讲到乡愁一定是悲的吗？一定是消极的吗？其实乡愁恰恰是一种很积极的情感，尽管它表面上看似是以离愁别绪作为一个消极的表现，但确实是以故乡作为对象正向的情感。所以我们要确定，这种表面消极其实是一个正向的，是一个人类的积极情感的侧面。

再次，屈骚传统是怎样的？乡愁获得了一种“美本色”。我们看到在绝大多数乡愁当中，其实同时也被审美化。以一种审美的话语方式得以深度呈现，所以我们看《离骚》反复吟咏故乡，便是如此。因此，我想乡愁也可以放到“屈骚文化”的传统里来看。

所以，这次在秭归纪念屈原祠建祠1200周年的纪念活动上，我还作了一副长联，上联是“路漫漫，巫始情终其修远兮，向上、向下、向古、向今”，下联是“愫满满，上天下地而求索之，美巫、美情、美政、美人”。当然，屈原讲的这个美人并不是指女性的美丽，讲的是有高尚道德的男性的角色，讲的是内美和外美兼修合一的人。

由此，我想对于中国式的乡愁我们可以拓展来看待，其实乡愁也具有“巫、情、美”三重特质。为什么这样说？乡愁的来源是中国的巫，内核是情，它的外现是美。我想这是我们对于乡愁的一个思想层面的界定，这也是一种中国人独特的“情理结构”，尽管更偏重于中国人的情感。

当然我讲“巫”只是一个本土传统的源头，但是从一个更广阔的背景来看乡愁，乡愁则是来自人类的一种“恋地情结”。

可能做其他专业的人对“恋地情结”这个词并不太熟悉，这个独特的词是文化地理学家段义孚的创建，英文为Topophilia，我觉得这是他对文化地理学非常重要的贡献，用来描述人在情感与自然之间的一个关联，与土地的关联。其实我们来看，如果回到最本源来说，实际上动物对于所生存的自然环境都有所眷恋，甚至在《九章》的《哀郢》里面有句叫“鸟飞反故乡兮，狐死必首丘”。这就是说动物在恋地，说明恋乡恋地有一种生理化特征，以动物化为基本的根源。不仅高级的动物如此，低级的动物像飞向故乡的鸟、守护故地的野兽，都有那种领地的意识，其实都是恋地性的表现。但更重要的是，段义孚指出文化和自然之间的二分法早就过时了，人类所身处的环境也就是人们在践行当中所建构的人文场所，而且，人们非常擅于把他们的价值和情感置于这个场所当中，从而不仅用人文丰富了大地景观的生态状况，而且这些地方景观又反过来丰富了人们的情感体验。

我觉得这个文化地理学的论述非常重要。其实什么是故乡？故乡就是这样一种有着地方景观，有着人文情怀的处所、场所。故乡绝不是原生态的自然，而已经是被人文化的一个人们曾经居住过的环境。如果我们这样来界定故乡、故土、思乡的话，其实在这个意义上甚至可以说，乡愁是可以被建构出来的。一个三岁的孩子，从小就让他生活在波兰或者芬兰，那他的乡愁恐怕不是三岁之前居住的中土，而是那个文化、那个生长环境对他的一个自然与文化的双重建构。

我的意思就是说，乡愁是在自然根基之上的一种文化性的建构。在后面将说的“乡愁产业”也与这有一定的关系。既然乡愁可以被持续性地建构，然后传承下去，积淀下去，传递下去，乡愁也就有了被消费、被产业化的一种可能。这种历史气息在当今城乡融合的大趋势当中，应该被把握住。当然，我们要利弊两面辩证地来看待当今乡村建设的问题，我放在第二个问题里面再讲。

关于乡愁文明的问题，如果我们再从一个哲学的维度、高度，特别是从时空观的角度，如何来看待这种中国式的乡愁？或者问一个问题，就是乡愁到底是空间的还是时间的？

实际上，我想给出这样的一个解答，就是说乡愁不仅丰富了我们中华文明的空间维度，同时更丰富了中国人的一种时间维度。我们看，其实对于故土的乡愁，并不是对于某个具体人的相思，相思往往从本能出发而生发出个体的意识。乡愁当中当然也有人，但并不仅仅是某个人，还是一个集体性的群像，你小时候的玩伴，小时候的朋友，亲戚，小时候的老师，幼儿园时候的伙伴，还有邻居呀，乡里乡亲，远亲近邻，如此等等。

而且，在中国更重要的是一种血缘的宗法，这在中国人的集体意识当中得以积淀，乡愁其实在中国具有一种伦理的特质。这就是梁漱溟先生讲的中国是个“道德本位”的社会，所以乡愁其实是一种空间性的整体意向，这才是乡愁真正面对的对象。我这样说好像很抽象，意味着什么，我们可以想，乡愁看似是空间性的，乡愁往往是指向了乡村故地，所谓原乡、故乡的土地、地点、处所。但是有趣的是其实乡愁的实质更加是时间性的，因为乡愁其实是一种回忆，原乡是要实现一种时间上的还原，这就是原乡。

这个“原”如果从哲学上来说，从现象学来说是一种时间意识上的“前摄”，它的存在并不是一个线性的流动，而是这个时间从“前摄”到当下的某种滞留，从而成了团块状时间性、空间性的存在。由此，乡愁的时间就被空间化了，我这样说可能不学哲学的人觉得我说得太抽象了。

我打个比方，乡愁就像时间的河流被你自己做的堤坝所阻断了，这个水不断地回流，又试图回到上游，但是整个河流还是在往前流淌，这就是乡愁。乡愁在这个意义上其实把时空融合起来了。当然，这样说的确是现象学的一种抽象表述，作为地点空间出发到时间意识，再到时间追忆被空间化，这才是人类乡愁的一个时空结构。我这样说就不仅仅是中华的本土文明，这是一种人类的普遍意识与心理的构成，当然这一定是一个历史积淀的结果。归不了乡所以才思乡，我想这是任何文化中都会出现的一个文明现象。

从更高的角度看，从中国传统的结构看，我认为在儒道释之外，还应提出屈骚传统，因为作为中国第四大传统而存在，乡愁在屈骚传统当中，特别是《离骚》《九歌》《九章》当中都构成了重要的维度，构成了中国人文化心理的一个层面。这种乡愁的文化结构，之所以能够如长河一般源远流长，恰恰是中国人的这种情感模式、“情理结构”绵延的结果，而且这种乡愁在今天是活的，活在当下。所以我始终讲这个乡愁，是一个活的传统，而绝不是一个死的遗产。所以，在今天复兴乡愁，是具有非常重要的现实意义与价值的。

一句话来总结乡愁文明，乡愁作为一种文明形态，已经融入中华文明的第四大传统当中去了，兹事体大，的确辉光千年，这是我要讲的第一点，关于乡愁文明的问题。

第二，说完乡愁文明，简单说说“乡愁产业”“乡愁经济学”问题。当然，这是自下而上地看乡愁，作为经济基础来看乡愁。前面说过乡愁是可以重建的，乡愁是一个文化建构的过程，后天的文化濡化一定要优胜于先天的地缘或者血缘，地缘就是居住的地方，血缘是出生的那个缘分。

这就为乡愁的产业化提供了某种前提，我们必须区分出两种乡愁，必须区分出农业文明的乡愁和工业文明的乡愁。我们人类的这种“恋地情结”更是原始时代的产物，是早于农业文明之前的，但是在农业文明当中这种“恋地情结”非常浓重；工业文明来临之后，这种乡愁则转变了一个形态，它是人们进入城市之后，从城市反过身来对乡村的一个思念，这是一种反身的活动、反身的思念，离开了它再去想它。所以这种故土的眷恋在农业和工业文明当中应该不同，农业文明中基本上是一个“在地情结”，就生活在这个土地之上；工业文明中则是一个返乡或者思乡的情结。问题来了，当今中华的文明到底属于哪一方？

我们知道，从这几年开始，可以说乡愁也是处于一种从农业向工业乃至后工业社会转变的多元并存的状态当中，这种背景下，在中华文化促进会的发动下，今年我们举办了第二届“中国小镇美学评选”活动。为什么要做小镇美学这个评选活动？我想这也是为中国人找到自己的乡愁。为什么？因为当今中国城乡建设中，特别是特色小镇和美丽乡村建设中，出现了一些问题，其中之一就是我始终讲的远离本土的生活，很多水乡、小镇基本变成旅游用品的一个集散地，没有当地人生活其中。如果当地人都走了，他们的生活被驱逐掉的话，这个小镇、这个乡村就没有本土的文化特色，没有本土的文脉，它的美又何以附着？这是第一个问题。

另一个问题，我一直讲的就是破坏了原有的生态，现在做乡村改造、特色小村建设的很多时候，会把原来的自然系统改变了，甚至基本的水系都改变了，忽视了当地原有的自然生态。很多特色小镇建完之后没有人居住和生活，本身也是违反生态的。

第三个问题，就是一种照搬城市的模式，觉得把城市的模式搬到乡村，也就是好的乡村，仍觉得城市应该是中心，然后乡村是自己城市的卫星城，这恰恰背离了当年社会学家费孝通先生所讲的小城镇建设。小城镇建设应该像满天繁星一样，像繁星结构一样，并不是以城市为中心，这样才能达到城乡之间的一个平衡。所以，我们看到很多文旅开发、特色开发项目去开发小镇，就是到农村去涂抹一下墙面，画一点现代主义的绘画就跑了，这跟地方的文脉、地方的特色毫无关系。很多特色旅游小镇从开发那一天起就已经“死”掉了。

正因为这样，我们才得到了中华文化促进会的支持，做了这两届的活动，已经马上开始第三届中国小镇美学评选，其实就是要找回这个乡愁。刚才韩院长讲到养老的问题，第二届评选的主题为“小而美”“健康美”。我们想把康养小镇和美学小镇结合起来，这个问题我们可以慢慢地探讨。

下面给大家介绍一下去年在论坛上发布的十个中国美学小镇。

第一是凤凰古城。它作为人文胜地和旅游天堂，刻画出一个强烈的边城记忆，以及多元文化和谐共生的印象。因为我认识凤凰古城的开发者，当年——几十年前——最厉害的就是，把凤凰古城这个名字改成了沈从文文学作品中的一个名字，而不叫原来那个很古朴的名字，彻底改造了这个古城文学的记忆。

第二是霞浦。霞浦是以滩涂为代表的在地文化，对区域有良好的驱动作用，体现了生态与产业的和谐发展。霞浦现在是一个网红打卡地，很多人去拍那种早晨出海、晚上归家的景象。

第三是以龙脊梯田串联起来的特色农业，融合少数民族文化和现代旅游的要素，呈现出一种具有示范性的人文和生态和谐。

第四就是阿拉善的巴彦浩特美学小镇。这是与中央美术学院艺术中心合作的一个小镇。它通过与专业艺术院校的创新合作，以艺术改造城镇的方式，在大漠孤壁上创造出一种崭新内在的具有示范性的小镇发展模式。

第五是甘坑。大家不熟悉，是一个客家小镇。在保护与传扬本土客家文化的基础上，开创性地进行非遗文化的IP打造，营造出温馨、活泼又具有现代气息的生活和旅游体验的这样一个小镇。它的特色就是IP的打造。

第六就是拈花湾。这个地方应该很多人都去过，是一个禅宗小镇，是以禅为主题，生发出一个有生于无的大美生态，去规划、创造与表达，具有非常鲜明的示范性和启发性。因为完全是在一片平地上，在河边建造出的一个由无到有的禅宗小镇。

第七是大理古城。在保护古都、古城的道路上坚持原生态、原居民的核心元素，书写了一个以人文栖居和生态和谐贯通过去和将来的小镇古城的传奇。

第八是山西的莫沟村。这是一个古村落保护的案例。本来莫沟村是要被废弃掉，但是通过改造，它坚守了乡村的意识，响应振兴的战略，通过对窑洞等代表性文化的保护和开发，重新塑造了老家的温馨，勾勒出共同富裕的美好前景，这个家应该是我们的老家。

第九是禾木村，在新疆。它是一个完全生态的小村，也是网红打卡地。禾木村在保护坚守原生态的基础上，实现了人和自然的和谐共处，当然也是少数民族的聚居地，呈现一种很稀有的中国乡村的美学样态。

第十是安仁古镇，叫作博物馆小镇。它在充分挖掘其独特的在地文化禀赋基础上，以博物馆为轴，带动产业与人文、与自然的结合，开创了一种“文博+文创+文旅”的新局面和新范式。

这就是我们第一届美学小镇上获奖的小镇，20号我们就会颁出第二届的前十名，也希望大家多多关注。

说完这两个层面，一个是乡愁的文明，一个是乡愁的产业或者经济，最后再想说一个事。有没有一个人类最大的乡愁？就是人类“作为类”的乡愁，到底存在不存在？可以做个假设。假如有那么一天，因为生态问题、人口问题，人类是否会离开地球？或者用科幻电影的名字，有没有“流浪地球”的那一天？那个时候的人类会不会还有乡愁？我想那就是人类性的一个“恋球情结”，而不仅仅是“恋地情结”，因为还有海洋、大地、天空，我想这蓝色的星球总归值得人类去眷恋。

我想在这个意义上，这才是我们讲的人类的“类的乡愁”，在这种“类的乡愁”基础上，地球上的不同文明、各种文化都有自己的乡愁模式、乡愁的范式，但是中华文明却把乡愁提升到一个文明的高度，使得中国的乡愁文明在整个世界民族之林当中，具有非常独特的、非常鲜明的地位。这就是我大致分享的两个话题。

李修建： 刘悦笛老师对乡愁做了非常深入的思考。他谈到了乡愁和巫史传统、屈骚传统之间的关联，谈到了乡愁的时间性和空间性等，非常富有理论深度。接下来要发言的刘成纪老师来自北京师范大学，成纪老师一方面对于先秦两汉美学做过深入的研究，成果丰富，另一方面对礼乐美学、身体美学、器物美学、政治美学等问题，都有开拓性的论述。接下来有请刘成纪老师主讲。

刘成纪： 关于乡愁，从活动开始到现在，大家把我的想法基本上讲得差不多了。我只简单地谈以下几点。

首先，虽然乡愁在中国有独特的意义，但它并不是中华民族或者中华文明独有的现象，可以说，每一个民族，每一个个体，只要有历史，有记忆，都有乡愁。比如我们读古希腊文学，读到《荷马史诗》中的《奥德赛》，其中奥德修斯返乡，其实就是回归他的故乡或者说解决他的乡愁问题。这也铸成了西方文学从古希腊延续几千年的主题，即返乡主题。在今天，它仍然是西方电影和乡村民谣中重点表现的对象。

这是说，乡愁是一种跨文化现象，甚至是人类文明的普遍现象，并不为传统中国所独有。但是，我们也必须认识到中国传统文明赋予这种情感经验的独特性。就中国上古文明的连续性来讲，起码说距今6000年左右的仰韶文化已经有了一个明晰的开端，所谓的文明形式就是我们一般所说的农耕方式。这种文明建构的一种基本关系是人和土地的关系，或者叫人地关系。在这样一种关系里面，土地是人赖以生存的最重要财富，它是不可移动的。与此比较，游牧或商业民族的财富，马牛羊或金银细软，要么是可移动的，要么是便携式的，均不会对人的居处形成恒久的制约。人们常说商人没有故乡，游牧民族的故乡观念也相对薄弱，原因就在于他们的生存没有受到来自土地的巨大约束。相反，农耕民族是受到土地约束的。过去，社会学家费孝通说传统中国是乡土中国，就是看到了农耕生产方式以及由此孕育的乡土观念对中国人强大而持久的约束，由此生成的原乡情感就是乡愁。

第二点，我们需要注意乡愁的心理基础。从根本意义上讲，乡愁奠基于人内在的一种心理能力，即记忆。也就是说，人作为一种有绵长记忆能力的动物，而且发明了语言、文字、现代影像等手段来不断留下这种记忆，这就使乡愁有了丰富的寄寓对象。它像航标一样矗立在我们生命的某一段过往，使随时间流逝逐渐变得抽象而暗淡的个人或民族历史生动起来，并给人的当下生活提供有价值的映照。简而言之，人有记忆就会有历史，有历史就会有对过往的追思，有追思就会有乡愁。在记忆、历史、乡愁之间，存在着一种连续关系。相反，我们总爱说，鱼的记忆只有7秒，这意味着鱼的乡愁只有在逻辑上才是成立的，它的历史和过往几乎可以忽略不计，所以难以维系乡愁。

第三点，当我们谈论乡愁的时候，其实很明显是把自己置于故乡之外的，是把故乡作为一个反观、反思或者眺望的对象。也就是说，人只有离开故乡才构成了思乡的前提。这意味着在我们当下的存在和我们的回望对象之间，构成了一种永恒的精神或者心理张力，理解乡愁，必须要考虑到这样一种张力的存在。比如，当我们观察中国历史的时候，就会发现一个有意思的现象，中国历史中很多文人骚客喜欢写关于乡愁的诗篇，几乎所有的田园性诗篇都是关乎乡愁的。但是，当我们读这些诗的时候，就会发现诗人笔下的田园，和我们实际体验到的乡村生活并不一样，它掺入了太多的美化和理想成分。之所以如此，是因为乡村只代表了他的童年记忆，是他置身都市喧嚣之中时对故乡的一种情感回望，由此展示的只是一个想象的乡村，而不是乡村的实存。

当然，在中国历史上，也有生活在乡村之中仍然能够写出田园诗的诗人。比如陶渊明，既是一个田园诗意的表达者，同时又是乡居生活的实践者。但他根本无法靠农业劳动养活自己和他的家庭，更难以由此过上体面的生活。他曾经写过一首《乞食》诗，谈到他到邻居家要饭的情景。由此，我们必须理解乡愁问题有典型的理想性质。或者用美学的词语来讲，即便我们对童年时代有丰富的记忆，这个记忆也不是对往昔生活的真实复现，而是一种审美记忆或者诗性记忆，它夸饰了原乡本不具有的美丽。

当然，对于中国传统文人来讲，虽然他们很容易让自己沉浸于乡愁之中，但并没有妨碍对于当下生活的理性思考。也就是说，他们可能从陶渊明那里吸取了教训，虽然不断追忆田园之美，事实上却并不愿意真正生活于乡村之中。当然，在理想与现实之间，一种既满足都市化欲望又抚慰乡愁的变通方法仍然是存在的，这就是在实际生活的都市之内营造乡居，即园林。园林对于中国传统文人士大夫的意义，就在于完成了乡居理想向都市的置换或挪移。也就是说，他们情感上回望乡村，理性上又拒绝回归乡村，变通的方法就是将作为回望对象的乡村直接搬到城里。就此而言，园林不能不说是中国传统文人解决理想与现实矛盾的一个伟大发明。它把存在于记忆或空间远方的乡愁，借助园林植入当下生活，使乡愁对象如在眼前。在此，所谓的乡愁，最终就以园林这种物化的形式被表现成了“城中村”。

第四点，我们一般讲的乡愁，基本上是围绕着个体的情感经验被建构出来的，似乎只关乎我们自己的经历，但是，对于一个民族来讲，乡愁的意义和价值绝对不仅仅止于个体，更是对民族共同体整体有效的情感。比如，我们今天往往爱谈一个问题，说世界各大文明都在它的发展过程中出现了断裂，乃至消亡，只有中华文明延续了五千年。从中国历史看，中华民族之所以有这种恒久的维系自己文明的能力，显然不只是私人性的对历史的回望，而且是在文明的整体进程中，形成了中华民族关于自身历史的共同记忆。今天，我们习惯于将中华民族称为文化共同体，认为文化价值共识是让大家凝聚在一起的力量，但更深层的力量仍然是存在的，这就是民族共同记忆。或者说，中华民族是一个基于共同记忆的文化共同体。比如对于汉民族来讲，人们认为炎黄是最古老的祖宗，河洛或者中原是民族的祖居地。由此，个体性的关于历史的记忆，就最终汇入了整个民族关于自身民族史的记忆。中国文化的乡愁，就是在这种民族共同记忆中得到了奠基。当然，也正是有这个中国文化的乡愁，使中华文明虽然代有变化，但总体上保持了历史连续。

第五点，乡愁与家乡有关，与个人的童年经历有关，与民族的起源有关，但是乡愁所指向的对象却未必是乡村，城邦、城市同样可以成为乡愁的对象。长期以来，我们习惯于认为传统中国是农业社会，其基本社会单元是家族，是聚族而居的村落，但事实上，这种乡土中国的文化和权力中心依然是城市，中国传统社会的结构整体体现出城市统摄乡村的鲜明特点。关于这一点，北师大的老教授何兹全先生曾写过一本《中国古代社会》，他就认为上古中国是一个城邦社会，早期形成的国家是城邦国家。城邦国家意味着什么？它意味着这个国家的许多重要人物，可能从来没有乡村经历，他从出生那一日开始就是生活于城市的，城市就是他的原乡。这样，他的童年记忆就不是乡村记忆，而是城市记忆，他的乡愁也不是指向某一个远方的乡村，而是从当下生活的城市指向曾经生活的城市，甚至反过来，从当下生活的乡村指向曾经生活的城市。这样，乡愁就未必和“乡”相关，而是一个关于往昔生活的隐喻性概念，至于它的对象是乡村还是城市，并不重要。在这方面，我们可以看到，中国最早的乡愁诗往往是以城市为本位的，如箕子的《麦秀》之诗、《诗经》的黍离之悲、屈原的《哀郢》，均与作者曾经生活的城市有关。《庄子·则阳》讲“旧国旧都，望之畅然”，也是以废墟化的城市作为情感的原乡。

从中国历史看，中国士人的乡愁真正以乡村为主导，要到隋唐推行科举制之后。这种选官制度使大批生活于乡野的读书人有了出仕做官的机会。少年居于乡村，做官后移居城市，构成了他们的人生路线图，由此也使乡愁与真正意义上的乡村建立起稳固的关联，所谓“少小离家老大回”则成为基本的情感态度。当然，隋唐以后，士人的返乡仍然不过是一种情感态度，而不是真正让自己重新生活于乡村之中。他们在欲望层面难以舍弃都市生活的繁华，所以只好让精神世界在“滚滚红尘长安道”与“田园将芜胡不归”之间往复摆荡。当然，相应的解决方案也随之出现，这就是将乡村记忆植入都市，在城市红尘之中营造“城中村”，即园林。据此我们也不难理解，中国园林营造，之所以在隋唐之后进入文人园林主导的时代，远因是科举制，中因是大批乡野士人进城做官，近因是对乡村的回望主导了士人的情感指向。

与此比较，中国早期乡愁的表达之所以更多是城市性的，即更多关乎旧国旧都的废墟感，是因为隋唐以前的中国政体基本上是贵族政体。这些贵族靠世袭做官，一代代居住于城市，根本没有乡村经验，其乡愁必然以城市或城市的废墟化为主导。据此也不难看出，看似微末的乡愁，在中国历史上其实经历了从早期城市中心向后来乡村中心的摆荡，而这种摆荡则关乎传统国家从贵族政体向文官政体的变化。

第六点，乡愁作为情感表达是直观的，但它背后却潜隐着社会政治变革的强大促动，认识到这一点，对于认识中国当代社会的乡愁性质是重要的。今天，我们生活在中国社会再次巨变的时代，城市化步伐加快，传统的乡村文明日益递变为城市文明，这种社会巨变必然重塑我们的乡愁。比如，我们的父母当初因为读书或做工离开家乡，进入城市生活，他们是有乡村记忆的，但他们在城市繁衍的子孙会日益对农业性的故乡没有概念。他们居住的城市就是他们的故乡，这可能意味着中国未来的乡愁模式会出现重大变化，即从“城→乡”模式转化为“城→城”模式，所谓原乡记忆就是对原生城市的记忆。由此我们也不难从这种城乡之变中体会到巨大的历史感，即中国早期的乡愁是城市性的，中期的乡愁是乡村性的，而现在则开启了一个以城市为本位重塑中国乡愁的新历史进程。

当然，在这种背景下，一个新问题就出现了，即当代中国城市建设能否有效承载中国人的乡愁。比较而言，传统乡村因为自然环境的独特以及建筑形式的多样，往往具有高度的可辨识性。或者说，像天下没有两片同样的落叶一样，天下也没有两座同样的村庄。但现代城市不一样，它的建筑基本上是同质化的，城与城之间几乎千城一面，这就必然导致乡愁寄寓对象的模糊，甚至让人产生无家可归之感。这也意味着加大现代城市形象的可辨识性，在单向度的空间展开之外加上时间、历史和人文的深度，将极为重要。或者说，让城市变得更个性，更人文，更有历史感，将是它成为乡愁寄寓对象的必备条件。

最后我想说的是，乡愁是空间的远方，更是时间的过去，它以情感的方式揭示了过去对于人当下生活的意义。记得刘梦溪先生在一篇文章中，曾谈到他和李泽厚的一次闲聊。其间谈到20世纪80年代一套著名的丛书——“走向未来”丛书。当时，刘梦溪正在编民国时期国学大师的系列文集，李泽厚认为，比照“走向未来”丛书，他也不妨将这套书称为“走向过去”丛书。这虽然是一个笑谈，但它却说明未来和过去对人具有同等的重要性。至于乡愁，我们可以把它定位为空间的远方，因为凡是被思念的对象就必然是不在我们身边的对象；但另一方面，它也必然是时间的过去，因为凡是被诉诸记忆的对象必然是已经失去的对象。就两者的关系而言，我们不妨将乡愁活动的区域界定为被时间的过去所统摄的空间的远方。于此，空间被时间规定，时间的未来被过去制衡，显现出人的精神需要的多面性。

当然，在过去与未来之间，人总是要面向未来的，因为只有未来才能给人希望。但乡愁的存在却预示了一种更人性的面向未来的方式，这就是绕道过去走向未来。这一方式能够使人的情感得到抚慰，使人的精神世界因为同时拥有过去和未来变得更丰沛、更健康。当然，乡愁作为情感是抽象的，它需要通过对实物的凭附得到安顿，否则就容易导致人在精神层面无家可归，这也是文化遗产保护之于当代社会的意义。

李修建：谢谢刘成纪老师，谈了很多方面，其实每一点都非常富有启发性。我觉得对于乡愁，他有很多的反思甚至批判，包括他谈到城市，乡愁不是简单的乡村和城市的二元对立，对于具有城市经验的人来说，或者说只有城市生活经验的人来说，那可能就是他的乡愁。还有关于面向未来的讨论，相当有意义。咱们今天的主谈人都谈完了，接下来有请韩院长来做一下回应。

韩子勇： 听了几位老师的发言特别受益，我觉得中国人有非常浓郁的乡愁，但是中国社会也有非常强烈的未来感。我们要把这种一往无前的未来感和我们浓郁的乡愁结合在一起，那就更美、更平衡、更妥帖了。

刘老师讲的对我很有启发。我曾经给深圳市的领导提了一个建议，他们在做博物馆，我说深圳最应该建的是一个打工者博物馆。深圳有很多城中村，这些城中村建筑比较简陋，是很多怀揣梦想的年轻人创业的地方，也是他们启程的地方。后来有些人非常成功，离开了城中村，但是他们在深圳最难忘的记忆，一定是在城中村奋斗的岁月。我当时建议他们找一块最典型的城中村，把它整体保护下来，然后为每一个到深圳特区建设的人留下痕迹，这才是真正的纪念碑。深圳是中国最年轻的一个城市，也是城市建设的一个典范，深圳的记忆不光是宏大叙事，也包括所有为特区开发付出了努力的那些在异乡建设故乡的打工者，和他们的“新乡愁”。

我觉得中国社会确实到了一个非常重要的时期，还是那句话，我希望我们这个古老的民族永远葆有面向未来的心灵、目光和渴望，但同时也应该对自己的过去、对民族的过去有深深的眷恋。

刘悦笛：我特别赞同韩院长刚才说的“新乡愁”，因为中国现在出现一部分人，一部分农村的人到城市打工，这些人的乡愁该怎么解决？这就有一个区域要关注，在城市和乡村之间，有个城乡接合部，刚才韩院长讲的这块非常重要。比如一名打工者不让孩子做留守儿童，带着孩子从小在城中村住的话，是否城中村对这个孩子来说就是一个乡愁？所以刚才韩院长说得非常好，现在正好是深圳特区成立四十周年，很好的机遇，要做一个博物馆，这个博物馆恰恰要知识分子去做。为什么这么说？十七八年前，我们社科院文学所的孟繁华给我讲过，他们那时候做打工者文学或者打工者诗歌评选的时候，结果令他们大跌眼镜，因为他觉得打工者可能会写他们的生活很艰辛，诗歌中讲他们生活很苦痛的一面，结果没有！打工者的小说写得比琼瑶还琼瑶，为什么？这是打工者内心的一个欲求，对于情感的需求。

打工者文化或文学还是知识分子来做，政府层面、民间资本出面做这种事情，才能够真正把改革开放之后这一段中国新的社会结构变化展现出来。这个词非常好，韩院长您应该写一写“新乡愁”这个乡愁怎么来的。农村和城市碰撞过程当中出现的一些新的群体，他们有了新的乡愁。那些功成名就的挣了钱留在另一个城市的打工者，或者挣钱回到故乡的打工者，去他们打工城市的时候，肯定怀念那个时刻，就像我们现在怀念上山下乡、知青时期一样，让我想起其实也是我朋友他们那时候做公共艺术，他们做过非常好的公共艺术，叫“深圳人的一天”，在中国公共艺术史上能够留得住，用雕塑的形式表现了繁忙的深圳人的一天，这就是把深圳城市的文化留住了，但是现在给我的启示，我们真的需要关注这个人群，交叉地域的人群，城乡接合部的人群。北京有很多很多艺术家居住在城乡接合部，成为当代艺术的引领者。

很多打工者住在城乡接合部，形成他们自己的伦理和美学。我举个有趣的例子，最近我一直在追看《乐队的夏天2》，其中出现一个乐队叫五条人。五条人是广州海丰地区出现的小镇诗人，一个叫仁科，一个叫老茂，他们俩非常有趣，他们俩讲的就是广州姑娘的生活，讲他们的歌舞厅，讲他们的理发美发室，他们完全用一种摇滚的艺术语言，用木吉他，用风琴表达了小镇民众的生活。在中国这种人太少了，你会发现，很多摇滚乐就是在录音棚里做出来的，一些技术非常好的人他们就是做音乐，他们忘了其实音乐的根基还在于生活，这是我为什么这二十年要大讲“生活美学”，其实小镇美学它的根基就在于现实民众的生活。

五条人恰恰表达了海丰那个地方人的生活，一下子出圈火了。正好我去浙江古堰画乡小镇去考察，五条人去那里面演出，很远，有人开四五个小时的车来看五条人的演出，有两千多人现场来看他们表达小镇美学，表达他们的一个情怀。所以，我觉得这个建议非常好，我们不仅有旧乡愁，不仅有古代文人表达出来的乡愁。他们文人的乡愁并不代表民众的乡愁，就是民间的乡愁、普罗大众的乡愁到底在哪里？我想“新乡愁”提法非常好，我复议一下，建议，也希望能够在深圳看到这样的博物馆，真是好事情。

李修建：成纪老师，您还有什么要补充的吗？

刘成纪：当我们在80年代二十来岁的时候，上一代人曾指责我们没有灵魂，没有乡愁，但今天我们感觉到自己还是有灵魂、有乡愁的。再过十年二十年，或者等“00后”也像我们这个年龄的时候，他们肯定认为自己有乡愁，有灵魂。我在这里跟张老师商榷一下。

张京华：我说的这个乡愁，其实不是具体想念一个地方，我的家乡根本不知道在哪，不知道什么样。我想到了中国文化的一个未来，这样一种想象其实寄托了我们对于文化和民族将来的一种似知未知。按照“00后”这种发展，将来不知道我们的故乡、我们国家民族的文化着落在什么地方——并非说他们每个人从哪个乡里出来，他们是否会想念家乡的什么具体的事物，说的是民族文化的传统。这个传统，刘老师能够预言在一百年以后它还在吗？

以上所说，一方面请学者们批评指教，一方面想多听听在座的年轻人给我们一些指正。

李修建：我理解张老师的意思，更多的是对于中国文化的一种忧思。现场的学者有没有对这个话题发表自己的看法的？我们现在还有200多人在线，里边可能很多学者和朋友对此有自己的思考。

KJChan：老师们好，我是来自天津的大学生。我想起《诗经》中的《河广》就是在写乡愁，写一个侨居在卫国的宋人离开家乡说的话，实际我们这些“95后”的学生，乡愁更多是有两种，一种是血缘上的家乡，第二种可能是自己生活的家乡，求学也罢，工作也罢，是属于未来的一个地方。还有一种乡愁，就是一种感情的寄托。我觉得“95后”大概异地恋比较多一点，甚至我觉得我的对象在哪个地方，哪个地方就会有我的乡愁。我想谈的是这些，不知道老师们怎么看。

李修建：这位同学分享了作为“95后”一些对乡愁的理解。确实每个人对于乡愁都会有自己很个体化的看法，但同时对这样一个话题也会有一些共同的理解。其他同学或者老师还有要回应的吗？

赛　花：听了老师刚才这些关于乡愁的讨论，很受感动。最近我写了一首关于乡愁的诗。其实每代人都有他们的乡愁，比如说“00后”或者是“90后”，他们去到国外的时候，想念家乡或者想念中国的时候，我觉得他们也有乡愁。乡愁可能在我这里会分为两种，比如说我是湖南人，来到广东，这里所有的湖南人都是我的老乡，但当我去到国外，所有的中国人又都是我的老乡。我觉得乡愁应该也有大乡愁和小乡愁，这是地域上的一种乡愁。另外从情感上来说，我们对于家乡的人或者食物、风土人情，这些会凝结成一个综合的乡愁，从这些角度去考虑它，是否也是一种思路。

李修建：还有其他朋友吗？

永　榕：我是来自厦门大学的博士生，现在研究的题目就是关于那些华人华侨如何建构自己的家园。我在田野调查中发现，实际上华人华侨他们在另外一个地方用很多的方式，比如通过对家乡的怀念，包括对食物、语言的怀念，来构建新的家园。所以，在探讨一些华侨或者离开原乡的人，他们建立新家园的过程中，可能会去动用过去的一些记忆，是否可以把乡愁作为一种力量进行考察？如果这样来进行考察的话，有什么具体的思路？

李修建：这个问题请韩院长来回应一下。

韩子勇：这个同学提得特别好，在异乡建设故乡，这也是我们的文化传承。乡愁永远是一种激动人心、促使我们前行的力量，它也是我们对故乡的一种承诺，因此它是力量的源泉，同时是文化的延续。还有，我觉得它还给了你实实在在具体的帮助。漂洋过海在国外打拼，应该说成功的同胞也很多，这些成功的背后，有故乡给他们力量，这也是一种精神、心理和文化血脉上的支撑。在异乡建设故乡，在异乡建设新的家园，这就打通了过去和现在，打通了时间和空间。

刘成纪：我想说两句这个问题，刚才韩院长包括同学们所说的涉及非常重要的问题，就是乡愁是可以复制的，当然不是情感本身，是乡愁的载体是可以复制的，即所谓的家乡挪移，家乡这样一种生活的范式包括居住环境会产生一种挪移。像蔡老师在讲南北朝时期的历史时也提到，当时西晋的都城移到了建康，建康就是对洛阳城的复制，当然不仅仅建康是复制，当时在华北平原的邺城也都是在复制。永嘉之乱之后南迁，南方成立了很多所谓的侨州、侨县、侨郡，把北方的移民比如徐州的移民移到镇江，就称镇江为南徐州，当然从行政规划方面来讲这样也便于管理，另外很明显也是满足了移民到新地方之后的心理需要。刚才我也讲到中国古代的园林问题，园林都是花草树木，但古代的任何一个园林都不是在乡村里边建的，都是在城里边建的，也就是说这是一种“城中村”。那意味着什么呢？其实就是园林建构者将他的童年记忆往城市里复制。

一般认为乡愁是我们自此即彼，从当下到远方，到过去，但是我们在中国历史中看到，也可以把远方拉回到现实之中，成为生活的一个当下环境或者当下的生存境遇，关于乡愁移动反向的问题，可能要给予注意。

刘悦笛：我接着韩院长那句“在异乡建设故乡”说，现在中国有一个现象应该大力批判，就是在故乡建异乡。我们现在去农村，家已经不是以前那个家了，已经完全被城市化改造了，当然我也从小住在城里，旁边原来有老的铁路系统，都已经毁了，小时候的回忆已经不存在了。这是一个大倾向，不论农村、小镇还是城市，现在都有这个现象，很多小区的建设，里面设计的罗马风格的柱子，完全是一个外来文化、异域文化拼贴到本土当中，这个现象特别要警惕。

借刚才同学的话来讲，那种海外移民的现象，如果从文化的角度或者比较文学角度，叫作文化离散，就是一小部分文化离开了中国文化的主脉之后，已经离散出去了。其实这个时候，乡愁是最重要的建构共同体的团结的因素，当然乡愁可能是多方面的，不仅有血缘，而且有地缘，包括大家刚才讲到的饮食，足以将人们联系起来。

我有一个感受，越远离故乡，越思乡。2008年我在韩国教了半年博士生课程，旁边都是韩国人，都说韩语，然后吃着韩餐，倒也没有特别想中国。但是2013年我做美国富布莱特项目访问学者，到纽约大学访学一年的时候，在纽约我就特别想家，当时听的全是英文的课程，一些非常重要的美国哲学家的课程，但我最想读的是《论语》《老子》，我每天还听郭德纲的相声，那是思乡的语言。所以这个时候我觉得乡愁力量越大，越会把一些人聚到一块，形成中国文化本身的共同体。

李修建：有一个问题留言我帮着读一下："我在听的时候眼睛有些湿润，感谢各位老师。韩院长您好，无论具体的个人和宏观的视角，某些情况下乡愁成为诗意者的慰藉，或者找不到经济发展增长点新的方向，在外部世界快速发展的时候显得进退两难，这多少让人感到无力和伤感，不知您怎么看？这可能也是一个带有普遍性的甚至时代性的问题。"

韩子勇：实际上每个人的故乡就是他自己，离开故乡只是一个空间上的距离，但是心中珍藏着故乡的话，那么故乡就在你身边，故乡并没有远去。所以说我们要很好地尊重自己的过去，包括过去的文化，但是我们不必完全复制出来，因为在新的情况下，都会有些新的改造、新的创新、新的转化，在这种转化当中，我们希望保留那些最珍贵的细节，最重要的、带有根本性的价值。确实，现在的城市建设缺少特点，人往往迷路，甚至在这个城市生活了很多年，这个城市的东西还是很难进到你的梦里面，这和城市缺乏个性和特色有关系。文化也好，我们的个体生命、个性价值也好，不要在现代化的过程当中迷失，构建具有中国特色的现代化之路，要从这个角度去考虑，永远保持对于未来的希望感，永远保持强烈的未来感，但也永远不要忘本，要保持自己的个性和特色。中国的现代化发展得很快，但是现在已经到了高质量发展的阶段，应该是更加符合人性、更加具有特色的这样一个阶段，这也就是我们现在常讲的"美好生活"，"美好生活"一定是在标准之外有更多的精彩的个性和特色的生活。总之，故乡就是你，你就是故乡，在异乡中建设故乡，在异乡中建设新的家园，它是合二为一的。

刘悦笛：韩院长提的这个“美好生活”太好了，因为“美好生活”跟我所提倡二十年来的“生活美学”恰恰是最契合的。其实“生活美学”就是对于美好生活的一个追求，因为只有中国人说生活的时候才说生活是美的，西方人只说生活是好的。其实美好生活是两种生活，一种是好生活，一种是美生活，好生活就是有质量的生活，而美生活则是有品质的生活。其实，“美好生活”不是生活质量基本上满足了就是美好生活了，恰恰“生活美学”要做的事，就是用美生活去提升好生活。当然，美生活一定以好生活作为基础；反过来，美生活一定是好生活的一个升华。

其实既然美生活是有品质的生活，好生活是有质量的生活，刚才讲的精雕细琢时代，就该用有品质的生活去提升有质量的生活，我想这是未来中国一定要走的路。

刘成纪：刚才韩院长已经说到了，回望历史，是为了给我们找到前进的力量，我很同意。提一个大家都很熟悉的成语——“返本开新”，就这四个字。

高佳彬：我刚刚听了各位老师的一些发言或讲授，有一些粗浅的感想，跟大家做个交流。我认为根据老师的讲述，乡愁它是一种隐藏在我们个人心中的隐形的心理结构，会在一定的条件下激化、显化出来，当我们明确感知到有一种乡愁，其实它有一个基本的前提，那就是我们发生了移动，离开了原乡。刚刚老师讲到屈原的《离骚》，即使屈原本人没有离开原乡，但也是从天人的角度来看待原乡的，这应该是一种陌生化的书写，就像鱼在水里不会感觉到呼吸问题，只有离开水里才会窒息。生活在本土的原乡居民，一辈子如果难以移动的话，乡愁一直是一种隐含的心理基因，而不会有特别明显的感知状态，只有离开故乡，才会有乡愁。从这个角度来说，我认为现代社会的乡愁是前所未有的，因为我们面临着最为频繁、最大规模的人生移动，有空间的也有时间的，也有随着我们情感记忆改变的一种移动。前者空间的移动非常好理解，这也是我们传统乡愁感悟最直接的一种激发形式，但是就后者情感记忆这些改变或者移动来说，在新的时代环境下更为常见。比如我们“90后”来到大城市北上广深，接受教育，或者在这里开始我们的新生活，逢年过节回去的时候，都会有一种格格不入之感。所以我认为，一代人有一代人的乡愁，也没有特别大的必要去批判城市化对我们原来乡土的改造，乡愁永远是最特殊的，珍藏在我们记忆中。就像韩院长说的，永远保持对未来的一种希望感，没有特别大的必要说我必须要回到原来的那种环境和状态，而是努力在异乡建设新的家园。

李修建：好的，谈得非常好。蔡丹君老师有话要说？

蔡丹君：非常受教。今天很多同学发言，让我想起我正在教的学生。这个年龄的孩子，一片赤诚，非常热爱家乡，也喜欢和大家分享自己的家乡风物。上半年疫情期间，很多学生是在家中学习的，我看他们朋友圈里，发了很多家乡中那些自己曾经忽略的风物。所以我想，关于家乡，关于乡愁，这是每一代人都会有的一种共同的情感，它一定会不停地延续下去，而且我觉得今天很多的老师都分享了和我们这个时代相契合的那些新的乡愁。

我们这个大迁徙的时代，人口不断流动，其实历史上也有很多这样类似的情况，新乡愁与过去的乡愁因此也有很多相似性。所以，我们现在虽然说研究古代文学，研究历史，其实我们还是强调不断去回望，也不断去对应我们的当下，去看到这些从历史当中走来的人们共同的情感。

比如今年疫情，大家都非常关心武汉。关于武汉有一首名诗，就是崔颢的《黄鹤楼》。这首诗可能过去大家都会在意它的头一句，“昔人已乘黄鹤去，此地空余黄鹤楼”，它留下的是一种历史的绵邈之感，我们很容易忽略或者遗忘，这是一首关于乡愁的诗，它的意思最终落在“日暮乡关何处是”，他问的是这样的一种乡愁该怎么样寄托，所以他说“烟波江上使人愁”。我想这些流传于诗歌当中的乡愁，也值得我们通过不断学习，不断回望和咀嚼，让它继续流传下去。

李修建：蔡老师总结得特别好。我简单说两句，其实谈到乡愁，我觉得是一种普遍性的人类情感，刚才几位老师都谈到了，比如西方的乡愁，所谓怀乡病、思乡病，这种病实际上具有共同性和普遍性，每个人都有这种病；另一方面它又具有文化多样性，不同的文化、不同的族群，乡愁是很不一样的。所以，我们今天的话题是关于“中国文化中的乡愁”，几位主谈人从不同的角度，既有形而上哲学层面的思考，对本原、性质的探讨，也有个体经验的分享，还有关于中国历史、中国诗歌、散文里对于乡愁描述的分析。我们既有对古代乡愁的回望，也有对当下的甚至未来乡愁的认知和理解。

今天的这期论坛办得相当好，对于我来说确实是非常受教。乡愁是非常大的一个话题，这次论坛更多是一个契机，可能我们会围绕着它生发出很多新的想法。

谷　卿：今天这个关于乡愁与中国文化的讨论，我觉得它的丰富性和深入性都超过了预期，像韩院长讲的，乡愁是力量的源泉，也是文化的延续。我们从当代穿越到早期文明，同时又从南北朝路经唐宋，在各位老师的阐述和大家精彩的对话当中，卧游潇湘，想象东亚，纵马边塞，把酒田园。在具体的诗文、饮食、园林，还有抽象的心理、情感和伦理当中，感受着由乡愁串联起的传统文化，由乡愁建构出的现实人生。同时，又通过探索乡愁文化、展望乡愁产业，来更深入地认识我们自己，认识我们与自然、与社会、与人群的复杂关系，以及我们未来的可能生活。乡愁也因此具有了非常实际和强烈的功能性。再次感谢各位主谈人、各位老师，也感谢各位听众朋友的关注和支持。

附录一 韩子勇《投资乡愁，再造一个中国人的生活家园》

人的行为和活动，围绕人的需求展开。人的需求，无非是生理需求和心理需求，满足这两种基本需求，就变成了经济领域和文化领域。这两个领域，是相互转化的。过去研究经济，从生理角度、经济角度比较多。应该跳出经济看经济，更多地从人、从心理需求发力。

那么，当下中国人的心理需求焦点在哪里?

习近平总书记说：“让群众望得见山、看得见水、记得住乡愁。”这句话点出了中国人心理需求的焦点。这不仅是讲生态文明、环境保护、绿色发展，也不仅是讲农业、农村、农民工作，也是在讲文化，讲家园，讲旅游，讲一种生活方式和发展模式。

何谓“乡愁”？乡愁就是思乡之愁。乡愁日炽，心理需求日炽，甚至会成为心病。项羽在四面楚歌中，被乡愁击中，被心病打败。传统社会的入仕者，也叫宦游人，居庙堂之高，最终的幸福是告老还乡，荣归故里，含饴弄孙。贩夫走卒，出门在外，“在家千日好，出门一时难”，日日思念的是桑梓之地。“可怜无定河边骨，犹是春闺梦里人”，即使在今天，为国捐躯的战士，马革裹尸也要身葬故里。在传统社会，乡愁是游子，是离开故土的漂泊者特有的情绪。这种情绪在游牧生活、渔猎生活中也普遍存在，但无疑在安土重迁的农耕民族中最为绵长浓烈。可以说，一部中国古代文学，始终浸染着挥之不去的浓浓乡愁。

中国人乡愁最浓。中国是世界最典型、最广大的原居民社会，有着人类历史上最为壮观漫长、最为复杂精致、最为成熟精彩的乡村文明、乡村社会和乡土经验。我们古老的传统文化、精神家园，就是在乡村孕育、发展、定型的。乡村于我们，不仅是出生地、安身处、相依为命的自然空间，在血亲家族、宗法社会中，它还是父母之邦、祖先之地、心灵的归宿。最为漫长、精致、庞大的农耕文明，滋养出中国社会中最浓厚的乡土观念、乡愁情绪。但总体上，在漫长的传统社会中，弥漫和飘散着的乡愁，和今天相比，仍是零散的、偶发的、有限的。

最后的乡愁。工业化、城市化，工业社会、城市社会，其生产生活的性质和面貌，与乡村、农业生产、农村社会有很大差异。工业化、城市化、生产生活的巨大变迁，中国改革开放四十余年迅速增长的现代性，使中国的社会结构、生产生活、社会关系、精神心理发生巨大变迁，但这种变迁，并不能使我们与过去一刀两断。我们有一个长长的、巨大的背影，这身影横贯中华五千年，覆盖神州辽阔的大地。人们常说，人是思考的动物，人是制造工具的动物，人是具有主体意识的动物。其实，人是记忆的动物。这记忆，是个人记忆、家族记忆、集体记忆，甚至是深藏的“本我”，是一个民族潜意识的“黑洞”。在中华民族伟大复兴的前夜，在生产生活方式发生巨大变迁的今天，我们整体地处在与传统社会依依惜别的十字路口。如果说，20世纪80年代伴随着思想解放的“文化寻根热”，仅仅是那个时期现代化起跑时的“预热”，那么在今天社会上虽少有讨论，但默默之中，更加唤醒的是深深沉浸其间的往昔时光，这真使人百感交集，绵密浓稠竟不能语。如果说，在传统社会，中国人是乡愁最浓的，那么今天站在告别之地，中国人无形的乡愁正一泻千里，成为普遍的民族心理。而且，今天的乡愁更具有整体性、根本性和强烈的持续性。

深入分析人的生理和心理状态，即人的需求、愿望和幸福，就能为经济生产和文化创造找到方向。在“乡愁”这个关键词的发问之下，可以有经济、文化、生活方式、社会结构等许多方面的思考。我以为，乡愁是可以投资的。投资乡愁，就是满足人的心理需求；投资乡愁，就是抓住了今天社会需求的短板、弱项和洼地。民生问题不仅是经济问题，也是心理问题。从心理需求入手，可以推动经济和文化两个方面的发展。

乡村是我们的老家，我们的根与魂，我们的出发地，我们的传统。“礼失而求诸野”，但乡村在今天正逐渐变为故乡，我们不能重走西方“失乐园”老路，不能把乡村仅仅看成生产单位、经济领域、三农问题。2020年是决胜全面建成小康社会、决战脱贫攻坚之年。全面小康之后怎么办？我以为，应该抓住这个最大、最普遍、最持久的社会心理需求，从城乡融合、城乡共治共享共有，从具有中国特色的生活方式，再造一个中国人家园的角度，抓住“乡愁”这个心理需求的焦点、爆发点，闯出一条振兴乡村的新路。

人，诗意地栖居。人是自然之子，从自然中来；人又是社会之子，被社会发展规律所塑造。人的体质和心理上的进化，赶不上社会和技术的进步。比如我们感知能力、脑容量和处理模式的进化，就无法处理今天海量的信息，因此有了电脑，甚至有为人脑接入芯片的奇想。比如我们肢体反应速率的进化，赶不上现代精密生产的需求，就需要人工智能、机器人来弥补。现代城市生活的快节奏、竞争性、流动性、易变性等，给我们带来不适、不确定感和莫名的焦虑。特别是焦虑——“焦虑”这个词，始终和日益增长的现代性连在一起。为什么会这样？是人自身的进化速度赶不上社会和技术的进步速度。人的进化以万年、十万年为单位，而现代社会的进步以百年、十年甚至几年为单位，这就拉开了越来越大的距离。我们在体质上，还是采集人、农业人，但是身体进入工业社会、后工业社会、信息社会。因此我们常常感到，乡村是那么亲切，那里的时间、空间和生活内容，似乎也更为人性，更适应我们的体质、心理和感官世界。人类的进步是一次性走过的，谁也无法开历史的倒车。但有一种补偿，这就是文化和旅游，文化和旅游是在一个更大的时空尺度里的漫游，甚至是脱序、移情和闲逛。因此，我们总是在大自然中、在乡村里得到安慰、喘息、平衡，面对文明古迹、壮丽山河、故乡土地和远逝的亲人，我们似乎得到修复、启发和灵感，被重新唤醒，注入能量，满血“复活”。现代性越是日益强大，越是需要一种机制，平衡现代社会带来的倾斜和晕眩。从旧石器时代游荡的人，到农业文明聚落里的人，再到工业化、信息社会、城市里的人，始终存在一种平衡和补偿，寻找这种平衡和补偿，应该把目光投向乡村，投向乡愁。

从设施环境的改善和文化、旅游、休闲、养老、新的生活方式的构建等多个方面，投资乡村。投资的效率、效益和需求的规模、深度是正相关的关系。比如在基础设施方面，目前，乡村的通达性已经比较好，但乡镇内部的上下水、通气、垃圾处理、信息设施、医疗等，是短板中的短板。再比如，在文化方面，存在一些超前治理、无效治理、过度治理，乡村社会所承载的自治功能、传统文化的传承功能被抑制。人是心和理的复杂集合体，有强烈的文化认同、情感认同。有时，科学理性和心灵情感是冲突的。在现阶段，不能指望人人都是彻底的唯物主义者、无神论者，不能把民间信仰和相关民俗活动简单归类成迷信。特别是大量的优秀民间文化，是附着在民俗、民间信仰上的。盂兰盆节消失了，一些青年人就过西方的万圣节。民间信仰的真空，总有别的什么信仰来填补。要相信学校教育的科学滋养，但不能指望它解决人类复杂的精神心理的全部问题，而且也要相信受过现代学校教育的人，会把这两者分开，分类运用，并行不悖。

由以上分析，我建议，可以在大城市周边，历史文化名村名镇，特色小镇，非物质文化遗产生态保护区，文明遗产地，国家文化主题公园沿线，区域文化、特色文化、民族文化富集区和自然环境比较好的地方，先行一步，梳理基础设施上的短板，加大投入力度。在资金上，除了国家对乡村内部基础设施加大投入力度外，要制定专门政策，吸引社会资本流向乡村，推动乡村的共建、共享、共有。同时，改善乡村文化治理，注入和恢复优秀传统文化的传承功能，推动艺术介入乡村，文化介入乡村，创意设计进入乡村，重点发展养老、乡村民宿、休闲旅游、农业观光、研学体验等内容，使乡村生活再次成为中国人，特别是日渐富裕的城里人的一种生活方式，再造一个优秀传统文化浓郁、生活起居现代、人性人情舒展的中国人的乡村家园。

附录二：张京华作品

《洋槐树》(1982年11月25日)

太阳快要落了，阳光从后面照过来，他看到了脚前的影子，他不想相信地表上这团黯然模糊的东西就是他自己，但这似乎就是太阳所给他的全部。这团影子一直跟着他的脚步晃来晃去，他觉得脑子有点儿乱了，身体也跟着有些疲乏。然而，就在他转过石桥的时候，他看见了那棵洋槐树。就在他抬起头来的一瞬间，它整个地占据了他的脑子，迅速，然而并不使他惊恐。他的表情异乎寻常地从容和平静，他觉得他的疲劳、他的忧郁的沉重负担忽然间全部消失了，他甚至忘记了他望见了一棵洋槐树，也忘记了自己是在这个世界的一座桥边。他的眼里、脑海里所出现的，只是一副疏淡平静的结构。

冬天的洋槐树，叶子几乎落尽了，疏朗清丽的树干，古墨的颜色，印在那暗黄色山坡和银灰色天空的背影上。就在这洋槐树整个地侵占了他的脑海的一瞬，他有一种奇怪的可并不使他吃惊的感觉，他感到了一种轻松、一种温柔来自他的身心内部，从前的经历、记忆和自我的意识一下子全消逝了，他觉得他到了一个清新、平淡和异常纯洁的境界，他甚至没有意识到他是在看着一棵什么样的树。在他的脑海里的，整个是一种间架结构和一片色彩。

微风带着冷气从石桥上吹过来。那平凡、短促的一刻很快就过去了，他恢复了理智。可他并不想追究那个使人愉快的过程，他觉得无须推求使他产生了淡淡无有、忘掉了自我和外在世界的感觉的一束洋槐树的枝干，他觉得感觉就是感觉，走路就是走路。实际上他一直也没有停下步来。夕阳把他的影子越拉越长，那洋槐树离他越来越远，他对这个山脚，对他自己，只是现出微微的一笑。

《入夜书简》

之一（1982年11月4日）

婕：

你好！

熄灯了，月亮又升起来了。我裹着被子坐在床上。窗外是深蓝色的天，蒙蒙，沉沉。一棵大槐树从窗口横斜过去。我默默地看着这迷离的大树，看着在茫茫天海的布景上它的疏朗的枝干。从上到下，从下到上。

又是一天淡淡的秋风，我收到了你的来信。未名湖的水浅了，沉甸甸，白茫茫。秋风一来，树叶飘飘地往下落。阳光明澈，湖水、蓝天、乔木，清晰磊落。舒缓缓的秋风，零落的残枝碎草，斑斓的色彩，凝结在秋天里的香气。我带着你的信，在湖岸上走来走去，我觉得我的心和秋天一样旷达，秋天也和我一样闲静适意，虽然二者所持有的只是寒风白水和一纸彩笺。

走过小土冈的时候，我看到了黄昏前的落日，它红红的，依在西山上。一只野鸟无声息地向南飞去。

我想起了故乡的小溪，我们曾经整日地踯躅在它的旁边，用清水洗濯我们的长发。还有那个幽僻寂静的竹棚，那是我们读书的地方。千里之外，我才感到年少时所经历的情景竟如此深地刻印在我心里。三年不归，我多想再看一看父亲，看一看那个青草绵延的山坂。美丽的鸟儿不停地唱着，三支香在平静地燃烧，我只好对着高悬的星星，为长息的父亲祈祷。

夜静极了。我要睡了，一定是一个安和温暖的觉，一个淡蓝色的梦，一直到东方复白的清晨。婕，北国晚秋的未名湖很可以举足逍遥的，请别以为我是在思乡伤怀，我只是感到那荫护我成长的青山黑壤，已经不会为我所忘却了。

祝好！

妤

之二（1983年2月24日）

好：

你好！

现在是寂静的夜晚，我给你写信。我也就要离开家乡了，我要一直往东，到大海的旁边去做事了。

昨天，我到邻村去道别。那村子很远，小路曲曲折折地经过了两座大山。湿润润的土地上是真正茂密的树林，遍山的花草，到处是高高低低的灌木、葛藤。回来的时候，天慢慢地黑下来了，最后就只有东山上的月亮，从浓浓的树叶中偶尔透出白茫茫的一点光。

三年前我养的那只黄狗走在我的前面，它急着往回赶，看看跑得离我远了，就又跑回来。我可不着急。我有一点累了，慢慢地在山里走走，才觉得舒心。绵绵的小路无穷无尽。我走在密密的树林里，又走过溪上的小木桥，偶尔有几只大个的鸟儿给惊得四处乱飞。

有一大块乌云遮住了月光，天完全黑了，沉沉的夜就像是浓墨。山横在眼前，老藤挂在大树杈上，一串黑乎乎的影子朝我晃来晃去。除了双脚踩在草地上的一点声音以外，一切都无声无息。

走下了山谷，我看见一片幽幽的磷火。磷火飘飘荡荡的，到现在我还觉得奇怪，我怎么会不知不觉地停住了脚步。我一直站了许久，默默地如痴如醉。黄狗老是来蹭我的小腿，可我不想走开。真的，远处传来一两声什么东西凄厉的叫声，月亮又从密密的树冠中透出了细碎的光，这温柔柔的空气、广漠的山谷、乌沉沉的夜，我看着磷火闪烁着，飘散着，一时只觉得柔美无比。一个多么好的夜，又是多么肃穆和富于情感的磷火呀。我的心从来也没有像这样平和，我觉得脚边燃着的这幽幽弱弱的东西是如此的亲切，如此的迷人。

我现在很愉快，心里觉得踏实。不几天就要走了，我渴望着那个完全新的环境。在家乡，一到春天，大田里种满了红花草，浅浅的小红花、纷密的绿叶一望无际。小时候，我就喜欢躺倒在种满了红花草的稻田里。我在那上面滚来滚去，透过遮在头顶上的绿叶望灿灿的云天。那时候，我就像一个婴孩依在母亲的怀里。喔，我可真希望在那个陌生的地方也能看到萋萋遍野的绿草。

祝好！

婕

之三（1983年9月29日）

婕：

你好！

斗柄已经转到了西边。秋深了，海水也凉了，不再适于游泳了，是吧？

分别后的这一个多月，我常把自己关在傍晚的小屋里，凭着窗，淅淅沥沥地回忆童年的故事。

在水塘边看村里的女人们捶衣服，看农民收割又黄又细的甘蔗；几十年前的高墙大院已经没有了，只剩下残垣，上面爬满了柚子；去山上砍青柴，红色的小鸟乱萦萦飞满了山头……

走到屋后的菜园边，透过微寒的黄昏去望遥远的红枫树；牛群在山脚出现，沿着小路，沿着秋溪，悠然地往回走；灰色的鸟衔着草叶和小树枝匆匆地飞过……

然后，夜幕慢慢垂下，村子里高高低低升起几缕浓浓的炊烟；寂寂的初夜里传来几声狗叫……

黄昏又已来临。我不顾一切地沉浸在往岁之中，雕一雕，琢一琢，是回忆，也是求新。我高兴看着那个对世界一无所知的土孩子，看着她又独自一人走过山岭、田野和苦竹林，像一小只黄鸟，悠然往复于天地草露之间而又凄然无侣。窗外好像要落雨了，会不会滴进那浅水塘，白蒙蒙的一片。校园中哪儿正奏着管弦乐，似雨点将梅花捶落在泥泞里。风阵阵地息了，赤足的脚印散开去，散开去……

随我去童年徘徊，蹚过绿莹莹的桃花溪，长藤弱草遮掩着的灰栅栏；老橡树，小院子，领受着暖风的抚爱。都十年了，可爱的旧家园，依然是柔碎的月光、萤火与林野的睡梦？是否群星还在西山头徜徉？

啊，婕！童年埋下了我此生归宿的第一个迷，天国里我数不清有多少惬然心醉的梦。已过了黄昏，屋前燃着一束干蒿草，长长的如绳索，我感觉到那烟、那香飘来荡去，而滴落在纸上的冷泪也已浸成一片，此外就一切都不复存在了。

祝好！

妤

之四（1983年9月29日）

妤：

你好！

浪涛的啸声一如既往。

可是，我又多不愿去想今夏我们于中沉浮过的海呀！浪涛整夜地喊着，拍打着沙岸，大海黑森森的，幽邃中的寒气吞没了远天的星空，她像是在对我说：“别过来，别过来！”那些黑色的大礁石，覆盖着破碎的海蛎壳，夜中蒙蒙的影子僵僵的一动不动，好像在对我说：“你不是大海的，你不是大海的！”硕大的陨星流过银河，分明在嘲笑我异乡的爱。

妤，自从你走后，大海就又是孤独的、无家可归的了。

祝好！

婕

04

金声玉振：上古世界体系中的石峁与二里头

主谈人　韩建业　中国人民大学历史学院

　　　　　陈胜前　中国人民大学历史学院

　　　　　易　华　中国社会科学院民族学与人类学研究所

主持人　喻　静　中国艺术研究院中国文化研究所

评议人　谭　佳　中国社会科学院文学研究所

时　间　2020年12月5日

喻　静：这里是中国艺术研究院中国文化研究所举办的“汲古论坛”第十期，今天依然采取线上会议的方式，以普惠尽可能多的汲古老友。

在中国人的习惯里，逢五逢十都是有纪念意义的时间节点，要办仪式，要回顾和总结，要安顿旧邦、开启新命。我在这里也做一个简要回顾，第一期“汲古论坛”举办的时间是2019年3月11日，主题是“‘中’与‘忠’：作为文化典范的颜真卿及其书法”，此后一年零七个月的时间里，分别讨论了“文明交融：在阿富汗宝藏里发现中国”、“格古鼎新：陈介祺与晚清金石文化的振兴”、“与华相宜：多学科视野下的邺城考古新发现”、“数字人文与古典文学”、“敦煌历史文化与敦煌古代工匠”、“以《周易》之眼观世：人文的宇宙何以可能”、“道接千载：张载与宋儒的思想世界”和“惟不能归，所以远望：中国文化中的‘乡愁’”，一共九个题目。“汲古论坛”公众号现在已经拥有千余位粉丝，《人民日报》、《光明日报》、《中国文化报》、《中国艺术报》、中国社会科学网、凤凰网、《美术观察》、《艺术评论》等众多媒体对论坛讨论成果进行了详细报道。九个论题放在一起，从中摘出关键词，正好可以帮助我们辨认“汲古论坛”的内在气质，那就是“格古”与“鼎新”，“交融”与“相宜”，“观世”与“载道”，“远望”与“振兴”。而其中最深切的关怀，则寄托在“中国”与“文明”这两个关键词上。如果说中华文明是我们置身其中的璀璨星空，“汲古论坛”愿意做徜徉其中的小船。我们的心胸向宇宙敞开，而我们的双脚，踩在坚实的中国大地上。

“汲古论坛”之名，得之于赵朴初老人留给我们的十字箴言：“汲古得修绠，开源引万流”。“绠”是井绳的意思，“汲古”，又仿佛把井绳不断投向时间的深井中。深井无穷尽而井绳有长短，就像时间无穷尽而历史有始终。如果说要赋予第十期“汲古论坛”以某种纪念意义，那么我们可以尝试把井绳修得尽可能长，让它在万有引力的作用下自由坠落，让它冲出传世文献构筑的中国历史的孔道，奔向中华文明生发处的那道光。我们这次选择了一个基于考古学的跨学科话题：“金声玉振：上古世界体系中的石峁与二里头”。

“中华文明”本身是一个特指概念，它代表我国各族人民共同缔造的统一的多民族国家从历史到现今的文明演进状况。它的内涵除了古代中原地区最早的三代王朝国家外，还包括现今中国国家领土范围内的广大地域。中国地域辽阔、地形复杂，地理与生态环境的复杂性、多样性构成了古代不同的多民族、多区域文化。早期中原文明及王朝国家，在这种不同区域文化的交融互渗中发展，并在华夏文明中起着核心作用。这种不同文化因素的交流互渗所形成的差异性与一体性，构成现今“中华文明”的多元一体格局。

那么，我们今天为什么要讨论“二里头”与“石峁”呢？

“二里头”，是解读“中国”与“中华文明”的极为关键的钥匙。“中国”一词，在出土文物中最早见于西周初年的青铜器“何尊”，所谓“宅兹中国”；在传世文献中出现于东周时期成书的《尚书》《诗经》等书中。不论是在古代文献还是金文中，早期“中国”都是与中原王朝国家和都城（京师）相关的概念。“何尊”的铭文把“中国”的最早地望确指为洛邑所在的洛阳盆地及以其为中心的中原地区，洛阳盆地乃“天下之中”，距今4000年左右的二里头遗址，就是这个区域内的一座大型都邑。在东亚大陆，从大体平等的史前社会到阶层分化、国家形成的文明社会的演进，经历了一个相当长的过程，众多相对独立的部族或古国并存且相互竞争，天下形势可以用“群雄竞起”或“满天星斗”来形容，考古学者或称之为“龙山时代”，或称之为“邦国时代”“古国时代”等，以区别于后来的王国时代（夏商周三代王朝）和帝国时代（秦汉以至明清）。有学者认为，二里头崛起，众多邦国沉寂，华夏文明由“多元的邦国”时期进入了“一体的王朝”时期；包含“中央”“中心”“王都”“王畿”等含义在内的“中国”的概念，应该与最早的王朝——中央王国同时出现，而非邦国时代所有。二里头文化是东亚地区的核心文化，以二里头遗址和二里头文化为代表的“最早的中国”，显现出东亚大陆人类发展史上史无前例的两大特质：庞大化、复杂化，以及大范围的文化辐射。

二里头开启的“王国时代”，脱胎于之前的“古国时代”。石峁遗址和陶寺遗址，就是能与二里头遗址相提并论的古国时代的考古遗址，而且这两个遗址与二里头遗址时空接近。又有学者认为，上述“最早的中国”的概念只是狭义上的，需要拓展。公元前第四千纪的后半叶，中国史前各主要文化区在社会同步发展、进入“古国”阶段的基础上，发生了以社会上层远距离交流为核心的各层次、各方面的深入交流，逐渐形成并共享着相似的文化精粹，联结成一个在地理和文化上与历史时期中国的发展均有密切而深刻联系的文化共同体，这是广义上的“最早的中国”。距今5000多年“古国”和“最早的中国”的形成可以视为中华文明起源的标志。

广义的“最初的中国”形成后，其范围内的所有重大社会变革均需要在“最初的中国”视角下才能被正确解读。二里头文化的崛起就是在陶寺和石峁的冲突、东部各龙山文化复杂社会动荡的背景下完成的。石峁遗址被认为是“石破天惊的”“不断颠覆传统认知的”重大考古发现，可堪作为“文化坐标”和“文明维度”。气候干旱、沟壑纵横的陕北黄土丘陵地区，4000年前怎么会出现这样一座面积400万平方米的庞大古城？怎么会拥有如此高规格的建筑和精美的石雕玉器？它的文化根源在哪里？和周围地区有着怎样的互动关系？它达到了什么样的文明水平？石峁和二里头文化之间是什么关系？在中原文化格局重组这一里程碑事件中起到了什么作用？石峁，这座令人惊奇的石城，如何推动了早期中华文明的进程？把石峁和二里头置于上古世界体系中加以观照，今天的我们，如何辨别出那些支撑中国文化大厦的、令中华民族生生不息的稳定特质？

总之，在今天这场论坛中，我们选择石峁和二里头这两大考古发现作为讨论的对象，邀请考古学、人类学、神话学、艺术学等不同学科的四位学者，用不同的学科方法进行分析和讨论。中华文明持续而悠久的秘密何在？让我们一起坠入时空之井，充当汲古的井绳，寻访祖先的疆土，体认亲切的初心。

我刚才做一个简单的开场白。下面我们有请中国人民大学历史学院教授韩建业先生为我们介绍二里头和石峁。韩老师是教育部“长江学者奖励计划”特聘教授，是国务院学位委员会学科评议组成员，在北京大学取得历史学博士学位，他主要从事新石器时代和夏商周时期的考古学研究，出版了《早期中国——中国文化圈的形成和发展》等专著16部，正主持国家社科基金重大项目“欧亚视野下的早期中国文明化进程研究”。

韩建业：我要讲的题目是《石峁与二里头》，第一板块谈谈“欧亚体系中的石峁与二里头”。

石峁和二里头的话题，我觉得比起全球范围，放在欧亚或者亚欧这样一个小的世界体系当中，可以看得更加明白。欧亚大陆早期的文化中心在北纬30度两侧地区，我认为可以分为三个文化圈，分别是以早期中国文明为核心的早期东方文化圈，有着西亚文明和埃及文明的早期西方文化圈，以及早期北方文化圈。这三个文化圈开始于一万多年以前，之后不断地发展，具有各自的传统。早期东方文化圈具有超大规模的定居社会和农业经济，遵循礼制，稳定内敛，有着祖先崇拜，慎终追远，有历史记忆传统。早期西方文化圈具有广阔视野，富于开拓和冒险精神，以金属器、居室葬、火葬、雕塑、神祇崇拜为特点，盛产黄金、玻璃、香炉、香水，并以此进行经济贸易。早期北方文化圈，拥有玉器、雕塑，以及萨满文化，狩猎采集经济，文化延续性较差，不稳定性最高。

将石峁和二里头放在欧亚这个世界体系中，我们就会发现实际上石峁遗址在早期东方文化圈和早期北方文化圈交界之处，属于中国的长城沿线、北方地区；而二里头遗址则在比较典型的早期东方文化圈的核心区域，在中原地区。

石峁遗址年代上限大约是公元前2300年，下限是公元前1800年，存续大约500年。在公元前1800年之后，它被另外一个文化代替，石峁城就此衰落。石峁属于考古学上的老虎山文化，分布在内蒙古中南部、陕北、山西中北部和河北西北部。我的博士学位论文就是研究中国北方地区新石器时代的文化——老虎山文化，包括石峁是我重点的研究对象之一。

二里头遗址年代为公元前1750年至公元前1550年，属于二里头文化，主要分布在河南大部地区。

接下来谈谈石峁遗址。

我们先看一下北方地区的石峁石城。它由三重城构成，外城的面积有大约400万平方米，有内城，核心也是最重要的地方是皇城台。皇城台由十多级石砌台阶组成护坡，非常壮观，建造严整。城墙中有纴木，结构非常坚实，还有菱形石雕。墙壁里还插有玉器，这也是石峁的建筑特点。皇城台经过最近几年发掘，其结构已经基本清楚，位于其东北方有一广场，进去后是瓮城，出土了大量的浮雕。有一个边长为150米左右的大台基，其上有宫殿式建筑和池苑，这是非常重要的建筑，目前发掘工作还在进行中。

在石峁的皇城台的夹道附近出土了石雕，其中有一些兽面纹的浮雕，具有北方特色。最重要的是去年发现的圆柱状浮雕，上面有兽面纹，几个面都有纹饰，顶面也有纹饰。我认为这些浮雕并非来自其他废弃建筑的拆除构件，而是为了通往皇城台神庙的这条神圣的通道专门定制。

除了浮雕，还发现了考古学家非常重视的陶器。例如石峁较为兴旺发达时期的罐、斝、三足瓮，都是很有特色的当地器物。另外，在皇城台考古发掘现场还出土了玉环和玉钺。现在所见的石峁玉器，大多是之前在遗址采集流入民间收藏，并非来自考古发掘。石峁外城规模非常宏伟，在外城的瓮城墙中，大概每隔一米插一个玉器，说明玉器虽然是从东方良渚传来的因素，但到北方后，其性质、含义发生了变化。

从瓮城进去之后，有一条通道，两侧是高大的墩台，墩台上也有类似瓮城的建筑，里面发现了大量壁画。在这些城墙的石头里发现了一些人面石雕。所发现的人像类似于新疆阿尔泰等地区出土的人像，有学者借此阐发石峁与西北草原地区的联系，但这种推测还有待进一步的考察研究。

下面讨论石峁文化的年代和空间上的属性。石峁文化属于老虎山文化，标志着早期中国文明的形成——古国文明。

我的博士学位论文将老虎山文化分为三种类型，包括山西附近的游邀类型，石峁所在的陕北、内蒙古中南部的白草塔类型，以及筛子绫罗类型。鉴于石峁遗址具有更大影响力，陕西考古研究院的孙周勇和邵晶将老虎山文化改称为石峁文化。

考古学非常重视陶器的研究，陶器到处都有，比较普通。陶器容易破碎和发生变化，所以最能代表某族或者是某人群的喜好与风俗习惯，因此考古学往往以陶器作为最重要的依据来划分考古学文化。以老虎山文化（石峁文化）最具有代表性的陶器双鋬鬲为例，依据形态可以看出从早期到晚期的一系列变化。还有甗与斝等器物，通过对这些器物的考古学研究，可知它们的前身都在中原。大约距今6500年，由陕西关中地区、晋南地区和河北地区，属于仰韶文化的人群从不同的方向往地广人稀的北方地区移民，去发展农业。现今鄂尔多斯、长城沿线的文化在6000多年前和山西、陕西同属于一个大的文化传统，即仰韶文化传统。但随着长时期的当地发展，逐渐地方化，形成地方特色。

从另外一种重要陶器——斝－鬲类陶器的形态演变来看，其发源于晋南，随后逐渐向陕西扩展，又到晋中北部，后来发展到陕北、内蒙古中南部，最终扩展到东方广大地区。追溯其发展与变化的过程，可以得出这种非常重要的器物发源地仍然是在晋南，是在中原地区。

以陶鬲为代表性器物，将老虎山文化（石峁文化）放在更大的地域范围来分析，放大到龙山时代（公元前2500年—公元前1800年）的欧亚东部文化圈，当时中国还有另外两个文化圈，即釜－圈足盘文化系统和北方的筒形罐文化系统。该系统影响至朝鲜半岛和中国东北、俄罗斯的东部地区等地。同时期的还有中国西北地区以彩陶为代表的马家窑文化，包括半山类型、马厂类型。向西至新疆地区，有北疆地区的切木尔切克文化。对比研究发现，切木尔切克文化的陶器无彩陶，亦无三足器，唯有平底的筒状器物。而在俄罗斯米努辛斯克盆地，也是这种筒状陶器，其上有很多几何纹饰，该文化被称为奥库涅夫文化（Okunev Culture）。在正北方贝加尔地区有希维拉（Sivera）文化系统，为圜底筒状器物。所以从陶器研究的角度看来，石峁的陶器与新疆、米努辛斯克、西伯利亚欧亚草原地区的陶器没有任何关系。

我们把眼光收缩到距今4000年左右的龙山时代。龙山时代命名由北京大学的严文明先生在1981年提出，分布在黄河、长江流域，流行黑灰陶，其器物虽然分属不同文化，但具有相似性。龙山时代存在很多文化，而老虎山文化是龙山文化圈的一个组成部分，更是早期中国文化的核心组成部分。它并不边缘，虽然现在大家觉得鄂尔多斯很边缘，但其实鄂尔多斯所在的黄土高原地区是黄河中游所在地，是我们中华文明主根系最关键的区域之一。

到了公元前2100年前后，在龙山前后期之交发生了一件很大的事情。此时欧亚大陆北部地区普遍处于干冷期，因此很多北方人群南下。例如在欧亚大陆西部，北方人群南下就对古埃及、两河流域苏美尔文明和印度河流域文明都产生了很大的冲击。这个时期在中国同样发生了规模宏大的北方人群南下，这些以中原为基础的人群属于龙山后期老虎山文化范围，规模巨大的南下也直接导致非常严重的后果——山西省西南部的陶寺文化遭受灭顶之灾，直接造成陶寺文化覆灭。所以我的博士学位论文提出陶寺遗址前期是陶寺文化，后期是陶寺晚期文化，前后期有巨大的差别。

北方人群南下事件我认为与文献记载的稷放丹朱，也就是周人的先祖后稷流放尧的儿子丹朱的事件是吻合的，年代也比较吻合。在此基础上，我认为陶寺晚期文化已经进入了最早的后稷文化的范畴。

实际上，距今4000年左右北方文化南下的趋势不止这一次。另一次发生在河南的王湾三期文化，煤山类型南下把非常庞大的石家河文化改变得与河南的煤山、王湾三期文化面貌一样，我认为此事对应文献记载中的禹征三苗事件。禹是创建夏王朝的先祖，禹征三苗，也就是说王湾三期文化的后期是最早的夏文化。另外就是在今豫东地区和安徽北部的造律台文化大规模南下至现在江苏和之前良渚文化的分布区域，造成了东南地区的文化面貌跟河南地区的文化面貌比较相似。

由此可见，距今4000年左右的文化南下趋势不是偶然和独立的事件。

第三方面，是关于二里头遗址。

早先认为二里头文化的年代上限是距今4000年左右，近年由于夏商周探源工程运用新的测年方法，认为它的上限是距今3750年左右，下限是距今3500多年。时间就很短，只有大约200年。二里头的核心区在现今洛阳一带，该区域发现了最大的都城遗址，也出土了高级的青铜器等。二里头文化的分布范围在河南、晋南地区，主要的影响范围则北至辽西，东到上海，南达湖北、湖南，甚至向外辐射至更远范围。这就是由早期中国文化往外辐射所形成的圈子，因此我认为在二里头时期已经至少形成了四个层次的早期中国文化圈。

从社会发展来说，二里头的中心聚落只有一个，那就是二里头遗址。二里头遗址范围至少有300多万平方米，有面积20万平方米左右的宫城。宫城周围开始是道路，后来修筑宫墙。如果说这些统治者、上层人物把他们的宫殿圈在一起称为宫城，那么这种宫城良渚也有，别的遗址也有，但是二里头遗址是由高大的宫墙把宫殿圈起来，规模非常庞大，宫殿建筑非常严整。例如其中的二号宫殿，它有门道，有回廊，有主宫殿，前面是广场，我们可以将之称为庞大、复杂的都城体系。贵族居住的宫城内路网密布，宫室建筑规模宏大，按中轴线布局规整。在宫城区南边是官营手工业作坊，包括制作绿松石和铜器的作坊，北边有祭祀区和墓葬区。最近的遗址新发现表明，二里头都城可能是井字形结构，最中心为宫城，其他区域各有不同功能，这样的井字形结构尚待进一步考古工作，但已经完全突破了我们的认识，因为我们之前想象不到在二里头或者夏代晚期会有这样的都城布局。

二里头文化的陶器种类很多，总体来说其制作水平不如龙山时期。实际上，二里头时期很多方面发生了大的变化，这种变化可以追溯到4000年前，我将之称为中国的青铜时代革命。我认为青铜时代在其他地方，例如在欧亚大陆西部地区谈不上革命，但是在中国，青铜时代的到来是一件非常大的事情。其中的一个表现就是它的陶器，龙山时代都是轮制为主，二里头时代为手制。我们看到了很多陶礼器，比如觚、盉、鬶、爵，这些都是酒器，大概为祭祀和举行礼仪所用。

值得注意的是，二里头既有陶鼎，也有青铜鼎，传说中大禹铸九鼎，九鼎传到商、周，这样一个铜鼎传统至少始于二里头。

二里头的主要陶器有罐、鼎、罍、豆、甑等器物。这些陶器与新砦二期晚段比较，不但器物类型非常接近，而且形态几乎完全一样，区别在于新砦二期晚段的比较薄，更有龙山的风格，它的每一件陶器都跟二里头陶器相似，但是又不相同。新砦位于现今河南省的新密市，在郑州附近，由此我们认为是郑州新砦二期的人群迁移到洛阳盆地而形成了二里头文化。当然二里头文化的形成，还有来自齐家文化的影响，但那是次要、少量的。

二里头文化与龙山文化的最大区别在于它的青铜器。二里头不但有青铜器，而且有非常漂亮的青铜容器。比如青铜鼎，让我们联想到九鼎的传说。最早的青铜爵就出现于二里头，是夏代晚期专门设计的一种礼器。还有作为酒器礼器的斝，以及铜铃，至此中国礼乐制度所使用的铃、磬、钟、鼓均已齐备。这表明当时青铜器已经成为中国礼乐制度的重要标志性物质载体。而且二里头的青铜器用复合陶范铸造，与西方和北方用石范制作简单工具或武器是不一样的。中国铸造青铜器需要将内范、外范等多块范放在一起，这样具有中国特色的青铜铸造传统在龙山时代已经形成，得到进一步发展。

二里头文化还有一种器物得到关注——青铜镶嵌绿松石牌饰。牌饰上面有兽面纹，有学者把它和新疆的一些器物进行比较。实际上这些兽面纹跟石峁出现的兽面纹相接近。

二里头文化也承袭了中国的玉器文化传统，其玉器个体较大，制作更加精美，凸显出二里头作为王都的气魄。例如玉牙璋和玉戈。戈为武器，而用玉制作则就是作为礼器，二里头也有青铜戈。戈这一武器的出现最早在二里头，与爵一样。还有多孔刀，最早出现在安徽等地的新石器时代文化中，二里头则制作出非常精美的带有扉棱的玉多孔刀。二里头还有钺，钺在中国象征军权、王权。

在二里头宫殿区发现的一个中型墓葬中，有一处由2000多块绿松石和玉器拼凑出的龙形态。这个龙的形态，与石峁出土的石雕浅浮雕龙的形象非常相近。

如果我们把二里头放在一个更大的范围，就会发现它显然是一种众星捧月、唯我独尊的态势。放眼全国，就会发现二里头遗址的因素见于周边很多遗址。比如其牌饰在甘肃、四川都有出现，鬶在甘肃等地出现，爵在内蒙古及辽河流域出现，其范围非常广。如果我们拿二里头另外一种代表性器物牙璋来看，它往南一直到了中国的华南、西南地区和越南的北部地区，有一个非常广的辐射面。之所以说二里头是王国，正是由于其对周围非常大的辐射力。

最后说一下石峁出土的浮雕。其纹饰形态主要为兽面纹、人形和符号形，还有蛇等动物形态，还有几何纹。其中兽面纹为大家兴趣所在。兽面纹或者神面纹最早出现在距今7500年湖南洪江的高庙遗址，属于高庙文化，高庙遗址出土带有兽面纹的飞龙形象，这种形象后来传播到长江下游地区，在崧泽文化、良渚文化中大量发现。良渚文化衰亡之后，其玉器和兽面纹的形象，以及包含的思想都扩散到了陶寺等中原广大地区。我认为后来又通过陶寺传到了石峁，北边到了西辽河流域。实际上这个兽面纹，包括商周时期的青铜器也还是这一类的图像，它的源头是在湖南或者长江流域。

石峁和二里头的话题，放在欧亚视野，小一点就是早期中国的视野或者黄河流域的视野去看，可以做出以下总结。

石峁遗址源于中原而面向欧亚。其本质来源在中原，只是跟欧亚草原存在有限的交流，比如它的青铜技术。它代表邦国文明与北方模式。就是说石峁时期虽然有大城，但它对全国统辖管理的影响有限，所以尚处于邦国文明、古国文明的阶段。另外石峁所在的北方地区由于自然环境限制，社会分化并不是很严重，贫富分化也不是很严重，它跟江浙、山东这些地区有鲜明的对照。所以我在2000年提出了北方模式这个概念，它适用于石峁。另外，石峁虽然在北方，但后来南下中原，对陶寺所在的中原地区有非常大的影响，这种影响后来成为二里头文化兴起的时代背景。但是我不认为石峁跟二里头文化有直接关系，因为中间还存在时间差。

二里头遗址基于中原而面向欧亚。基于中原不用讲，面向欧亚是指它通过齐家文化、通过石峁受到了来自欧亚大陆西部的影响，和欧亚草原有一定的文化交流。二里头文化当然已经进入我们所说的王国文明，对天下、对全国有着重大的影响。它所代表的模式我称之为中原模式。另外二里头文化时期呈现出非常显著的中原中心和辐射四方的态势。

喻　静：我们今天的话题是关于“世界体系中的石峁与二里头”，涉及华夏文明的起源问题，以及中原文明和中原以外文明的交往交流，它们之间是什么样的关系。请中国人民大学历史学院的陈胜前教授给我们讲一讲，中国早期文明社会复杂性的演化。陈老师曾于1998年赴美国南方卫理公会大学攻读博士，师从Lewis Binford教授，主要研究领域为考古学思想史、晚更新世史前史、石器分析、遗址过程、考古教育等，出版了很多有影响的著作，比如《学习考古》（三联书店，2018）、《思考考古》（三联书店，2018）、《人之追问：来自史前考古学的思考》（三联书店，2019）、《史前的现代化：从狩猎采集到农业起源》（三联书店，2020）等。陈老师从事考古学理论与早期中国的相关研究，一直试图从文化基因的角度来解释中国文明的发展渊源。

陈胜前：我主要是理论方面的探讨，刚才韩老师讲得很详细，给大家带来了特别具体的介绍，我这儿再进行一些讨论。

讨论问题之前先梳理背景。为什么要讨论这个问题？任何一个讨论都是时代的产物，反映时代的某种特征，关注这个问题，就是关注我国文明的起源或者是在当代背景下的意义。假如我们讨论的内容像清朝朴学一样，可能跟现实的关系就脱节了；而假如在抗战时期，一个抗日救亡的时代，学者们在一起讨论风花雪月，也不合时宜。

在当代的考古学学术背景下，讨论学术问题基本上遵循两条线索：一条是科学的，一条是人文的。现在我们更多站在科学的视角，对人文的视角考虑得比较少。

另外我们讨论所身处的这种思潮，在思潮的涌动中，包括现代和后现代。而目前此二者的争论比较激烈，在整个知识界大家也能感受到。这个问题的时代背景主要与中国崛起和民族复兴相关。人们之所以重新关注中国文明，这个问题之所以特别受到重视，是离不开这一背景的。还有当前的国际环境的原因，既有合作又有对抗，在此背景下，更加凸显我们对身份认同的需要。

所以在思考这个问题的时候，还要考虑到时代精神。因为我们身处在这个时代，好比说当前的环境问题，新冠病毒带来的疾病问题，现代社会互联网时代带来的一系列挑战，包括人工智能、基因编辑等等，这些时代的产物都带来了非常大的影响，给我们的思想和学术研究都带来了一系列新问题，所以要研究就必定要考虑到这些问题。

虽然目前的知识界里有三种角度，前现代性、现代性和后现代性，很多研究者站在现代性的角度来批判前现代性。所谓现代性，我认为它实际上是以西方资本主义为中心或者为基础的一种观念、制度和知识体系。这种体系目前在世界上占主流，它也塑造了我们对整个世界的认知。如果站在后现代性的角度来看，可能要对这个问题进行一些反思。所以当前考古学界有两种趋向，一种是科学，还有一种是跟前现代有些相关的玄学，二者都需要被反思。我们现在的时代精神是什么？这是特别值得思考的问题。

基于以上所述，我提出一个概念叫“文化中国”，其中的“文化”是动词，而非名词，目的就是让中国一直所具有的文化脉络重新清晰起来，这个问题将在下面详细展开论述。

由于我并非专门做有关文明起源的研究，故本论述均从理论层面进行讨论，主要涉及三个重要的问题。

第一，有关“夏”的争论，究竟有没有夏朝？或者怎么来解决这个问题？

第二，关于中国文明的起源，究竟什么是文明？中国文明何时起源？这是一个理论与实践的问题。

第三，东西方文化交流的影响。不知大家是否注意到，我们对东西方文化交流的概念很多时候倒映的是我们的时代观念。在20世纪初，非常流行中国文明“西来”说、彩陶“西来”说、中国人种“西来”说，从考古学史的回顾中可以很清楚地认识到这一点。那个时期也正是中国文化特别沉沦的时期。而当中国实现独立以后，则特别强调自身的独立性。再到改革开放后，又开始强调东西方文化交流。在这之中，有一部分内容确实存在着东西方文化交流，还有一部分在很大程度上与当时的观念相关。假如带着这样的视野研究问题，所想即所视。看到的东西不是假的，但其所反映的仅仅是这个时代的一种认识。

对以上三个问题，基于我相对比较擅长的理论研究，我将从宏观和理论的角度来进行考察。宏观不是微观的叠加，而是一种整体观。考古学比较擅长一种长时段的考察，这种考察可以让研究者站在离那个时代很遥远的角度看问题，看得相对更加具有整体感，即是一种宏观的认识。从理论角度而言，理论与实践，实际上是研究工作的两条腿。

在进入具体讨论之前，先找出这三个问题各自的关键所在。

第一个关于“夏”的问题，涉及考古学上一个特别关键的理论问题——族属。族属考古能不能够识别“夏”？这个“夏”究竟指什么？是指夏族还是指夏代？如果是指夏族的话，那是什么问题？如果是指夏代的话，则在考古学上应对的策略是不一样的。

第二个是关于中国文明起源，实际上讨论的是社会复杂性的演化，简言之即国家的出现。国家出现是一个过程，中间经历了一系列的发展阶段，在不同的发展阶段所面临的世界体系，或者说所关联的环境和关键的约束是不一样的。它必须突破，突破其所处的环境和面临的约束条件，这具有非常大的影响。问题讨论的核心是社会权力的变化，其后有所详论。

第三个问题的关键是上古世界体系。上古世界体系不等于全世界范围，而只是一个关联网络。这种影响有何种形式？经历哪些阶段？对中国文明有何影响？任何文明都是从一定环境中，或者一定联系中诞生，不是一个孤立的存在。回溯当时的情况，是不是像有人想象的中国文明西来说，抑或就是本身的一个发展，又或者其间受到外面的何种影响，都是需要回答的问题。

现在我讨论一下有关“夏”的争论。

关于“夏”的争论，实际上可以看到三个“夏”。如果再仔细思考，或许可以看到更多。因为有一个“夏”是无法看到的，即是那个真正的夏，那个历史上曾经存在过的、到目前为止尚无法证实夏。

这三个“夏”，第一个是存在于中国历史文化中的夏（文化）。作为文化的夏是存在的，这是一个真的判断，因为它始终存在于中国历史文化中。我们知道的《夏小正》，我们知道的大禹的传说，我们知道的有关夏桀残暴的故事，我们知道的大禹三过家门而不入，这些早已融入了中国文化。它们是进行直接历史推导的前提。中国文化是我们自身的文化，中国人在这个文化中浸淫了几千年，对这个文化本身有很好的理解，可以往前回溯。假如不是在这个文化集体里长大的人，则可能对这个文化不是很了解，对历史也就无从体会。这是我们自己祖先的历史，我们在追溯自己的祖先，其中很多文化都一脉相承，因此才可以往上追溯。可惜国内的研究者很少注意到这一点，而海外汉学研究中，这个问题更加难以被提及。这是一个被中外学术界忽视的存在。

第二个是存在于历史文献中的夏（代），这是一个难以证实的存在，也是目前主要争论的问题，因为要证实这个存在比较困难。文献与神话经过反复书写和不断传承，现代文本与以前的记载可能差别很大，尤其现在很多文献是在春秋战国时期或汉以后编纂成书的，再往前推一千多年，确实会受到别人的质疑。所以海外汉学家提出的质疑确实有一定的道理。

第三个是存在于考古学研究中的夏（文明）。这又是一个被忽视的存在。考古学研究的是实物遗存，无论承认或者不承认，这个实物遗存都在那里。无论是不是被称为“夏”，实物遗存都是一个客观存在，只是被赋予什么名称的问题。这即是所讲的有三个“夏”，其中有两个是相对比较容易被忽视的存在。

在考古学中研究夏，首先要谈文化。在考古学中有三种不同的文化观。通常在考古学中讲考古学文化，实际指的是在一定时空中的具有相似的遗存特征的组合，用来指代一定的人群，在考古学中经常试图把它跟族群联系起来，但这非常困难。因为族属在人类学里是一个情境性的存在，换言之，一个人喜欢这个族群，就可能加入这个族群，认同这个族群，有利可图就加入，无利可图就退出。这是情境性很强的自我选择，虽然也有原生性，但是它的表现是非常有弹性的。

关于考古学文化与族属的对应，考古学专业的很多同学可能看过希安·琼斯的《族属的考古：构建古今的身份》（上海古籍出版社，2017）。该书的基本观点就是族属考古不太可能实现。考古学文化和族属之间的关联有一点像考古学的“哥德巴赫猜想”，因为它几乎是不可能被解决的，所以把考古学文化和“夏族”联系起来，这个问题也基本上不可能被解决。从理论上来讲，考古学文化作为一种物质遗存和族属作为人类学的概念，它们中间不可能互等。它们之间存在相关性，但是不可能等同。而考古学文化，是基于这种客观实在的考古材料建立起来的，例如一定时间、一定空间、遗物、遗迹等类似的特质，因此在考古学上研究夏，实际有两条路可循。

第一条路是科学意义上的研究，考古学其实是通过对这种物质遗存研究，从一个侧面来研究真实的世界。所以我有这样一句话“垃圾即真理”，一个人所说的话可能不可靠，但是扔掉的垃圾不会撒谎。通过研究这些废弃物质，从物质遗存的层面来反映历史真实，并不是说它等于真实，而是通过物质遗存来反映真实，这是科学意义上的考古学所做的工作。我们现在通过这个方法探索中国文明的演化路径，这是一个纯粹科学的研究。

另外一条路是人文角度的研究，探讨物质遗存所表现出来的文化意义，即这种文化意义上的中国文明是如何传承的。例如玉圭，在文化意义上一脉相承，是与历史以及更早的时期都能联系起来的物质，这是通过物质遗存表现出来的。这就是人文的路径。

在考古学研究上，即使没有夏也没有关系。“夏”在这里只是一个概念，通过科学的路径，我们可以重建中国史前文明史。

通过文化意义的探索，可以把整个中国文化的这些意义联系起来。包括九鼎，在中国人语言里面有“定鼎中原”或者“问鼎”这一类的概念，这些概念与后来是一致的，这就是我们的两条路径。

而从文献角度来讲，这是题外话，不是我要讲的主题。实际上从文献的角度我们很多时候依赖着神话，像西方依赖《荷马史诗》，《荷马史诗》其实更接近于神话。但是谢里曼就相信这个神话，他发现了特洛伊，虽然地层有些错误，但是位置没有错。再看中国的《史记》，王国维相信《史记》，并据此建立商王的世系。所以文献是不是神话，还要依靠进一步研究。当然，如果文献的精度更高一点，则会对探索中国史前文明很有帮助。中国现有的（上古）文献，还是非常珍贵的文化遗产，虽然达不到后世文献那么详细，但至少比《荷马史诗》更加详细。

夏的问题，是一个非常关键的问题。如前所述，沟通考古学与历史文献存在着困难，考古学有自己的研究路径，即使不依赖历史文献也可以做一些工作。但是既然有历史文献，文献又能够帮助将后世的历史联系起来，也就提供了更好更便捷的途径。关于这个问题，叶舒宪先生提出了四重证据法，包括文献证据、出土文字证据，而且特别强调出土文字证据，还有人类学或民俗学的证据以及考古文物与图像的证据。

我个人理解在沟通考古学和历史文献方面，有三个途径：文献史学、人类学和直接历史。其中直接历史，例如“稷放丹朱”是一种常识，虽然不能说这是准确无误的结论，但也是对直接历史的追溯。

另外，考古学包括考古出土的文字、图像、遗物、遗迹，将这些结合在一起，能否实现考古学和历史文献的真正沟通？这里面可能能沟通的，最有效的方法还是直接历史的方法。在直接历史的方法中，需要多途径进行文化意义的溯源。多途径包括神话学、文献史学、民俗、文化观念、礼仪制度、意义象征等追溯。追溯从比较晚的时期，例如商周时期，经过夏再往前推，进而完整地联系起来，其脉络一旦清楚，整个问题就相对会比较好解决，可靠性也会比较高。

即使不能把历史文献和考古学的研究联系起来，保持不同学科研究中间的这种张力，对不同学科发展也是有利的。每个学科的研究都有自己的视角，这并不是什么坏事，所有的学科都保持一样的话，也未必是好事。从目前看到的考古学，包括文献研究、神话研究和其他学科的研究之间可能存在一些差异，这种差异并不是坏事。

前面讲了那么多关于夏的东西，我们究竟在研究什么？这是值得思考的问题。是来寻找夏文化、夏族的文化，还是夏王朝、夏代文明？如果是寻找夏族文化，这个问题研究不太可能完成。而关于夏文明，最好的方法可能是寄希望于有文字出土。但如果没有文字出土，并不代表对中国文明的探讨止步不前，也并不影响对中国文明的探讨研究，因为那些时代曾经存在的那些东西都在那里。

对中国文明的探讨应该怎么去做？前面已经介绍了一种是科学的途径，即通过研究古代物质遗存把史前史呈现出来。另外一种是进行物质遗存的文化意义研究，将文化意义联系起来，把从古至今的文化意义串联起来，这便是我们研究的两条途径。

我们讲一讲中国文明的起源——文化与文明问题。

讲到中国文明，就涉及社会复杂化。这里主要讨论两个问题：文化与文明。首先对两个概念进行界定。所谓文化是包含技术、社会、意识形态等不同层次在内相互关联的人类应对挑战的系统，实际上是一种能力，是人类面临内在挑战和外在挑战的一种身体之外的能力，而所谓文明是文化系统演化复杂性的阶段性特征。

关于中国文明，首先要认识到其具有多阶段性。这是需要首先了解的问题。很多人在看中国文明的时候，基本上就是在看“夏”，在看有没有“夏”。然而，中国文明是一个长期的过程，这个过程一直可以追溯到旧石器时代。首先我们要了解前文明时代的社会复杂性，有以下几个方面。

第一，在细石叶社会里的威望。细石叶是制作非常精良的石器，不是所有的人都能制作。因为有的石器制作已经达到非常精细的水平，那么可以制作出这些非常精细石器的人会有相应的威望。目前无法确定当时社会是否平等，推测更可能是平等社会，那就意味着当时的社会需要把这些有威望人的威望抑制住，以防止不平等的产生。

第二，复杂的狩猎采集者。大约在距今一万年前后，开始出现复杂的狩猎采集者。他们往往利用水生资源，例如海岸，也有一些资源丰富的河滨。由于水生资源的资源域非常广，一条大马哈鱼可能来自几百公里之外；陆地资源的范围则较小，而且容易被很快消耗光。利用这种水生资源，其资源的位置是非常固定的，一旦利用者从位置挪开，则很容易被他人占领，因此必须守住这个位置。而坚守这个位置，就必然会造成与他人的矛盾。所以，在利用水生资源的狩猎采集群体中最早出现社会复杂性。最典型例子就是北美西北海岸的狩猎采集者，还有日本绳文时代、欧洲的中世纪时代，很早就出现了社会复杂性。

第三，旧新石器时代过渡——早期新石器时代的社会复杂性。从旧石器时代过渡到新石器时期，社会复杂性进一步发展。例如考古发现饶河小南山开始出现玉器，上山文化能看到已经分化的陶器，在贾湖文化里找到一些暴力的证据，包括出现了酒。探讨文明起源，首先要回答不平等的起源，或者说当时社会一开始是比较平等的，其约束机制又是怎么瓦解的。这是前文明时代。后面依次出现邦国、古国、王国、帝国，这是社会权力演化的一般路径，它适用于中国，但是并不具有全球适用性。因为其中古国阶段是中国考古学者提出来的，它在时间和空间上存在多样性，并不是所有地方都处于同一时代，同时代也可能具有不同的社会复杂性。即使在王国时代，有的地方是小酋邦，有的地方是比酋邦高一级别的文化演化阶段。

在中国文明演进的世界体系里面，有两个问题需要分开讨论，其一为上古世界体系，其一为关键约束。文明的发展需要突破几个关键的约束。第一是狩猎采集时代的平均主义。这里要讨论不平等，不平等是怎样出现的。第二是有限威望的约束，在狩猎采集时代突破了，有的人能力特别强，建立起来了威望，然而他的威望不能世袭，他的子女们需要重新开始建立自己的威望。当有的社会开始出现世袭的不平等，这个约束是要打破的。第三要打破的是硬权力的缺乏，因为最开始的权力大都是靠威望、靠个人能力和品德建立起来，但是权力光靠这些是有限的。后面出现了与战争相关的权力，制度性的暴力，就是人类的警察机制、战争去进行控制，这在社会权力演化中也是关键的约束。与之相应的上古世界体系，一个是狩猎采集时代，一个是农业时代，一个是游牧时代，这与中国文明相关。后面我会更详细地解释。

关于文明的萌芽，中国文明的萌芽首先是社会复杂性与不平等的出现。例如在接近上万年的时候，上山文化中的陶器呈现出明显的分化，且具有很强的展示性，或称炫耀性。像一些大口的盆里面有三种色彩，陶壶的外表加工得非常精细，有的陶器还有圈足，这就是社会复杂性的一种表现。关于社会复杂性的原因有以下几种：一是人口的原因，自农业诞生之后，人口越来越多；另外就是生产方面的原因，也就是上文所讲的农业生产的原因；还有邓巴讲的规模效应（邓巴数），规模大了之后，必定导致社会复杂化；而萨林斯则特别强调剩余产品，因为农业的一个好处就是能提供剩余产品，但产生的剩余产品由谁来分配，这是一个问题，也是直接促进文化系统复杂化的一个很重要的原因。

我们关于中国文明萌芽的问题探讨比较少，更侧重比较晚的问题。其实中国文明早期的复杂化进程所持续时间是比较长的。关于中国早期文明的特殊性，我前面列了一个古国时代，为什么不叫它酋邦或者复杂酋邦呢？我觉得那个概念不足以来解释中国早期文明的特殊性，因为中国文明的特殊性之一就是以玉为代表的上古史阶段。这个阶段持续时间很长，如果把二里头算成青铜文明的开始，则玉前面的阶段，整个的古国时代基本上有两三千年的时间。而其对后来的中国文化影响非常之大，延续时间也非常长。它所代表的是以德（礼）服人、（文）化成天下，是以文化把这个人“化”掉，后来的儒家文明就与此相关。不能说儒家文明就是这种文化的直接遗留，是因为一开始有这样的根基，所以更容易接受儒家文明、儒家思想；如果一开始没有这个倾向，即使孔夫子提出了儒家思想也不可能流传下来，不可能被发扬光大。这就是前期基础所具有的很大的影响。

关于社会权力的演化分为四个阶段。第一个阶段是以政治为中心，例如古国时代。其后二里头主要是军事权力，以青铜为代表。再后面是经济权力和意识形态，经济权力我认为跟铁器有关，因为铁器能制作农具，青铜则很少做农具。意识形态的权力出现较晚，应该说它在汉代表现比较明显，即帝国时代。如此社会权力的四个阶段就完整了，早期更多侧重的是政治权力。

中国早期文明演化具有很明显的多模式特点。我们把世界文明分成六种类型，第一种是商路控制型，例如西非、东非、希腊等一些小政权，像大津巴布韦、古希腊都属于商路控制型，通过商业来促进、形成这种文明。我们对石峁、陶寺所知尚浅，它们和这一类型有没有关系？第二种是水生资源资助型，像南美，靠近世界上水生资源最丰富的秘鲁寒流，紧贴着海岸近乎沙漠地带，但就是在那里产生了南美洲的早期文明，因为它有这种优势，借助非常有利的水生资源。良渚是相对比较靠海的。第三种是生产型，就是靠农业生产，像中原、良渚。第四种是祭祀型，比如玛雅、红山。第五种是战争型，例如埃及、夏家店下层。第六种是工程型（水利），例如良渚。很少有文明只是一个原因所导致，以上这些都是推动社会复杂化发展的因素。很多文明都是把几种因素结合在一起，基础单一的文明是非常脆弱的。我们把文明看作是文化系统状态的整体涌现，最后的诱发原因可能是系统内外的任意变化。其发展到一定程度、复杂到一定程度的时候，最后推动它的因素可能是任意因素，这就是我们说的蝴蝶效应。

在中国文明演化的过程中，上述六种类型的模式都有表现，例如红山文化典型的牛河梁祭坛与良渚大型的水坝系统工程。良渚的水利系统非常惊人，早在五千年前就开始修筑水坝，控制洪水。

讨论到中国文明演化时，我特别强调它的自组织和超循环性。文明是文化系统状态的整体涌现，可以是自组织的发展，发展具有明显的阶段性。上面讲到社会权力的四个阶段，古国阶段主要是政治，代表性的物质遗存就是玉。在二里头到夏这一阶段主要是军事权力崛起，代表性物质是青铜。

所谓超循环，指中国文明在演进的过程中，外来因素可以随时加入，文明演进无须停止。例如青铜冶炼技术，部分可能来自西亚地区；

五谷的麦子，六畜的马、羊、牛，都来自欧亚草原地带。这里可以与印度河文明做比较。我们在印度河文明看到了明显的外来人口侵入，包括距今四千年左右明显有外来人群加入。而在中国是看不到这个现象的，中国有着相对独立的发展。这些外来的文化影响因素进入循环过程，而本身的文明进程并没有被打断。

最后想谈的一个话题是：东西方文化交流的影响——上古世界体系的形成。

世界体系这一概念是从更大范围和更广阔的视角来看待社会发展。这里有一个关键，是互动能力的问题。在狩猎采集时代，我们看到上古世界体系的形成就是现代人的扩散，现代人扩散到了全世界，正是表明互动能力的一个证据，如果没有这种能力不可能到全世界。而农业时代的互动能力主要是交通工具，特别重要的是可以长距离运输的马车、骆驼。而在水源比较丰富的良渚一带，船是良渚兴起的重要硬件因素，因为很多水利工程的兴修都需要水运，一只竹筏能运1.2吨的草包泥，如果靠人力搬，那是不太现实的，所以这是互动能力的一个重要条件。

还有互动机制，包括迁徙、交换、贸易、战争。但是战争出现较晚，因为战争需要后勤，就意味着需要运输能力。如果没有运输能力，想进行战争是比较难的，充其量只是一些小冲突而已。互动的结构一个是前政府状态，一个是国家状态。国家在距今5500年左右，在西亚地区开始出现。互动的促进因素，其中特别重要的是游牧帝国，在公元前1000年前后，这些游牧帝国开始出现，在欧亚草原上纵横，极大地促进了上古世界体系的发展。

关于上古世界体系的影响，从古DNA的证据来看至少有几个因素，一是现代人的扩散，二是细石叶时代社会发展的扩散，还有农业群体的扩散（渐进式），以及草原畜牧游牧群体的扩散。

人群扩张方面，目前的古DNA研究显示在距今五千年，欧亚草原人扩散，南亚次大陆人群融合始于距今四千年左右。对中国文明来说，这种影响是程度相对有限的接触，而不是游牧民族大规模的接触；但这种接触持续存在，尤其是有了马、车辆之后，在欧亚草原的行动就比较方便了。

在社会权力的影响方面，上古时代体系可能促进了王国时代的兴起。因为青铜最适合做武器，且具有特别的炫耀性，这是它跟玉很不一样的地方。玉是很温润的，更多的是体现一种美德。而青铜器刚做出来的时候金光灿烂，很有炫耀性，做成兵器的话又很有杀伤力。从物质性角度来看，青铜时代的权力要张扬得多，硬得多。

从上古世界体系的视角来看中国。有一个概念叫“最初的中国”，从世界体系的发展阶段来看，我们会发现上古中国的形成是一个连续的过程。

首先现代人的扩散，大概在距今四万年至五万年左右，按照我们目前的DNA研究，现代人扩散到了东亚地区，生物学上的中国人出现了。

在距今二万七千年左右出现了细石叶社会，迄今一万年时农业起源，细石叶技术持续了一万七千年，在长城地带一直持续到历史时期。这留给了我们一种惯习，这种惯习对后来的文化有潜移默化的影响。像东亚地区，细石叶技术很流行，这种技术是把细石叶镶嵌到骨柄、鹿角柄上，将之组合成复合工具。而在欧亚大陆西侧也可称为细石叶，又叫石叶技术，后来称细石器技术，它是把大的石叶掰细了来进行镶嵌。彼是将大东西分开，而我们是喜欢合，这种一分一合，只是一种习惯而已，但对后来我们的认知、对我们的影响应该是潜移默化的。即使在现在，中国的思维方式还是比较习惯于综合。

再下一步是农业起源和扩散。这奠定了中国在过去上万年里面的生产方式——农业，以及小农经济这种社会结构，以及与之相应的天人合一的意识形态，因此我们说中国文化中的一些基础与农业相关。

第四个阶段是新石器时代的文化互动圈。这里我把它叫作文化物质和文化区域，"文化"又是一个动词。就是在这个阶段中国古人开始赋予这些物质以特定的文化意义。玉这种比较硬的一点点大的石头，变成了一种特别的美石。鼎也被赋予了一种意义，代表稳定，代表重要性，代表权力。包括区域，开始有了文化意义上的南方和北方，而不仅仅是自然地理上的。这里面可能各物质材料都被赋予了意义，这些意义有的被后世流传下来，而有的可能消失了，这构成中国文化的一些基本内容。

第五个阶段是复杂社会兴起。这一时期我们说的中国更多的是一种政治组织形态，就是所谓的国家。

由以上可以看到上古的中国是一个不断地丰富的过程。所以称它"最初的中国"的时候，我们或许会产生一种疑问，究竟哪一个才是"最初的中国"。文化是一点一滴形成的，可能在二里头这个阶段算是比较复杂的阶段，形成了一个国家。这是我们从上古世界体系这个角度来看中国。

现在我们归纳一下，可以得出以下一些认识。

有关谁是"夏"的讨论是一个考古学理论问题，族属问题不是有关“夏”的讨论的关键，问题的核心在于中国文明。

有关“夏”的问题应该放在中国文明起源的大背景中来考察，而不能简单孤立地讨论夏与二里头的关系。不管是否有夏，中国文明的进程是不可否认的。它有那些阶段，有那些丰富的发现。

中国文明演化具有多阶段、多模式的特点。其复杂性是不断变化的，是慢慢地发展的过程，分好几个阶段，模式方面就更多了。

中国早期文明的演化深刻影响到了后来的中国文明发展进程。这里主要讲的是以玉为代表的王国时代，深刻地影响到后来中国文化的一些选择。

中国早期文明演化是自组织的、超循环的、相对独立的发展过程。它吸收了部分的其他影响，但它是一个自组织的、相对独立的发展过程，而不是一个外来的或者外来推动的文化进程。

上古世界体系推动了从古国向王国的过渡。通过欧亚草原，尤其是有了马车等交通工具之后，带来了包括青铜冶炼在内的一些新事物，促进了上古中国社会权力层次的丰富。社会权力从政治、军事、经济到意识形态是逐渐完善的。

中国文明/文化的形成是一个连续的过程，并不存在“最初的中国”。我们从世界体系这个角度来看，它有不断的连续过程，从人的形成，从它的惯习，再从它的生产方式、社会结构、意识形态，再到政治架构，这是一个阶段完善的过程。

喻　静：我听陈老师的报告，有一种抽丝剥茧的感觉。在这里我还要回过头再感谢一下韩老师，因为韩老师本可以给我们讲一个更加专精的题目，但是他从我们论题的总体考虑，一开始就先给我们展示了二里头和石峁，这两个考古遗址的基本情况。他给我们搭建了一个线上的关于二里头和石峁的概念和实物的博物馆。陈老师则站在更宏观的角度，从现时的文化处境出发，分析我们今天为什么关注、探究这个题目，他为我们确立了问题意识，为我们确立了方法论，为我们确立了一些研究的范式。

“最初的中国”是什么？陈老师认为并不存在所谓“最初的中国”，“最初的中国”是一个延续的过程，是一种惯习的建立。我们也可以以此来理解中国文明一种悠远的、连续的传统。陈老师讲座中间多次提到易华老师的观点，那我们接下来请易华老师给我们分享。

易华老师是中国社会科学院民族学与人类学研究所的研究员，是中科院理学硕士、社科院历史学博士，长期从事游牧与农耕民族关系的研究。他的著作《夷夏先后说》（民族出版社，2015）化解了中国文明本土起源说与外来传播说的矛盾，《齐家华夏说》（甘肃人民出版社，2012）探索了华夏文明形成过程。易老师正在从事东西交流与华夏文明研究，试图阐明、勾画青铜时代世界体系中的中国图景。下面我们就请易华老师开讲。

易　华：我在二位老师的基础上讲这个问题，跟他们相同的地方我不再赘述，不同的地方我稍微强调一下。我今天讲的题目是《世界之石峁，中国之夏都》。

石峁遗址是东亚定居农业文化与欧亚青铜游牧文化的结晶，标志着东亚已经进入了青铜时代世界体系。韩建业先生所讲的三个文化圈，实际上石峁既具有东亚文化圈的定居农业文化，比如说水稻、农作物，也有北亚或者中亚的马，还有西亚的羊、青铜，所以说它是在三个文化圈之间。我认为石峁遗址已经进入了世界体系。关于“夏”的研究已有很多。史料对于夏王朝的记载不够明确，很多人认为二里头是夏的首都，我认为可以再进一步前推几百年。石峁遗址是夏代早期东亚最大遗址，其性质与二里头相当，很有可能是夏都。

石峁遗址发掘已有八年，孙周勇和邵晶论文提出石峁遗址具备了王国都邑的必要条件，沈长云、韩建业推测石峁遗址与姬姓黄帝、北狄、周人相关，实际上石峁离夏代首都说仅一步之遥。

我认为石峁遗址在上古世界体系中占有独特地位，二里头遗址已被推定为夏代晚期都城，可从年代、时代、地理、经济、社会、文化等方面论证石峁遗址是夏代早期都城。

根据《史记·夏本纪》记载，大禹出西羌,会盟涂山，治水九州，崩于会稽，为夏朝建立奠定了基础。大禹之子启通过甘之战建立夏朝，世袭取代禅让，东亚从此进入父系男权社会，也就是从玉帛古国进入干戈王国时代。

夏商周断代工程确认夏代纪年为公元前2070年至公元前1600年。北京大学考古文博学院吴小红教授测定石峁遗址在龙山文化晚期至夏代范围之内，即公元前2200年至公元前1780年。石峁遗址具备王国首都规模与功能，作为夏代首都年代正合适，正好是在夏代开始的时候。

石峁城当时已经进入了青铜时代。我们在石峁遗址发现了铸造青铜的石范和青铜器。其中发现的石峁铜刀和早于石峁的马家窑文化铜刀对比可知，石峁已经进入了青铜时代。

在石峁时代以前，东亚是玉帛古国的时代，从石峁开始进入了干戈王国时代。有祀无戎、玉帛古国是东亚固有文化传统，红山、凌家滩、良渚文化是代表。玉振金声、祀戎并重是三代特色复合文明，齐家文化或石峁、二里头、殷墟遗址是代表。玉器是礼器，比较圆润。凌家滩的玉器比较复杂，也是礼器。良渚文化的玉器比较厚重，石家河的玉器比较艺术。但是到了石峁玉器就变得扁平化，不那么厚重了，这就体现了兵器的特征。二里头的玉器也是扁平的，玉刀、玉璋、玉钺都具有军事化特征，不仅是礼器，也有戎的特点。

夏以干戈立国。《尚书・甘誓》是启讨伐有扈氏时发布的战争动员令。《史记・夏本纪》载禹巡视东方，按禅让原则传位给益，益让位给禹子启。有扈氏不服，启率众亲征。甘之战巩固了夏朝统治，确立了父子继承制，也就标志着东亚进入了父权时代。

二里头玉器很发达，戎化特征明显。璋、钺、玉刀突出，均为有刃玉器；璧亦演变成了戚。上孙家寨墓地齐家文化层出土的四孔大玉刀长54厘米，可一分为二成两把石峁风格玉刀。其中一件五孔墨玉刀长54.6厘米。二里头遗址第四期出土的七孔玉刀长达65厘米，有扉齿和几何花纹。二里头玉刀更加精致，但晚于齐家文化或石峁玉刀。多孔玉刀是玉器中的真正大器。石峁玉戈为迄今所见最早玉戈。二里头的玉戈可以追溯到石峁遗址。圭源于玉铲或玉戈。周代植璧秉圭之礼可以追溯到齐家文化。

这一时期不仅出土了玉圭、玉戈，实际上在青海的宗日遗址还出土了齐家文化的“戈形器”，其平面呈三角形，残器长8.7厘米，宽2.2厘米，中间有脊，经检测为青铜，是戈起源于齐家文化佐证。还有沈那遗址出土的铜矛，有62厘米长，可能是世界上最大的铜矛。它本身是礼器，但也是战争的兵器，是塞伊玛–图尔宾诺青铜兵器东进的例证。二里头、石峁、柳湾遗址都出土了青铜箭镞，标志着弓箭已成为新的主战兵器之一。齐家文化与二里头遗址出土有青铜斧钺，表明齐家文化、石峁、二里头已经进入了青铜时代，而且进入了干戈王国。

我们知道，《禹贡》九州，七州在东南，西北两州雍、梁才是大禹龙兴之地。大禹治水神话传说标志如积石山、鸟鼠山、三危山、合黎山、朱圉山、西倾山、岷山大都在西北。《史记·夏本纪》云："于是启遂即天子之位……有扈氏不服，启伐之，大战于甘。"《史记集解》马融曰："甘，有扈氏南郊地名。"《史记索隐》又云："夏启所伐，鄠南有甘亭。"《简明中国历史地图集》"夏时期全图"将有扈氏和甘标注于西安附近。陕西西安鄠邑区西南甘峪和甘亭一带，正是齐家文化或客省庄二期文化分布区。

《史记·封禅书》记载："昔三代之君皆在河洛之间。"河洛之间是黄河与洛阿之间，而洛河是源自陕北的北洛河或洛川。但实际上有北洛河和南洛河，北洛河比南洛河区域更广。河洛之间有三个遗址所在地。《史记音义》言"夏居河南，初在阳城，后居阳翟"。石峁所在地陕北正是黄河之南，是谓"河南"。

《史记·秦始皇本纪》说："西涉流沙，南尽北户，东有东海，北过大夏。"《琅琊刻石》也讲："六合之内，皇帝之土。西涉流沙，南尽北户。东有东海，北过大夏。人迹所至，无不臣者。"其中"大夏"应该指的就是陕北一带。石峁也在这一带，把它作为北面的一个标志，大夏应该就在北面。

从自然与文化地理上来讲，石峁正好位于半月形文化传播带中心。石峁也位于东西交流的要冲。东亚文化在这里比较发达，同时也吸收了外来的青铜游牧文化。石峁位于本土定居农业文化与外来游牧经济接合部。

石峁和二里头是混合经济。石峁遗址不仅出土猪骨、犬骨，亦出土了不少完整羊骨、牛骨，还出土了马骨，东亚大地出现“六畜”齐全局面。二头里遗址中亦大量出土猪骨、牛骨、羊骨、狗骨，杨庄二头里文化层出土了马腿骨。它们已经全面吸收了游牧文化，形成了农牧混合经济，已经不只是单纯本土文化了，而是系统吸收了青铜游牧文化。

再从社会与文化角度看，石峁进入了复杂社会，不仅有贫富分化，且男女明显不平等，进入了祀与戎并重的多民族或多族群社会，玉振金声集东亚定居农业文化与外来青铜游牧文化之大成。

历史记载表明夏代开始进入父死子继的父系男权社会。在夏代以前，男女是平等的，没有父子继承关系。在新石器时代，考古显示，仰韶、龙山文化墓葬也有贫富分化，但男女之间没有明显不平等，在贵族墓里面不管国王还是王后，男性女性的墓葬大小都差不多，父系还是母系之争尚无定论，一直到马家窑文化也是这样。但从石峁开始男女明显不平等，齐家文化墓葬露骨地展示了男尊女卑状况，进入了男权时代。

石峁附近神圪垯梁遗址，陕北地区龙山文化晚期唯一完整保存器物组合的大型墓M7，墓口长410厘米，宽318厘米；墓底长416厘米，宽336厘米，深325厘米。这是石峁时代陕北最大的墓葬。墓主为成年男性，仰身直肢，身上从头到脚涂有两层朱砂。棺外西侧有一女性人骨，侧身屈肢，四肢呈捆绑状，面朝棺材。这是典型的齐家文化风格墓葬，在之前的文化里很难看到。壁龛中有六件陶器组合——斝、折肩罐、两只壶或尊、两只双耳杯(原报告分别称之为盆和双耳壶)，其中一只大双耳杯。

最近石峁文化也发现相似形制墓葬。石峁文化次级聚落府谷寨山石城发现了一类墓3 座，墓主随葬3—4 件玉器，5 件带石盖陶器，1—2 件细石刀，墓葬规模约10 平方米。此墓葬也是男性仰身直肢在棺材里，而女性在旁边。这种墓葬出现在齐家文化、石峁遗址中，标志着中国进入了父系社会。

类似齐家文化风格墓葬在邻近的新华遗址、朱开沟遗址中亦有发现。邵晶做了初步归纳研究，表示齐家文化殉女墓年代偏晚，石峁类遗存绝对年代略早于齐家文化殉女墓。

在石峁还发现了多组头骨，一组24个，经检测基本都是女性的头骨，用来祭祀，表明在石峁时代男女已经明显不平等，已经进入了父系社会，这与历史记载夏代启承禹位的时间是相同的。从夏代父死子继这种世袭制度开始之后，才有了男女明显的不平等。这是石峁遗址与夏代记载相关的实证。

石峁遗址里面的另一座大墓，已被盗掘。从清理出的陶器可知，这座墓与齐家文化有关系。考察朱开沟遗址陶寺陶器的分布情况可见，石峁也有类似的瓦罐发现和出土。

石峁文化已经是多元文化，人群也不单纯。夏本身就是复杂社会，既不是单纯的齐家文化，也不是单纯的龙山文化，而是多种文化的结合。石峁遗址就体现了这种复杂性与多样性。例如石峁出土的一目国鬼方头像，可见从石峁开始进入了多族群社会。而石峁出土的陶鹰也与此相关。石峁遗址皇城台出土一批骨制口弦，口弦在很多民族中流行，在羌族里保存得尤其好。作为他们的传统乐器，现在羌族妇女还会制作口弦，会弹口弦。因为历史上记载北方也有羌族，或可推知石峁跟羌有某种关系。

石峁已经进入了世界体系，可从青铜器、牛马羊、壁画、砖砌或石砌建筑中得到证明。

石峁二里头遗址已是青铜时代世界体系文化中心之一，当时主要的文化圈层包括东亚、爱琴海地区、印度、两河流域、古代埃及等。

在印度河流域的哈拉帕遗址面积约1.5平方公里，还有一个3平方公里的遗址，发掘报告尚未公布。

摩亨佐－达罗（Mohenjo-daro）是印度河文明代表遗址，保存得比较完好，以大型建筑和12米长、7米宽、2.5米深的公共浴池闻名。印度出土的文物并不多，主要是印章。印度河流域是比较和平的文化，没有发现大型墓葬。

两河流域的乌尔第三王朝塔庙三层残存二层，长60.5米，宽43米，残高20米，距今4200年。与这种大型都城的建造年代相当的是巴比伦遗址。古巴比伦跟夏代相当，新巴比伦相当于周代。古巴比伦遗址至今尚不清楚，现存巴比伦古城墙的内城是4平方公里，外城达到10多平方公里。

赫梯首都哈图莎（Ḫattuša）在三百余米高的山坡上，类似于石峁古城，为毛石建筑代表作。哈图萨斯上城位于陡坡上，面积1平方公里左右，始建于公元前13世纪王国晚期，五个门中南端和西端两座大门是皇家通道。发现了多种文字，时间相当于商代，但也没有4000年前的文字。其遗址年代比石峁稍晚。

埃及圣城阿拜多斯是埃及文明的起源地，可能是最早的都城。阿拜多斯前王朝时期最著名也是最大一处墓葬无疑是U-j墓。该墓葬无论建筑结构还是规模，都远远超过先前那些墓葬，墓主可能为蝎子王一世。其中一个墓室中有400多个从黎凡特（位于西亚）进口的容器，内装葡萄酒。另两个地方王国希拉孔波利斯（人口估算在4000—10000人不等）、涅伽达（人口估算在180—1500人不等）将阿拜多斯视为圣地，这是通往西方世界的秘密基地。这里出土的地砖、小麦、葡萄酒、青金石均源于亚洲，说明早在5000年前就跟亚洲有密切联系了。

现今位于土耳其的特洛伊城遗址发掘始于19世纪，在深达30米的地层中发现了9个城，时间跨度从公元前3000年至公元400年，但总面积只有几万平方米，规模比石峁小很多。

在中亚的BMAC遗存十分密集，也是比较发达的青铜文化，规模主要在5—15公顷，其中最大的是古诺尔特佩（Gonur Tepe）遗址，由两部分组成，面积为40公顷，只有石峁的十分之一大。石峁是当时世界上最大的考古遗址之一。

最后做一点讨论与总结。国家起源有两大模式：和平的模式与战争的模式。玉帛王国时代和尧舜禹神话传说反映的是契约论，以玉帛为信物通过和平方式组成万邦之国，实行禅让制，不需要战争和武力来实现王朝更替。从石峁二里头遗址开始进入了战争模式，炎黄蚩尤神话传说反映的是暴力论，通过战争方式建立王国，才会有“国之大事，在祀与戎”。

石峁遗址的皇城台呈现出很复杂的体系，又有瓮城、马面与城墙，已经是与战争密切相关的考古学遗址。其毛石混砌技术流行于欧亚大陆，在西南地区留传至当代，羌族碉楼就是见证。《后汉书·西南夷传》冉駹人的“邛笼”就是羌碉：“皆依山居止，累石为室，高者至十余丈。”理县桃坪羌寨是一个石头建筑王国。“羌寨砌墙歌”总结经验:“认石认八方，面子放外边，方方长长墙角呆，大石头离不开小石头塞；长三镶，端五限，内八层，外七转……”

二里头和石峁有很多相同的地方，如石峁皇城台出土的石浮雕龙形浮雕和二里头(2002VM3)绿松石龙形器相似。二里头发现的墓葬中出土了玉璋，也有陶器，但是没有鼎。其中单耳罐在西北方比较常见，为羌人喜用，又称羌罐或者胡罐，我认为是很有意义的一件器物。二里头和石峁出土有玉璋。玉璋多见于夏代山东，在二里头文化兴起之前就有，石峁的玉璋并不是从二里头传播过去的，山东和其他地方的玉璋也不是，但牙璋、玉璋是石峁和二里头的共同特征。在齐家文化遗址也发现了玉牙璋。甘肃省合宁县博物馆收藏的牛门洞玉牙璋有54厘米长，是迄今为止发现的最大的牙璋之一，比石峁牙璋还要大，跟二里头的牙璋大小差不多。它只有2毫米厚。这种牙璋应该是王者之器，不比二里头文化晚，应处于齐家文化，流行于石峁、二里头或者说夏代的西北地区。

二里头玉戈与铜戈同出。戈被认为是夏民族或夏文化的象征之一。玉戈可以向西向北追溯到石峁文化。石峁玉戈处于初始阶段，可能源自齐家文化戈形玉器。

所谓“玉振金声集大成”，齐家坪与二里头遗址出土嵌绿松石铜牌，我们可以肯定绿松石不是二里头的发明创造，而是从西方传播过来的，本质上是一种马赛克艺术，是铜和玉的结合。这种金玉结合二里头文化有，石峁遗址也有。石峁出土玉铜手串，在一个人的手臂上佩戴有两个玉环、六个铜圈，这也是金和玉的结合。

司马迁《史记·六国年表》总结天下兴亡：“或曰‘东南物始所生，西方物之成熟’。夫作事者必于东南，收功实者常于西北。故禹兴于西羌，汤起于亳，周之王也以丰镐伐殷。秦之帝用雍州兴，汉之兴自蜀汉。”就是说夏商周秦汉都是兴起自西北。我把它称为“司马定理”。

综上所述，我认为历史记载表明夏代开始之际东亚吸收了游牧文化，形成了父死子继的多族群复杂社会，也就进入了祀与戎并重的干戈王国时代。

考古发掘表明石峁遗址早期是一处龙山文化城址，受到了齐家文化明显影响，出现了男尊女卑多族群复杂社会，也进入了祀与戎并重的王国时代。

纵横比较综合研究表明，石峁遗址标志着东亚进入青铜时代世界体系，很可能就是中国历史上的夏代首都。世界范围来讲，石峁遗址的规模复杂程度也可以跟其他古代文明的首都相媲美。

喻　静：我本轮并没有听得太懂，因为我对考古学其实是一窍不通，今天很抱歉，主持得也不太好。为了组织这次论坛，我和几位考古学家都见了面，也进行了各种各样的交流，但是我依然没有能力对他们讨论的问题进行回应，哪怕是一丁点的评论。我也是在这一个星期之内，学习了大量的考古学文献，但是我学习的结果是我所撰写的那篇开场白，仅此而已。我很难提供更多的对于三位先生讲座的评价。

我们这次请来了中国社会科学院文学研究所研究员谭佳博士，她从事早期中国思想史比较神话学研究，出版过专著《叙事的神话：晚明叙事的现代性话语建构》（中国社会科学出版社，2009）、《断裂中的神圣重构：〈春秋〉的神话隐喻》（南方日报出版社，2010）、《神话与古史：中国现代学术的建构与认同》（社会科学文献出版社，2016）、《比较神话学在中国》（合著，社会科学文献出版社，2016）等。刚才陈老师在他的讲座中曾经提到了四重证据法，玉文化、神话、文献对重建中国文明传统的重要的意义，这个四重证据法就是由叶舒宪教授提出的，他是谭佳老师的导师。下面请谭佳老师对刚才三位老师的讲座进行一个点评，同时三位老师的意见可能彼此有不同的地方，他们之间将进行一些互动，这个互动环节我也委托谭佳老师替我主持。

谭　佳：谢谢喻静所长的邀请！我的评议可能会比较枯燥，将由三个部分组成。第一，作为不是考古学专业，但一直努力吸收相关资源的旁观者，我试图与各位参会朋友一起，理解这次论坛的意义与价值，以及汇报这次论坛对我的启发；第二，作为文学研究者，尤其是从事比较神话学的研究者，我期望从神话学的角度对三位先生的发言做出概括；第三，以上述两点为基础，提出自己的理解，并对三位先生的基本观点也提出一些小问题。

今天的论坛呈现出非常错落有致的学术观点和面貌，论坛非常的新颖，三位老师为我们呈现出层次丰富、路径不一的古史探索方法。

韩建业教授力主石峁文化的中原特色，提出6500年前仰韶文化人群北上，经过地方化，形成了以石峁文化为代表的北方模式，也分析了二里头文化，但是并没有认为这两者必然和夏有关系，更没有认为它们是夏的首尾，韩教授几乎脱离于对“夏”的争论，提供了一个考古学意义上严谨的中华文明起源的叙事。

同样是从考古学、人类学的角度出发，易华教授更主张石峁的西来因素，他引用大量的实证，试图让我们知道二里头和石峁与夏是有关的，而且是一首一尾。

两位教授运用了不同的史料处理和理解文明起源的视角，二者之外陈胜前教授提出了第三个维度，认为在族属考古的意义上没有办法呈现真正的夏，可以认知的是当下我们的思维所能处理的材料和我们受限的文化观念本身；但同时我们有着文化的共同性，这是固定存在且有制约性的，这是我们进行历史认知的基础。

前段时间，我刚好完成一篇小文章《古在何方》，文章针对顾颉刚与钱穆关于五行问题的讨论，分析了梁启超、胡适、顾颉刚、钱穆等大家，围绕五行问题在中西古今价值选择上的彷徨，以及所产生的对古代的一种追索和苦闷。他们都想去复一个有如西学文艺复兴之“古”，却相互抵触、消解，从事实上，无古可复。在今日，对百年前那个无处可寻、无枝可依的“古”，不同领域的学者有了新的认识，但是，我们并不经常看到今天这次论坛的局面。

本次“汲古论坛”三位先生由“古”追到了“新的局面”，一个从考古出发，但是有高度的文史哲修养，有世界视野，有本土意识，朝向中华价值终极追问的火花碰撞的新局面。我认为这种令人兴奋、耳目一新的局面源于以下几方面。

首先，主办方与召集人，喻静所长以及她的优秀团队，有着敏锐的学术意识、专业的学术分辨能力。

其次，在这次论坛之外，三位老师长期以来的学术研究特色所带来的集中呈现效果。陈胜前、韩建业二位老师的学术能量与贡献本身，都不是偏安一隅，满足于某个考古遗址成就，他们有着通古今之变，究天人之际的士大夫精神与强大的艺术感受能力。易华教授是民族学与人类学专业的资深学者，然而他也并不满足于田野调查与简单的族属问题处理，在《夷夏先后说》中鲜明地体现了他异于常人的跨学科视野与综合论述的能力。

从学术背景来看，这次论坛的内容与主题暗含“一个推动”和“两个呼应”。“一个推动”即对中国传统所固有的中原中心论和针对中原中心论的从晚清以来的“西来说”，我们在今天的论坛看到了学术史的重大推进；“两个呼应”为对内的呼应——与复兴传统文化呼应，对认识“中国”进行根脉上的诊断，以及对外的呼应——对汉学界争论不休的中华文明起源问题，以及连续性、统一性问题进行呼应。

理解“一个推动”与“两个呼应”的钥匙，全部体现在这次论坛的名称上：上古世界体系、石峁、二里头。

关于上古世界体系问题，我从自己的研习角度归纳一下。

晚清开始，我们就在不断地认识新的世界体系，也就是“三千年未有之大变局”，在古史辨派所要破除的中原中心主义之上，在神话学方面，我们可以看到非常鲜明的同构现象。18世纪下半叶开始，法、英、俄等国汉学家对中国神话力主“中国文化西来说”。清季民初的神话研究、古史研究，都集中于此谈民族认同与文明渊源问题。最早把古史作神话处理的章太炎，在中西比较中强调用马克斯・缪勒的理论做解释。最早涉及大洪水问题研究的梁启超和蒋观云，其实都深受日本神话学和拉克伯里“西来说”的影响。沈松侨先生曾撰文讨论，晚清知识分子一方面透过国族主义的历史书写形式，重新整编中国的过去；另一方面，他们更汲取西人新说，针对中国国族的源头，创造了一套崭新的历史记忆，创造了晚清流行的“中国人种西来说”的新神话。再比如，夏曾佑以神话为线索，根据地理形势对神话的可信度做判断。例如，《炎黄之际中国形势》依据山川形势分析人群的迁移定居；《黄帝与蚩尤之战》依据绿洲与大陆的差异，分析南北文化的不同，谈到与巴比伦的影响等等。

今天的论坛，“新的世界体系”之“新”，是用考古分析来推进，不是再用语言分析、文献分析、故事传说与民族等渊源去推论。今天的新视野，简言之，是史前农业起源的全球化、青铜文明西来的影响及过程。在这条大线索中，石峁与二里头的意义重大。

旧石器晚期，仰韶文化开始农业革命，到新石器中期，已经形成黄河中下游、长江中下游两大核心农业区域。到了青铜革命，龙山文化，传统核心区域的衰落，以及唯一地带和半月形地带北方的兴起，造成整个文化格局的改变。这个没有消失的唯一核心地带，是我们仍然力主中原文明源生性的依据；同时，半月形地带的兴起，文化格局的改变与重塑，是全新的上古世界体系知识。在今天，不仅考古学与人类学，作为文学与文献最为延绵长久的文明国度，中国文学起源研究，同样面临新的格局与探索。

在此线索中，石峁与二里头的意义是什么呢？简单讲，在大格局变化中，原来的石家河、良渚文化传统几近消失，石峁是新崛起文化的代表，是核心区域唯一没消失的文化，在新的青铜革命中融合、发展，成为当时东亚最璀璨的二里头文化。但是，即使是石峁，也不仅有北方因素。石峁最为粗犷的石雕兽面与良渚文化著名的“神人兽面”之间，有着惊人的对应关系。从三位老师所勾勒的最初二元文化格局，到半月形地带冲击形成的三大文化体系——“中原模式”、“东方模式”和“北方模式”，最后整合为多元一体，对后世的礼乐文化、大一统、夷夏之辨、天下观、圣人传统等中华文化最核心的概念起着奠基作用。

从神话学的角度来看，可能绝大部分的考古学学者和历史学学者所秉承的都是受古史辨派奠基而形成的神话研究观念。我们今天讨论神话与古史的时候，基本上是借着《古史辨》第七册的讨论模式和处理方法。然而古史辨派受其时代影响，对神话的理解有非常固定的所指，他们通过神话研究成功地把经史里面的神圣信仰剥离，只剩下普通的故事和民俗画等号，最后所带来的结果就是成功解构了三代的价值。但是今天中国的神话学发展已经完全不仅限于此，中国神话学界对什么是中国神话，对如何研究中国神话，由于新的出土材料、不断的考古发现和考古的推演，神话学有了长足的发展。在此框架下，我将从神话学的角度概括今天三位老师的发言。

易华教授的研究像古史辨派处理狭义神话观的思路，就是要去做复原，要去做对应，将史料作为证据本身，去论证自己的观点。他要找到“夏”在哪里，仍在处理狭义意义上的神话。

韩建业教授则有新的推进，没有再进行一对一的对应关系，正如他《五帝时代：以华夏为核心的古史体系的考古学观察》一书中稷放丹朱与禹征三苗的个案分析，根据考古文化及社会形态，将神话对应于相应的时期或对应于不同的民族起源。在神话学研究领域，有各种“主义”与方法，例如欧赫美尔主义、帕莱法特斯主义。这两个主义主张把神话进行历史合理化的处理。韩教授以考古学为基石，试图把古史传说中所提出来的一些故事和现象进行这种合理化的处理。

陈胜前教授有非常强的结构主义与后现代史学观念的研究诉求，而与西方汉学界又有本质的区别。陈胜前教授有完善的西学训练背景，他最后归指的价值论说和文化机体的维度非常可贵。这也是在目前不管是神话学研究还是人类学研究当中所普遍缺乏的。

即使在三皇五帝最末排位的夏禹问题上，国内诸学科也无法达成共识，在中外学界更是各执一端，莫衷一是。在现代实证的考古学和历史学领域，有关三皇五帝的文献记载被作为“证据”，纳入中华文明探源研究。考古学家和史学家希望借此找到更为渊源长久的中华文化。然而，道德与价值问题被实证绑架为历史问题的还原。

无论是早期以欧洲为重镇，比如以马伯乐为代表的历史神话化研究，还是当代以美国为重镇的结构主义和考古学研究，都重在把中国古典文献中有关三皇五帝的记录，作为权力观念所制造的历史叙事来做解读。汉学家没有诉求（更无责任）去挖掘整体叙事的文化价值与正向意义所在。试问，这项工作该由谁来做呢？

最后汇报一下我自己的理解。受韩建业教授的启发，距今5000年左右，上层文化的交流更多体现在重器方面。比如凌家滩和红山文化存在高度相似的玉器，象牙器的交换共享，和在广大地区对象征王权、军权所用的玉钺、玉璋等，都能看到这种交流和对器物的重视。受陈胜前教授启发，伴随着龙山文化可见的战争与屠戮，最后所形成的文化记忆是《山海经》。宗周典籍对历史的记忆方式，与西方的《神谱》《荷马史诗》不同。在考古学研究的基础上，可以看到龙山文化发生、发展过程中充满了战争和屠戮，然而以三皇五帝为代表的中国最有传统特点的神话学思想，即宗周典籍所留下的神话记忆，仍然是伦理化、道德化的叙事。我觉得考古学对神话学最大的触动应该在此处。

我还有几个问题要提出。

（1）提问易华教授。既然力主“西来说”，那么，石峁皇城台与美索不达米亚文明的塔庙的关联、区别是什么呢？

（2）提问韩建业教授。是否同意易华的核心论证，即青铜之路将欧洲和东亚纳入了以西亚为中心的古代世界体系，丝绸之路又加强了东亚与西亚、欧洲的联系，是否只有将丝绸之路与青铜之路相结合才能全面系统地理解欧亚大陆文化的形成及其相互交流与互动的历程？您认为，金属的实用性成为礼乐性，转变的根本是什么？

（3）提问陈胜前教授。在旧石器时代的打制石器中，包含着制造意象、表达象征、对权力的认识。您也曾专门提到，旧石器时代的中原和南方，不适应莫维斯线规律，这里更多的是砍砸器和竹制器。但是，我们在最早的玉器中，仍看到玉钺、玉璋这类典型的斧形器。就此，能否理解为：玉石传统是旧石器时代的文化记忆与发挥创造？另外，这种发挥创造，如何变为新的传统，而且是最重要的东亚物质文化新传统呢？

最后，我想借用南宋诗人杨万里《拟汲古得修绠诗》，来表达对这次论坛成功举办的感受：

学子研终古，难将短浅求。

汲深欣得得，操绠要修修。

远酌源千载，长缫思万周。

初如泉眼隔，忽若井花浮。

意到言前达，词于笔下流。

昌黎感秋句，圣处极冥搜。

韩建业： 我简单地回答一下谭佳老师提出的问题。第一个就是易华老师提的观点，我不会同意，因为我刚刚说东方这样一个体系，一直是在长久的发展过程当中，它相对独立。从夏鼐先生的一些提法到我们现在的考古证据，至少我们可以说95%以上的因素和西亚之间是独立的态势，当中确实是有交流。比如说刚才易老师提到的一些青铜，还有彩陶，另外还有粟和黍，现在很明确，欧洲的粟和黍这些肯定都是从中国传过去的。事实上是两个大文化圈之间互相在交流，但每个文化圈内部都是有一个相对独立的自我发展的路程，这一点我想陈胜前老师刚才也表达了相同的意思。所以我当然不会同意把东方的文明纳入西亚的体系，也不会同意把西亚纳入中国的体系，只是要明确两个很大的文明体或文化体之间的交流关系。

第二，实际上确实青铜技术跟西方有关系，但是我们认为西方对中国的影响从来都是间接的，我们接触到的只是文化间接的影响，它对我们有所刺激、启发，我们获得技术，但是制造出来的东西，整个体现和承载的是中国文化，可以说90%甚至95%以上都是中国主体性的东西，无论是器物的形态，还是它背后的精神的、意识形态的东西，都是中国的。我们现在很难说西方的青铜技术对我们的观念层面直接造成什么样的影响。

易　华：韩建业老师讲的体系问题，其实我们说以西亚为中心的世界体系，并不是西亚文化传播到中亚来，其实这个世界体系是由多个地区共同促成的。比如说西亚有牛马羊，有小麦，中亚可能有马和马车，东亚可能有小米，这些因素共同构成了世界的体系。东亚在新石器时代基本上没有受影响，是独立发展的，但是进入青铜时代，就不是一个“内循环”，而是“外循环”了。刚才谭佳讲的尧舜之道是以玉帛为中心的，这是和平的，这个是中国的一个传统。从石峁开始，从夏代开始，玉器就不是那么独一无二，不那么重要了，青铜器就跟玉器的重要性相当了。从石峁开始，外来的青铜游牧文化的作用和本土的定居农业文化的作用是大体相同的，它跟世界是接轨的。其实西亚本来开始也是定居农业文化，也是后来游牧文化进去之后，变成了混合的体系。我认为中国文化在4000年以前可以说是单纯的比较独特的定居农业文化，而从石峁开始，从夏代开始，就跟整个欧亚接轨，形成了复合的文明。在定居农业文化的基础上，在玉帛文化的基础上，吸收了青铜游牧文化，成为一种复合文明。经济是复合的，文化是复合的，神话传说也是复合的，形成了复合文明。良渚是单纯具有东亚特色的，石峁则不仅有东亚特色，而且有西亚青铜游牧文化的特性，因此进入了世界的欧亚大陆的文明体系中去了，文明的这种大的变化就发生在石峁，石峁本身是很好的例证。

陈胜前： 莫维斯线主要讲的是旧石器时代早中期的欧亚大陆东侧和西侧的实际面貌的区别。我想你问的问题主要是指玉石文化的兴起。现在能看到的最早的像玉这种东西，主要是在西伯利亚南部阿尔泰山脉的丹尼索瓦洞穴中挖出的一个手镯子，后面的话我们看到有很多，像贝加尔、大兴安岭，饶河小南山中也有，还有早期的用玉，好像这个东西也来自欧亚草原似的。但证据只是一方面。我们同时看到南方，比如在跨湖桥遗址也有，以及良渚后来用玉，都非常普遍。如果简单问玉从哪里来，这不是一个很有意义的问题；问题在于，为什么玉石文化能在中国这片土地上繁荣。一块石头，为什么在别的地方没有繁荣，在我们这个地方繁荣了？这是什么原因？而且它在中国文化里发扬光大了，它反过来影响到我们中国文化性格，这个是特别值得关注的。历史它有必然性也有偶然性的一面，我们中国玉石文化主要兴起在农业时代，它的繁荣跟新石器时代中晚期的社会复杂化进程有很大关系。小农经济是自给自足的，是一种相对自我完满的生活，它对外所求并不是很高，它更强调的就是那种暴力性不强的生活方式和态度，这时人们一旦接受这种东西，反过来它又造就了我们的文化特征。

举另外一个例子，中国人盖房子用竹木，西亚用石头，那是因为我们这边没有石头吗？显然不是。我们这边也有石头，但我们选择了竹木。竹木结构的房子，它不太可能盖得很高，那么就只能在平面上发展，所以单体建筑其实比较简单，但组合起来的结构相当复杂，比如院落，它就相当复杂。当院落之后成为主要建筑和居住的形式，反过来就影响了很多的社会关系、社会结构。我们创造了物质文化，这个物质文化反过来又影响到我们，影响到我们的文化特征。我们讲玉石文化，可以从这个方面来理解。

喻　静：我觉得东西方文明之间的交流和互鉴，比张骞通西域早了3000多年，在新石器时代的晚期就已经存在了，不同文化之间的交流与互鉴，为各地的文明增添活力，这是推动文明发展重要的动力。我们中国文化研究所也一直致力于文明交流互鉴视角下的中国文化观念及中国文化基因的研究，下一期的“汲古论坛”我们想延续这个话题，也请谭佳老师来做一些组织工作，我们想探讨如何借用中国神话重建中国文化的价值，以及从玉这种现实的物质揭示中国人的文化心理和中国文化的稳定特质。今天的研讨和对话就到这儿，期待下一次我们把这个问题推向深入。

图书在版编目（CIP）数据

利涉大川：汲古论坛2020／喻静，谷卿主编. --
北京：社会科学文献出版社，2023.1
ISBN 978-7-5228-1124-6

Ⅰ.①利… Ⅱ.①喻… ②谷… Ⅲ.①文艺理论-文集 Ⅳ.①I0-53

中国版本图书馆CIP数据核字（2022）第215507号

利涉大川：汲古论坛2020

主　　编／喻　静　谷　卿

出 版 人／王利民
责任编辑／李丽丽
文稿编辑／李蓉蓉
责任印制／王京美

出　　版／社会科学文献出版社·历史学分社（010）59367256
　　　　　地址：北京市北三环中路甲29号院华龙大厦　邮编：100029
　　　　　网址：www.ssap.com.cn
发　　行／社会科学文献出版社（010）59367028
印　　装／三河市龙林印务有限公司

规　　格／开 本：787mm×1092mm　1/16
　　　　　印 张：16.5　字 数：205千字
版　　次／2023年1月第1版　2023年1月第1次印刷
书　　号／ISBN 978-7-5228-1124-6
定　　价／78.00元

读者服务电话：4008918866